GIRLS CAN'T HIT

권투 소녀

GIRLS CAN'T HIT

GIRLS CAN'T HIT

권투소녀

톰 이스턴 지음
임현석 옮김

북핀

| 일러두기 |

1. 이 책의 맞춤법은 국립국어원에서 정한 한글 맞춤법 및 표준어 규정에 따랐습니다.
   단, 작가의 독특한 말투나 대화문 안에 나오는 비속어 등은 원작품의 문학적 표현을 우선하여 비표준어이더라도
   우리말의 느낌과 가장 비슷한 말로 번역하였음을 밝힙니다.
2. *표시가 있는 글은 독자의 이해를 돕기 위한 번역자의 보충 설명입니다.

나의 딸들에게.

누구나 할 수 있어.

차례

제 **1** 장

도전자

식기세척기

나는 속으로 탄식을 했다. 5월의 쌀쌀한 화요일 아침, 엄마 아빠가 아침부터 또다시 식기세척기 사용 문제로 설전을 벌이고 있다.

"여보, 그릇을 일일이 물로 씻어서 넣을 거면, 식기세척기를 왜 쓰겠어? 그냥 넣으면 되는 거라고." 아빠가 말했다.

"이렇게 한 번 씻어서 넣어야 더 효과적이야. 안 그러면 그릇의 음식 얼룩이 깔끔하게 안 없어져." 엄마가 침착하게 응대한다.

"그냥 이건 나에게 맡겨두고 당신은 앉아서 좀 쉬면 안 될까?" 아빠가 말했다.

"내가 당신 속을 모를 것 같아? 나 없을 때 식기세척기에 또 나무 스푼 넣으려고 그러지?"

"그냥 넣어도 되는 거야. 괜히 독일제 산 줄 알아?"

"그만 좀 싸워요. 아니면 내가 그놈의 식기세척기 밖에 내다 버릴 테니까." 내가 끼어들었다.

"누가 싸운다고 그러니. 서로 의견을 나누는 거지." 엄마가 밝게
말했다.

엄마 아빠가 쓸데없이 의견을 나누는 것들은 한둘이 아니다.

• 샌드위치의 양쪽에 버터를 바를지, 한쪽만 바를지.

• 외출 직전에 미리 코트를 입어 따스함을 담고 나갈지, 아니면
나가면서 바로 코트를 입을지.

• 스콘에 잼을 먼저 넣을지, 크림을 먼저 넣을지.

• '자파 케이크'는 케이크인지, 비스킷인지. ('여보, 이름에 힌트가 있
잖아.')

• 책 끝을 접어 어디까지 읽었는지 표시해도 되는지, 아닌지.

이 문제들은 아마 영원히 결론이 나지 않을 거다.

나는 부모님을 사랑하지만, 때때로 두 분은 나를 미치게 만든다.
식기세척기에 대한 집착을 떠나서, 엄마에게 세상은 무서운 것들이
가득한 곳이다. 별거 아닌 것에도 화들짝 놀라고 조금이라도 위험하
다 생각되면 절대로 허락하지 않는다. 어릴 땐 항상 내게 야광조끼
를 입혔다. 여덟 살 때 반항의 표시로 내가 오리 연못에 던져 버리지
않았다면 지금까지 나는 야광조끼를 입고 있을지도 모른다. 지금은
가방에 깜빡이는 안전등을 꼭 달고 다니라고 성화다. 지난달에는 엄
마에게 내 친구 블러썸과 함께 뜨개질 동호회에서 주도하는 반전 행
진에 참여하러 런던에 가도 되겠느냐고 물었더니, 엄마는 즉시 가슴

두근거림과 두통을 호소했다.

"행진이라고? 그 안에 테러리스트라도 있으면 어쩌려고!"

"엄마, 뜨개질하는 사람들이라고요."

"극단주의자들은 어디에나 있는 거야. 런던이 얼마나 위험한 곳인지 모르니? 낯선 남자가 지하철 승강장에서 나를 넘어뜨린 적도 있었어."

"실수로 그런 거잖아요. 엄마가 전에도 말해줬잖아." 나는 엄마의 기억을 상기시켰다.

"하마터면 전동차 앞으로 떨어질 수도 있는 상황이었어. 그랬다면 엄마 인생도 거기서 끝났을 거야." 엄마의 이야기는 과장이 심하다.

"그럼 아빠는 다른 사람과 잘 살았을 거예요. 아빤 회복력이 빠르니까."

아빠도 나를 미치게 하는 것은 마찬가지다. 아빠에게서 주관은 찾아볼 수가 없다. 이른바 영원한 중립주의자이다. 아빠가 말씀하시길 세상만사 모든 것은 양면을 가지고 있다니. "둘 다 잘못한 측면이 있지." 이스라엘과 팔레스타인 문제에 대한 아빠의 생각이다. 라디오에서 정신 나간 정치인 둘이 서로 논쟁을 할 때도 아빠의 답은 정해져 있다. "두 후보자의 주장 모두 일리가 있구나." 내가 사형제도를 어떻게 생각하느냐고 물었을 때도 아빠의 대답은 다르지 않았다. "그 문제에는 두 가지 다른 학파가 있단다." 사형제도에 관해서는 두 가지 학파가 있을 수 있는데, 식기세척기에 그릇을 넣을 때 헹궈서 넣느냐 아니냐는 그럴 수 없나 보다.

좁은 부엌에서 엄마 아빠는 한 치의 양보도 없었다. 한 사람이 식기세척기 안에 그릇을 넣으면 다른 사람은 그것을 다시 배열하거나 빼내기 바빴다.

"그 칼은 절대로 식기세척기에 넣으면 안 돼." 엄마가 말했다.

"왜 안 돼?" 아빠가 물었다.

"그건 과도야. 날이 살아 있어야지. 물 닿으면 금방 무뎌진단 말이야."

"그럼 도대체 이 칼은 어떻게 씻어야 하는 건데?"

"싱크대에서 하면 되잖아!"

"싱크대에선 물 안 써? 모래로 씻나?"

아마 저 꼴을 보고 싶지 않아서 베리티 언니는 이곳을 떠났을 거다. 언니가 두 살배기 조카 라프를 데리고 뉴질랜드로 떠난 지 벌써 일 년이 지났다.

언니도 조카도 너무 보고 싶다. 하지만 엄마와 언니가 싸우던 모습은 다시 떠올리고 싶지 않다. 싸울 때 둘은 마치 외나무다리에서 만난 원수 같았다.

"플레르? 플레르?" 아빠가 나를 부르는 것을 깨달았다.

"네?"

"너는 어떻게 생각하니?" 아빠가 물었다.

"엄마 아빠 둘 다 제정신이 아닌 것 같아요."

"그건 그래. 그거 말고, 과도를 식기세척기에 넣는 문제는 어떻게 생각하니?"

"제 생각에는..." 나는 가방을 들고 자리에서 일어나며 말했다. "그 문제에 대해선 두 가지 다른 학파가 있다고 생각해요."

이안 빌

내가 현관문에 다가서자, 이안 빌이 얼른 문과 나 사이로 파고들었다. "절대 내보내면 안 돼!" 엄마가 다급하게 소리쳤다. "이안은 항생제 치료 중이야."

이안 빌은 늙은 우리 애완견이다. 10년 전쯤 그전에 키우던 개가 죽었을 때, 우리는 이 녀석을 새로 데려왔다. 먼저 세상을 떠난 그 녀석 이름은 패치였다. 흔하디흔한 이름이었다. 패치 때문에 슬퍼하는 나를 달래고 싶어서 그랬는지 엄마는 새 강아지의 이름을 내게 짓게 했다. 그건 엄마의 큰 실수였다. 당시 나는 드라마 〈이스트엔더스〉의 왕 팬이었다.(＊이안 빌은 영국 드라마 '이스트엔더스'에 나오는 등장인물이다.) 나는 지금도 엄마가 차를 마시기 전 녀석을 부를 때면 웃음이 난다. "이안 빌! 이안 빌!"

워낙 아무 일도 일어나지 않는 조용한 동네라 이런 것도 재미다.

이안은 여러 가지 만성질환에 시달리고 있다. 아마도 영국에서 가장 많은 약을 복용하는 개일 것이다. 너무 많은 약을 먹어서 때로는 저녁을 먹는 것조차 버거워했다. 그럴 때면 너무 안쓰러워서 차라리 이안을 그냥 마음껏 돌아다니게 놔두는 것은 어떨까 하는 생각도 한다. 하늘에 있는 집으로 조금 먼저 가더라도 말이다. 하지만 내 생각이 이 집에서 받아들여질 리가 없다. 나는 얼른 무릎을 굽히고 앉아서 이안을 꼭 안아주었다. 이안의 몸에선 고약한 냄새가 나서 이럴 때마다 숨을 꾹 참아야 한다. 나는 문을 살짝 열어서 그 틈으로 몸을 밀어 넣으며 밖으로 빠져나갔다. 내 모습을 지켜보는 녀석의 충혈된 눈에서 살짝 배신감이 느껴졌다.

집을 나서기는 좀 이른 시간이지만, 집을 빠져나와야만 했다. 학교에 일찍 도착하는 것이 과도로 부모를 찌르고 감옥에 가는 것보다 백배 나으니까. 우리 가족이 사는 곳은 보스포드 타운에서 2마일 벗어난 마을로 헤이스팅스와 브라이튼 사이에 있다. 런던으로부터는 1시간 30분 정도 거리이다.

학교는 보스포드에 있는데, 평소엔 친구 블러썸과 함께 걸어서 등교한다. 친구 핍이 자기 차로 우리를 태워줄 때도 있다. 하지만 이 친구에겐 자동차는 고사하고 세발자전거도 못 타게 해야 한다는 것이 내 소신이다. 핍의 운전 실력은 정말 끔찍하다. 우선 그는 속도를 내는 법이 없다. 분명 한 번도 과속을 해본 적이 없을 것이다. 그런데 서행을 하면서도 중앙선을 넘어가기 일쑤였고, 여기저기 잘도 들이받는다. 주차를 할 때면 속도가 너무 느려서 거북이가 기어가는 것 같다. 반면에 페달과 기어봉을 움직이는 그의 손발은 점점 바빠지고, 마침내 걸음마 속도로 움직이던 차는 어김없이 '쿵' 하는 소리를 내며 벽을 들이박고서야 멈춘다.

오늘은 교회 옆을 지날 때 블러썸과 마주쳤다. 블러썸은 둘도 없는 친구로 아주 오랫동안 알고 지냈다. 곱슬머리에 반짝이는 녹색 눈을 가졌고, 키는 나보다 좀 큰 편이다. 하긴 내 또래의 애들은 대부분 나보다 크다.

"안녕? 플레르." 그녀가 인사했다.

"안녕? 블러썸." 우리는 걸음을 맞추어 함께 보스포드 로드를 걸었다.

"이번 일요일에 배틀에 갈 생각이야?" 내가 물었다.

우리는 배틀에 정기적으로 간다. 배틀은 헤이스팅스 옆에 위치한 작은 마을로 1066년 여기서 실제로 배틀, 즉 전투가 벌어졌다. 어릴 적에 난 순진하게도 배틀에서 세상의 첫 번째 전투가 벌어졌다고 생각했다. 그래서 그 이후 세상의 모든 전투가 배틀이라고 불리게 된 줄 알았다.

물론 사실은 정반대다. 그곳 지명이 배틀이 된 것은 거기서 전투가 일어난 이후의 일이다. 헤이스팅스 전투가 벌어지기 전까지 이곳에는 풀을 뜯는 소들을 빼면 아무것도 없었을 것이다. 기념품을 파는 구멍가게는 어쩌면 그때도 있었을지도.

'잉글리시 헤리티지'(＊영국 내의 역사적 건물과 유물을 보존하기 위해 만들어진 단체)가 늘 배틀에서 일할 사람을 찾기 때문에 언제나 그곳엔 일자리가 있다. 그것이 일요일 아침에 버스를 타고 배틀에 가는 이유이다. 우리가 돈을 받기 위해 하는 일은 앵글로색슨 농부 복장으로 차려입고 아직 시차로 고생하는 미국인 관광객들을 상대로 이곳 전투를 설명해 주는 것이다. 우리는 헤이스팅스에 관해서라면 정말 많은 것을 알고 있지만 가끔은 지어낸 이야기를 들려주기도 한다. 한 번은 아이오와주에서 온 순박한 사람들에게 노르망디의 윌리엄 공작이 자신의 말을 너무 사랑해서 말과 결혼까지 했다고 말한 적도 있다. 이실직고해야 할 일이 하나 더 있다. 이야기를 실감 나게 전달하기 위해 그 시대의 억양을 흉내 내는데, 문제는 우리의 억양이 들쭉날쭉 엉터리라는 거다. 나는 웨스트 컨트리의 해적들을, 핍은 리버풀 시민의 억양을 흉내 낸다. 그게 녀석이 흉내 낼 수 있는 유일한 억양이라 어쩔 수 없다. 블러썸은 어떻게 시작하든 대개는 영화 〈메리 포핀스〉의 건방지고 쾌활한 런던 말투로 끝내곤 한다.

난 배틀에 가는 것이 좋다. 하지만 옛날 의상을 입어야 하는 것은 골칫거리다. 특히 중세시대에 착용하던 머리 가리개를 쓰고 버스를 타면 다들 쳐다본다. 핍이 차로 우리를 태워주곤 했는데, 그쪽이 여러모로 편하다. 핍의 차로 가면 도끼창을 짐칸에 싣는 문제로 버스 기사랑 옥신각신할 필요가 없으니까. 블러썸과 나는 주로 아이들과 함께 수작업으로 무언가를 만드는 일을 했고, 가끔 블러썸은 수도원 안을 돌아다니는 귀신 역할을 겸했다. 핍은 경비병 역을 했다. 가죽 갑옷을 입고 아이들에게 겁을 줬지만, 아이들은 오히려 핍을 비웃었다. 헤이스팅스 전투 재현에서 우리는 모두 영국 국왕 해럴드 팀에 속했다. 색슨의 피가 우리의 몸에 아직 흐르기 때문일 거다. 내 생각에 세상엔 두 종류의 사람이 있다. 색슨과 노르만. 그리고 색슨은 다시 두 종류로 나뉜다. 귀족과 농노. 나는 분명 농노 쪽이다. 지키는 자. 자기 일에만 신경 쓰는 자. 자신의 세계에 머무는 자. 세상 밖으로 나가 정복하고 말과 결혼하는 사람들과 대척점에 있는 자.

핍

　좁은 시골길을 블러썸과 같이 걸어갔다. 제법 큰 벌들이 양귀비와 앵초 사이에서 취한 듯 돌아다녔다. 블러썸은 한참 남자친구인 마그넷의 험담을 하고 있었다. 글라스고 출신인 그는 타투 전문점에서 보조 피어서로 일하고 있다. 나는 그가 마음에 들었지만, 정작 블러썸은 남자친구에게 짜증이 나 있었다. 우선 그는 통 보기가 힘들었다. 진정한 히피를 자처하는 그는 늘 문명에서 벗어나 살고 싶다고 입버릇처럼 말하지만, 가끔 아이폰을 꺼놓는 것 이상의 행동은 하지 않는다.

　"평화와 자연과의 조화를 모토로 삼는 사람이 늘 성질만 부려." 블러썸이 말했다.

　"스코틀랜드 출신은 다 그래." 내가 조금 변명해 주었다.

　"지금은 '거대 프로젝트'에 빠져 있어. 그 대계획이라는 게 에섹스에 엉겅퀴(*스코틀랜드의 국화)가 널린 들에 자급자족 공동체를 건설하는 거야. 지금 거기서 SAG(*Socialist Action Group, 사회주의자 행동 그룹) 친구들과 함께 그러고 있어."

"도대체 왜?" 내가 물었다.

"거기 사람들은 모두 곧 자본주의 사회가 붕괴할 거라고 진심으로 믿거든. 그러면 사회에 무정부 상태의 대혼란이 온다는 거야. 그러니까 일종의 좌파 생존주의자들이라고나 할까. 듣고만 있어도 암울하지? 그리고 거기 가 있으면 전화도 안 터져서 늘 연락 두절이라고."

나는 몸서리쳤다.

"나보고 그러더라. 공동체가 완성되면 거기서 같이 살자고."

"뭐라고? 그래서 뭐라고 했어?"

"세상의 종말이 와서 자본주의가 무너지면, 나는 기꺼이 마지막을 그 침몰하는 배와 함께하겠다고 했지. 전원이 나간 아이패드를 움켜쥐고서."

"쉿! 잠깐 조용히 해봐. 무슨 소리 안 들려?" 내가 물었다.

우리는 걸음을 멈추고 고개를 약간 기울여 소리의 정체를 확인하고자 했다. 찌르레기 한 마리가 미친 듯이 우는 소리가 들렸다. 가까운 밭에서 파커 씨의 트랙터가 내는 소리도 들렸다. 하지만 이 모든 것들은 내가 우려하는 그 소리가 아니었다. 길가의 산울타리 사이로 들리는 이 불길한 소리의 정체는 잘못 튜닝된 엔진에서 나오는 요란한 굉음이었다.

"설마 이 소리는…" 블러썸이 말을 꺼낸 바로 그 순간 차 한 대가 아주 느린 속도로 모퉁이를 돌아 좁은 차선으로 들어왔다. 그 느린 속도라면 차를 멈출 수 있는 충분한 시간이 있었다. 운전자가 길가의 우리를 보고는 놀라서 눈이 커졌지만, 차는 멈추지 않고 바로 우리를 향해 다가왔다. 우리는 비명을 지르며 개암나무 울타리 안으로 뛰어 들어갔고 차는 간발의 차이로 우리를 스쳐 지나갔다. 삐걱거리며 '쿵' 하는 소리가 뒤로 들렸다. 내 밑에 깔린 블러썸이 '끙' 하고 앓는 소리를 냈다. 나는 몸을 일으켜 나뭇가지를 헤치고 다시 길가로 나왔다. 하얀색 승용차가 반대편 차선의 울타리를 들이받고 멈춰서 있었다. 나는 몸을 털면서 차로 다가갔다. 운전석의 문이 열리더니 긴 다리가 먼저 밖으로 나왔다. 이어서 긴 팔과 목과 머리가 보였다. 누구라도 이 긴 사지가 붙어 있을 거구의 사내가 나타날 거라고 생각했을 테지만 예상을 깨고 홀쭉한 몸이 나타났다. 밝은 붉은 머리색에 새하얀 얼굴의 한 남자가 웃고 있었다.

"핍! 너 왜 안 멈췄어?" 블러썸이 소리를 질렀다.

"발이 브레이크를 놓쳤어." 핍이 대답했다.

"너 때문에 죽을 뻔했잖아!"

핍이 놀란 표정으로 눈을 껌벅거리며 우리를 쳐다봤다. "내가 잘했다는 것은 아니지만, 왜 그렇게 도로 한가운데로 걸어 다니냐?" 핍을 딱 두 단어로 표현하라면, 그건 '술 취한 기린'일 거다. 녀석이 걸어가는 것을 보면 모든 관절이 반대로 맞춰진 것만 같다. 정상적으로 굽혀지는 곳이 한 군데도 없어 보인다.

"제발 브레이크 제대로 밟는 연습 좀 해!" 블러썸이 말했다.

"학교까지 태워줄까?" 핍이 물었다.

"그래 주면 고맙고." 블러썸이 대답했다.

"네 남자친구가 안 좋아할 텐데. 자본주의가 붕괴하면 세상에 차는 온전하겠니? 어차피 늘 걸어 다녀야 할 텐데 미리미리 연습해야지." 내가 끼어들었다.

"나도 알아. 하지만 먼 미래의 일은 그때 가서 생각하자고."

"먼 미래의 일이라고? 이 녀석이 운전하는 차를 타면 내일을 못 볼지도 모르는데."

"그냥 운에 맡기련다. 내 몸에 사마귀(＊중세시대에는 사마귀를 마녀의 징표로 생각했다.) 있는 것 알지?" 블러썸이 운전석 뒷좌석에 몸을 던지며 말했다.

"그나저나 차는 괜찮아?" 내가 물었다.

"괜찮지. 왜?" 핍이 대답했다.

"방금 울타리를 들이받았잖아."

"들이받은 게 아니야. 그냥 주차를 한 거야. 탈 거야 말 거야?"

생각해봤다. 핍이 운전하는 차 안의 탑승객과 핍이 운전하는 차 옆에 서 있는 보행자. 과연 어느 쪽이 더 위험할까? 나는 아무 말 없이 블러썸 옆에 앉았다. 핍이 다시 긴 몸을 굽혀서 운전석에 어렵게 몸을 쑤셔 넣었다. 차가 부르릉 소리와 함께 검은 연기를 내뿜고 출발하자, 내가 방향을 가리키기 시작했다. 핍의 차를 탈 때면 세상에서 가장 느린 레이싱 드라이버를 위한 내비게이션이 된 기분이다.

"우회전까지 20초... 15... 10... 8... 5... 3... 1... 돌아!... 지금 돌라고!!... 왼쪽으로 급커브... 그래 그렇게... 이제 직진... 앞쪽에 말 조심하고... 빨간불... 빨간불... 빨간불이라고!!!"

나는 열여섯 살밖에 안 되었고, 평생 차를 운전해 본 적도 없지만, 내가 핍보다 백배는 운전을 잘할 거다. 언젠가 엄마에게 열일곱 살이 되면 운전을 배우고 싶다고 말한 적이 있다. 엄마는 상상만으로도 등골이 오싹했는지 쓸데없이 긴 기사를 내게 보여주었다. 그 기사에는 열아홉 살이 지나서 운전면허시험을 본 사람의 사망률이 현저하게 낮다는 통계가 적혀 있었다. 나는 고집부리지 않았다. 엄마가 한 번 결심하면 그 주제는 백날 이야기해도 바뀌지 않는다는 것을 알고 있으니까.

플레르

핍이 우리를 학교에 내려주고는 골목 어딘가에 주차할 장소를 물색하러 차를 몰고 가버렸다. 학교는 꽤 현대적이다. 10년 전에 건설되었는데, 지금은 조금씩 낡기 시작했다. 건물은 나무판자와 벽돌, 그리고 바닥에서 천장까지 이어지는 창으로 만들어졌다. 창문은 닦는 법이 없었다. 원래는 넓은 운동장이 들어설 계획이었지만 절반은 주거지용으로 팔아버렸다. 그래서 지금 학교 뒤편은 많은 주거용 단지가 자리 잡았고, 열댓 명의 아이들이 하루 종일 펜스 사이로 이곳을 훔쳐보며 지나가는 사람들에게 욕을 해댄다. 밖에서 점심을 먹을 때 여섯 살짜리 꼬마에게 '개××'라는 욕을 듣는 일은 지금도 적응이 되지 않는다.

블러썸과 함께 정문을 향해 걸어가고 있을 때 뒤에서 엄청난 기운이 느껴졌다. 뒤를 돌아봤더니 보니타가 있었다. '보니타'라는 이름은 그녀와 전혀 어울리지 않는다. 그런 이름을 가진 사람은 작고 연약하며, 걸음걸이가 우아하고, 늘 미소를 지을 것 같다. 하지만 그 어느 것도 보니타에게 해당하지 않는 말이다. 그녀는 강하며, 쿵쾅거리며 걷고, 욕을 입에 달고 산다. 그런 그녀가 지금 나보다 먼저 정문을 통과하고야 말겠다는 기세로 달려오고 있었다. 원래 보니타는 지고는 못 산다. 그녀는 네트볼 팀과 하키 팀의 주장이며, 크로스컨트리도 하고, 남자애들과 함께 축구도 뛴다. 정말 대단한 친구다.

아무래도 보니타가 나에게 느끼는 감정은 전혀 다른 것 같다. 그녀와 껄끄러워진 계기는 몇 년 전으로 거슬러 올라간다. 당시에 나는 멋진 스포츠를 동경해 적극적으로 하키 팀의 일원이 되었다. 주장인 보니타는 첫 경기 이전에 나에게 규칙과 전술을 이해시키려 했다. 나는 후위 수비수인 풀백을 맡았는데 끝이 좋지 못했다. 후위에서 난 제대로 집중하지 못했고, 하필이면 문자를 보내는 도중 상대 팀이 골을 넣었다.

보니타는 화가 머리끝까지 났다. "네가 제 몫을 할 거라고는 처음부터 기대하지도 않았어. 하지만 최소한 경기 중 딴 짓을 할 줄은 몰랐다." 이후 집중해서 경기에 임했지만, 솔직히 크게 다를 것은 없었다. 나는 빼앗긴 한 점을 만회하기 위해 노력했고 스틱을 힘껏 휘둘렀다. 색슨 농노 선조들이 보셨다면 분명 자랑스러워했을 멋진 스윙이었다. 스틱에 맞은 것이 같은 팀원이었던 것만 빼면.

그 이후 어쩌다 보니 보니타의 팀에서 쫓겨나 한나의 팀으로 들어가게 되었다. 나를 떠맡게 된 한나는 무슨 죄인가 싶지만, 종종 보니타 팀을 상대로 경기를 하곤 했는데, 그러면 보니타는 어김없이 나를 바닥에 넘어트리고 내 주위를 빙빙 돌았다. 나에게 창피를 주고 싶어서이겠지만, 사실 그게 뭐 어려운 일이 아니라는 것은 나도 인정하니까. 보니타에게는 스포츠가 중요하고 경쟁이 중요하고 승리가 중요하겠지만, 나는 아니다. 우리는 그냥 서로 다르다. 나는 왜 보니타가 그걸 열 받아 하는지 모르겠다.

대부분의 식스폼 컬리지에서 스포츠 활동은 필수코스가 아니지만, 보스포드 학교는 예외였다. 학교의 모토는 '건강한 육체에 건강한 정신이 깃든다.'이다. 건강한 몸과 정신이 합쳐져야 진정한 탁월함에 도달한다는 것이다.

"그럼 스티븐 호킹은 어떻게 설명하실래요?" 지도 교사인 미스 콜린스가 이번 학기에도 하키 팀에 있어야 한다고 말했을 때 내가 반박하며 말했다. 그녀는 내게 정강이 보호대와 하키 스틱을 건네며 말했다. "네가 스티븐 호킹만큼 똑똑해지면 스포츠 활동에서 빼줄게. 그전까지 네가 있어야 할 곳은 하키 팀 후위 수비수야."

아무튼 보니타는 그런 사람이다. 언제나 모든 것에서 이겨야 직성이 풀리는. 그래서 절대 져서는 안 되는 것이다. 네트볼이든 하키든 축구든, 그리고 달리기에서도. 그런 그녀가 지금 나보다 먼저 학교 정문을 통과하고 싶어 한다. 문은 양쪽으로 열리지만, 지금은 한쪽만 열려 있고 다른 쪽은 고정되어 있었다. 지금 내가 해야 할 일은 보니디가 먼저 문을 통과할 수 있게 조용히 옆으로 빠져주는 것이다. 도대체 문에 누가 먼저 들어가는지가 뭐가 중요한 걸까? 그녀가 하키에서 나를 넘어뜨리며 보란 듯이 십여 골을 넣어도 신경 안 쓰는데, 문 앞에서 몸을 비키는 일쯤이야 뭐가 대수라고. 하지만 오늘은 왠지 그러고 싶지 않았다. 단순한 장난기가 발동했는지도.

가끔 세상의 순리대로 따르는 것이 지루해질 때가 있다. 그럴 땐 어떤 일이 벌어질지 궁금해서 일부러 말도 안 되는 바보 같은 짓을 저지르기도 한다. 수자폰을 선택했던 때도 그랬다. 선생님이 배우고 싶은 악기를 하나 골라 보라고 했다. 대부분의 아이가 합리적으로 플루트나 클라리넷을 선택했다. 남자아이들은 하나같이 기타나 드럼을 골랐다. 하지만 나는 단지 재미있을 것 같다는 이유로 가장 무거운 금관악기의 끝판왕을 고른 것이다. 얼마나 무겁고 거대한지 몸에 걸쳐야 하는 그 악기는 소리를 내는 것은 고사하고 제대로 들 수도 없었다. 결국 몇 주 만에 포기해야만 했다. 어쨌든 나는 보니타가 지나갈 수 있게 몸을 피해 주는 척했다. 그러다 그녀가 문을 통과하려는 마지막 순간에 맞춰 문으로 돌진해 들어갔다. 우리 둘은 한 병에 끼인 두 개의 코르크 마개처럼 문에 끼어 버렸다. 보니타가 나를 무섭게 노려봤다.

"미안. 내가 실수했네." 나는 말했다. 하지만 그녀가 힘을 줘서 앞으로 먼저 들어가려 할 때, 또다시 얼른 몸을 들이밀어 그녀가 먼저 들어가지 못하게 막았다.

"미안." 나는 다시 한번 말했고, 다른 학생들은 멈춰 서서 이 광경을 재미있다는 듯이 지켜봤다.

그때 먼저 들어가 있던 블러썸이 다가와서 고정되어 있던 다른

쪽 문의 볼트를 풀었다. '쨍' 하는 소리와 함께 문이 활짝 열렸다. 보니타와 나는 앞으로 고꾸라지며 바닥에 대자로 넘어졌고 가방은 멀리 날아갔다. 월요일 아침부터 재미있는 구경을 한 학생들이 크게 환호했다. 먼저 일어난 보니타가 정말 무섭게 노려보았다.

"진심인 거냐?" 보니타가 쏘아붙이듯 말했다. "승부욕이 생긴 게 이거야? 문 먼저 통과하는 거? 왜 하키 경기할 때도 그렇게 좀 하지?"

"난 하키에 별 관심 없어. 그런데 문은 나한테 중요하거든." 내가 말했다.

"너 조심하는 게 좋겠다. 워터스!" 그녀는 정말 화가 많이 나 보였다. 그제야 나는 내가 넘지 말아야할 선을 넘었다는 것을 깨달았다. 심장이 뛰고 입이 다물어졌다. 다행히 그때 블러썸이 나와 보니타 사이로 몸을 집어넣었다. 블러썸은 정말 겁이 없다.

"지금 뭐 하는 거니? 우리 여자들끼리 이렇게 싸우면 이 남성 중심의 사회를 절대 무너뜨릴 수 없을 거야." 블러썸이 호소하듯 말했다.

그러나 보니타는 분을 못 참고 앞으로 한 걸음 다가왔다. 이때 나를 살린 것은 바로 싱 선생님이었다. 마침 지나가던 그가 우리를 보고는 모두 교실로 들어가라고 말한 것이다. "우리 안 끝났다. 꽃잎!" 보니타가 자리를 뜨면서 말했다. 그녀는 나의 이름을 다르게 부르는 게 재미있다고 생각하는 것 같다. 그녀는 블러썸도 플라워라고 부르곤 한다. 하필이면 나도 블러썸도 식물학적 이름을 가지고 있다. 여기에 핍이 낀다면 〈원예사들의 일문일답〉 같은 코너의 패널인 줄 알 거다.(*Pip은 과일의 씨앗이란 뜻이 있다.)

마음이 크게 동요되었다. 도대체 난 왜 이렇게 스스로 일을 만드는 걸까? 3학년을 맡은 파울러 선생님은 내가 남의 관심을 원하기 때문이라고 한다. 농담을 입에 달고 사는 것도, 자꾸 사고를 치는 것도 관심을 끌어 남들에게 인정을 받고 싶어서라고. 일종의 방어기제로 말이다. 글쎄, 나는 잘 모르겠다. 베리티 언니가 한집에 살며 엄마와 항상 싸울 때마다, 나는 관심을 나에게 돌리려고 애썼다. 나는 사람들이 싸우는 것이 싫다. 하지만 긴장을 풀려는 나의 바보 같은 농담은 극적인 상황에서는 오히려 독이 될 때가 많았다.

영어 수업에 들어가기 전에 핍이 합류했다. 적잖이 마음이 놓였다. 설명하기 힘들지만 핍에게는 사람의 마음을 안심시키는 재주가 있었다. 만약 핍 같은 사람도 살 수 있는 세상이라면, 우리 모두에게도 희망이 있다는 뜻이니까. 혹시나 내 말이 친구에 대한 욕으로 들린다면 정말 그런 뜻은 아니다. 핍은 따뜻한 마음을 가졌고, 배려할 줄 아는 친구다. 이 친구가 없다는 것은 상상할 수도 없다. 블러썸이 보니타와 있었던 불미스러운 일을 이야기해주자, 핍은 그 가늘고 긴 팔로 그루트처럼 나를 감싸주었다. "왜 옛말에도 있잖아. 시련이 우리를 강하게 만든다." 핍이 속삭이듯 말했다.

"고마워. 핍." 내가 말했다.

"하지만 시련은 우리를 죽일 수도 있지. 음... 그래. 시련은 우리를 죽일 수도 있어." 핍이 덧붙였다.

블러썸 팽크허스트

(＊에멀린 팽크허스트는 20세기 초 여성의 참정권을 위해 투쟁한 영국의 여성운동가이다.)

점심시간에 블러썸을 찾아 나섰다. 그녀를 발견하는 건 어려운 일이 아니었다. 블러썸은 로비 한가운데서 한 손에 종이를 쥔 채 체육 담당인 터비 선생님에게 뭔가를 항의하고 있었다.

"여자들이 뭐라고 생각하세요? 2등 시민인가요? 서프러제트가 도대체 무엇을 위해 싸우다 죽었나요?" 블러썸이 말했다.

터비 선생님은 얼굴을 찌푸리며 대답했다. "여성의 참정권을 위해서 싸웠지. 하지만 그녀들이 복싱 클럽의 회원 관리방침에 그렇게 분노했을 것 같지는 않구나." 나는 블러썸이 손에 들고 있던 종이를 낚아채 제빠르게 훑어보았다. 그냥 값싼 종이에 인쇄된 전단지였다.

"너도 알겠지?" 블러썸이 나를 보며 물었다. 그 틈을 이용해 터비

보스포드

복싱 클럽

복싱이 건강관리에
엄청 좋다는 것 아시나요?

우리 체육관의
새로운 회원이 되어 주세요.

[수요일]
성인부: 오후 8시 ~ 9시
[토요일]
청소년부: 오전 9시 ~ 9시 45분
성인부: 오전 10시 ~ 11시 15분
[목요일]
여성부: 오후 8시~9시

스파링과 토너먼트 경기에 출전하기를 원하신다면
또는 단순 체중 관리를 원하신다면 복싱이 당신을 도와드립니다!

선생님은 조용히 자리를 피했다.

"뭘? 네가 복싱을 싫어한다는 거?"

"이 전단지를 보고도 뭐가 문제인지 정말 모르는 거야?" 블러썸이 물었고, 나는 다시 전단지를 읽어 보았다.

"여성부^{Ladies} 표시에서 홑따옴표가 빠진 거 때문에 그러는 거구나?" 나의 구두점에 대한 강박증은 부모님에게 물려받은 것이다.

"그거 말고! 이건 구두점의 문제가 아니라 염색체의 문제야! 왜 여자들만 다른 날에 따로 교습을 받아야 하는 거냐고!"

"그래서 이 난리인 거야? 교습을 같이 받아야 남자를 때릴 수 있으니까?"

"그것도 완전히 부정은 못 하겠다. 하지만 그게 핵심은 아니야." 블러썸이 내 손에 있던 전단지를 낚아채 들어 올리며 말했다.

"이렇게 성별에 따라 분리 수업을 받게 하는 것은 2010년 제정된 「평등법」에 위배되는 거야. 명백한 불법이라고!"

"그럼 어떻게 할 생각이야?"

"토요일에 직접 찾아가서 말하려고. 당장 정책을 바꾸라고. 그다음엔 시의회에 항의 편지를 보낼 거야. 하원의원에게도 참조로 하나 보내야겠지. 그래도 거부한다면 직접 행동에 나서야지. 서프러제트처럼." 약간 오싹하게 웃으며 말하는 블러썸의 눈은 앞으로의 결사 항전에 대한 기대로 빛났다.

"단식투쟁도 할까? 일요일에 엄마가 돼지족발로 로스트비프를 해주신다고 그랬거든. 미리 위도 비워둘 겸." 내가 말했다.

"플레르! 나 지금 심각해. 내 편 들어 줄 거야, 말 거야?" 블러썸이 쏘아붙이듯 말했다.

"그래, 알았다." 나는 한숨을 내쉬며 마지못해 동의했다.

블러썸은 만족한 듯 웃었다. 결국 내가 동의하리라는 것을 알았겠지. 나는 항상 그러니까.

조지 왕자님

　수요일 방과 후에는 내 남자친구인 조지가 나를 태우러 온다. 조지는 모든 면에서 블러썸의 남자친구 마그넷과는 정반대의 사람이다. 딱 한 가지만 빼고. 그건 조지도 얼굴 보기 힘들다는 거다. 수요일과 일요일이 유일하게 그를 볼 수 있는 날이다. 그는 나보다 몇 살 위로, 호브에 있는 해군사관학교에서 장교 훈련을 받느라 일정이 항상 차 있었다. 수요일 밤은 데이트를 하는 날이고, 일요일은 점심때 우리 집으로 와서 가족들과 함께 식사를 한다. 때론 이 일요일 점심에 블러썸도 함께 한다. 일요일 점심이 어떻게 정례모임처럼 되었는지는 기억나지 않지만, 어쨌든 전통을 중시하는 조지는 한 번 정해진 정례모임을 바꾸고 싶어 하지 않았다. 조지는 잘 정돈된 일정이라고 거듭 말했다. 그는 우리 부모님과도 잘 어울렸는데, 주로 경제와 중동의 상황 등에 대해 이야기를 나누었다. 엄마는 내가 조지와 사귀는 것을 마음에 들어 했다. 열아홉 살이기는 해도 군인이라 안전하다고 생각했다.

맞다. 그와 있을 때 나는 늘 안전하다. 그게 엄마가 생각하는 '안전'이 아닐지도 모르지만. 내가 말하는 '안전'의 의미를 안다면, 나는 그가 그런 면에서 좀 더 과감했으면 좋겠다. 이 점도 분명 조지는 마그넷과는 다르다. 뭐든 잘 뚫는 마그넷과 달리 조지는 뚫는 것에는 영 관심이 없다. 그는 보수적이다. 그건 그가 특별히 종교적이어서도 아니다. 뭐랄까... 그는 그냥 너무너무 바르다.

"나는 지켜야 할 원칙이 있어." 그는 말한다.

조지가 멋진 이유는 너무 많다. 우선 그는 잘생겼다. 차도 있고 돈도 있다. 그것도 좋은 일이다. 게다가 상류층의 억양을 가지고 있는데, 여기 촌사람들의 말투와 비교해서 더 두드러졌다. 나는 귀족적인 남자가 좀 섹시하다고 느끼는데, 이건 절대로 블러썸에게는 털어놓을 수 없는 비밀이다. 누구에게나 약점은 있으니까.

무엇보다 중요한 것은 그는 나를 웃게 만든다. 너무 뻔하게 들릴지 모르지만 정말이다. 그가 식스폼 컬리지에 있을 때 우리는 학교에서 만났다. 조지는 자신감 있고, 매력적이고, 잘생겼다. 그래서 조지 왕자님으로 학교에서 알려졌는데, 그다지 색다른 별명은 아니지만 그와 잘 어울렸다. 사관학교 생도인 그를 학교운동장에서 종종 보았는데, 어느 날 그가 내게 와서 말을 걸었다.

"네가 플레르 워터스 맞지?"

고개를 끄덕였다. "어떻게 내 이름을 알아요?"

"좀 물어보고 다녔지." 그가 말했다.

"나에 대해 알아봤다고요? 경찰이 수사하는 것처럼? 막 문도 두드리고?"

"음... 그러니까. 처음에는 사람들에게 조금 물어보고 다닐 수밖에 없었어. 너를 잘 아는 사람이 별로 없더라고. 어떤 사람은 네 이름을 피오나라고 알더라."

"확실히 내가 강한 인상을 남기는 사람이긴 하죠." 내가 말했다.

"그래. 내게는 아주 강한 인상을 남겼어." 그는 쑥스러운 듯 웃었다.

나는 왜 그에게 빠지게 된 걸까? 내가 강한 인상을 남겼다고 해줘서, 아니면 처음으로 내가 투명 인간이 아님을 느끼게 해 준 남자라서? 아마 그 모두일 거다. 나를 처음으로 알아봐 준 남자가 시간을 들여서 내 이름이 피오나가 아니라는 것을 알아냈으니까. 조지는 다음 날 학교 식당에서 점심을 같이 먹자고 제안했고, 나는 바로 그러자고 했다. 그리고 그 이후 우리는 이렇게 된 거다.

블러썸은 조지와 사귀는 것을 탐탁해 하지 않았다. "저 남자가 정말 너에게 맞는 것 같아? 그가 보수당을 지지할 거라는 것에 내기해도 좋아." 언젠가 조지가 없을 때 블러썸이 말했다.

"그냥 우리와 다른 것뿐이야. 그리고 다양성이야말로 네가 평소 부르짖던 신념 아니야?" 내가 대답했다.

"음... 그렇긴 하지만 저 남자는 지구에서 가장 덜 다양한 부류에 속할걸." 블러썸이 돌려 말하는 척하며 지적했다.

"그만 좀 하지. 너는 세상의 다양한 사람들을 조지 같은 사람들과 비교하면서 말하는 거잖아. 그건 거꾸로 생각하면, 조지 같은 사람들이 없다면 아무도 다양할 수 없다는 거야. 누가 그런 세상에 살고 싶기나 하겠니?" 내가 반박했다.

"나는 그 사람 좋아." 핍이 한마디 했다. "어제 내가 돈이 없었는데, 치즈롤 사줬어."

마음의 문을 여는 데 핍은 치즈롤 하나면 족하다. 다른 모든 사람도 배워야 할 자세 아닌가. 그렇게 조지는 다양한 사람들의 배경에 깔리는 사람이 되었다.

9월 사관학교에 들어가기 전, 그가 할 말이 있다며 집으로 찾아왔다. 혹시 헤어지자는 말이 아닐까 생각했다. 지금도 그날 밤은 분명히 기억한다. 아직은 밤에도 야외에 앉아 있을 만큼 따듯한 날이었다. 우리는 팔머 씨의 밀밭이 내려다보이는 후원까지 걸어갔다. 바람에 일찍 떨어진 사과들이 잔디 위에 군데군데 있었다. 우리는 정원 끝자락의 피크닉 테이블에 앉았다. 제비들이 하늘에서 하강하며 밤벌레를 낚아채는 것이 보였다. "이렇게 하면 될 것 같아." 그가 긴 서두 끝에 말했다. "최소한 일주일에 두 번은 볼 수 있어. 그리고 네가 가끔씩 주말에 호브로 내려와도 좋고."

"주말에 호브라고, 멋지다." 사실 아빠의 입버릇처럼 내 마음은 양면이 있었다. 조지는 안전하고 사랑스러운 사람이다. 일주일에 그를 두 번 정도 본다는 것도 나쁘지 않았다. 언제 얼마나 오래 볼 수 있는지 미리 알 수 있으니까. 그렇게 보면 인생에서 연애도 감정도

적재적소에 적절하게 관리되어야 할 대상들일지도. 걱정할 일이 뭐가 있을까? 한 번 해보자는 생각이 들었다. 지금 내 앞에 놓인 이 문을 열면 어떤 삶이 기다리고 있을지 나는 안다. 굳이 다른 문을 열 필요가 있을까? 어차피 지금의 나에게 다른 문은 보이지도 않는다.

그래서 내가 지금 데이트를 하는 수요일에 '치코스'에 있게 된 거다. 치코스는 평범한 식당이 아니다. 조지와 종종 갔던 작은 이탈리아 식당이나 친구가 추천한 멋진 태국식당과는 많이 다르다. 루이스 교차로 근처 어느 집 거실 안에 개점한 레바논 카페와도 다르다. 장소 선택은 한 번씩 번갈아 가며 하고, 돈은 항상 그가 냈다. 하지만 비싼 음식과 고상한 음악이 흘러나오는 곳이 내키지 않을 때도 있다. 때로는 기름진 칩에 가벼운 대중음악이 끌린다. 그래서 오늘 내가 고른 곳이 보스포드 치코스다. 조지가 마음에 들어 하지 않는다는 것은 금방 알 수 있었다.

"다시 한번 설명해 줄래? 주문을 어떻게 하는 거라고?" 그가 세 번째 물어보았다.

"머릿속으로 생각하는 것만큼 그렇게 안 복잡해. 먼저 바에 가서 원하는 음식을 주문해. 그럼 작은 고무 닭을 줄 거야. 닭 엉덩이에 번호가 적힌 나무스푼이 꽂혀 있거든. 그 번호를 보고 웨이터가 주문한 음식을 가져다줘."

그가 자리에서 몸을 돌려, 바를 쳐다봤다. "그런데 저기 줄 서 있잖아?"

"그냥 내가 갈까?"

"아니. 테이블에 앉으려고 이미 줄을 서서 기다렸잖아. 그런데 들어와서 음식을 주문하려면 또다시 줄을 서야 한다고? 정말 비효율적이야."

"그래. 하지만 치킨 맛은 정말 끝내줘."

"음료는 어떻게 주문해?"

"같은 방식이야. 줄을 서야지." 내가 말했다.

"또 줄을 선다고?"

"효율성을 극대화하고 싶다면 음식을 주문할 때 음료를 함께 주문하는 방법도 있습니다만?"

"나는 음료를 먼저 마시면서 메인 메뉴 고르는 걸 좋아하는데." 그가 불평했다. 나는 테이블 아래로 그의 다리를 걷어찼다. 그가 짧은 비명을 질렀다.

"어리광 피우면 말해 달라고 했지?" 내가 말했다.

"내가 언제? 그런 말 한 적 없는데."

"그래? 어쨌든 바로 지금 어리광부리고 있어." 조지는 웃었다. 그도 알고 나도 안다. 그가 결국 내가 시킨 대로 할 거라는 것을. 조지는 줄을 서기 위해 자리에서 일어섰다. 그런 그의 모습에 나는 고개를 저으며 웃었다. 그는 열아홉이지만 서른아홉인 것처럼 행동한다. 자기 인식이 부족한 것이 아니다. 내가 놀려도 그것을 항상 바르게 받아들일 줄 안다. 조지의 이런 면을 블러썸은 보지 못한다.

잠시 후, 그가 엉덩이에 나무스푼이 꽂힌 고무 닭을 가지고 돌아왔다.

"그거 봐? 잘하잖아." 내가 말했다.

"여기 자주 와?" 그가 물었다.

"아니." 거짓말이다. 토요일에 배틀에 갔다 돌아오는 길에 핍과 블러썸과 자주 왔었다. 모든 사람의 취향에 맞는 것은 아니지만, 이곳은 핍이 도끼창을 우산꽂이에 둬도 아무 말도 하지 않았다. 엄마는 이곳을 그다지 탐탁해 하지 않았는데, 두 가지 이유 때문이다. 첫째, 웨스트 보스포드 변두리에 있다는 것. 둘째, 이곳 이름인 치코스 Chickos 에서 s 앞에 홑따옴표 표시가 빠진 것 같은데, 그게 확실하지 않다는 거다. 그게 엄마의 마음을 불편하게 했다.

"그냥, 여기가 좀 특이하잖아." 내가 말했다.

"확실히 특이하긴 하네." 그가 주위를 둘러보며 말했다. 뾰족구두와 재킷을 입은 그의 옷차림은 이곳과 어울리지 않았다.

"여기 나가면 클럽에 갈까? 춤도 좀 추고?" 내가 물었다.

"너 아직 열여섯이야. 그리고 춤도 싫어하잖아." 그가 지적했다.

"누가 싫어해? 그냥 잘 못 추는 거뿐이야. 하지만 '릭크드' 클럽에서는 상관없어. 어두워서 누가 알아볼 것도 아니고. 그리고 거기선 신분증 확인도 안 해."

그가 이마를 찡그렸다. "글쎄. 내일 일찍 일어나야 해. 호튼 소령님과 항해를 나가거든."

"그럼 토요일 밤은 어때? 그때 와서 춤추러 가면 되겠다." 내가 물었다.

"하지만 나는 일요일에도 오잖아. 가족과 함께 점심 먹으러."

"그럼 토요일에 와서 다음날까지 우리 집에 머물면 되잖아." 그의 눈치를 살피며 말했다. 그는 놀란 눈으로 나를 쳐다봤다. 마치 내가 식탁 위에 나를 눕히고 거칠게 다뤄달라고 유혹이라도 한 것처럼. "엄마는 별로 신경 안 쓰실 걸?" 정말 엄마는 별로 신경 쓰지 않을 거다. 물론 조지에게 남는 방을 주겠지만, 그것도 좋다. 아무런 일이 일어나지 않더라도 조지와 한 집에서 잠을 자는 것만으로도 좋을 것 같았다. 어쩌면 같은 동네에서 잠을 자는 것만으로도 우리에겐 큰 진전일 거다.

마침내 음식이 도착했다. 우리는 각자 치킨 반의반 마리를 주문했다. 나는 거기에 칩과 콘슬로를 주문했다. 조지는 통감자구이와 스위트콘을 곁들였다. 그는 되도록 지방 섭취를 피하려고 했다. 사관학교에서 정기적으로 체력테스트를 했고, 생도들을 이틀에 한 번 꼴로 10마일씩 달리게 했다. 그런 훈련이 전쟁에 그다지 도움이 될 것 같지는 않다. 만약 러시아가 갑자기 공격한다면, 우리의 젊은 해군 장교들은 굶주린 배와 10마일 구보로 기진맥진한 상태에서 싸워야 할 거다.

"여기 식사 나왔습니다." 웨이터가 재빠르게 말하고는 돌아가려고 했다.

"잠깐만요. 음료도 주문했었는데요. 다이어트 콜라 두 잔이요." 조지가 말했다.

"음료 담당 웨이터를 좀 더 기다리세요." 웨이터가 조금 퉁명스럽게 말했다. "저는 수요일은 음료 담당이 아녜요. 월요일 밤과 일요일 점심은 제가 담당이지만, 수요일은 아닙니다."

"수요일은 아닙니다." 나는 조지를 바라보며 웨이터의 말을 진지하게 따라 했다. "수요일은 아니라는데, 아직도 수요일 밤이 데이트하기에 좋은 시간 같아?" 내 말에 조지가 한숨을 쉬고는 접시 위의 치킨 껍질을 벗겨내기 시작했다.

"뭐 하는 거야? 그게 제일 맛있는 부위인데." 내가 항의했다.

"35그램에 150칼로리나 된다고. 나 내일도 달려야 해." 조지가 말했다.

"그래도 양념은 있어야지." 내가 옆 테이블에서 얼른 페리페리 소스를 두 병 가져왔다. 병에 붙은 라벨을 살펴보며 말했다.

"이것은 미디엄... 그리고 이것은 어! 엑스트라 핫 소스인데. 어때? 도전해 볼래?"

"아니. 나는 미디엄 소스가 좋겠어." 조지가 말했다.

나는 핫 소스를 그의 치킨에 한 번 쭉 뿌렸다. "잠깐, 잠깐!" 그가 소리쳤다.

"무슨 그런 약한 모습을 보이고 그래." 내가 말했다. 그가 포크에 소스를 살짝 찍어 조심스럽게 맛보았다.

"오! 이거 꽤 매운데." 그가 말했다. 핫 소스를 내 치킨에도 뿌리려 하자 그가 고개를 저었다. "나한테 뿌린 것만큼 많이 뿌리지는 마. 매워서 안 좋을 거야."

나는 눈을 가늘게 뜨며 말했다. "그 말 지금... 내가 여자라서 그렇다는 거야? 남자가 아니라서 그 정도 매운 음식은 감당하지 못할 거다?”

“아니, 그게 아니고.” 그가 황급히 말했다. “미디엄도 여자…와 남자를 다 포함해서 충분히 맵다는 뜻이었어.”

“내가 여자라 그렇다?” 나는 물러서지 않았다.

“정말로 그런 뜻 아니었어.” 그는 인정하지 않았다.

“지금 사관학교 룸메이트끼리 있었다면, 오히려 분명 먹어 보라고 부추겼을 거야.” 내가 말했다. 물론 그에게 장난을 쳐보고 싶어서이기도 했지만, 한편으로는 종종 여성을 얕보는 듯한 태도가 거슬리기도 했다. “막 서로의 바지를 벗겨서는 거기에 페리페리 핫 소스를 뿌려 댔겠지.”

“너 아무래도 대학 기숙사에 대해서 단단히 오해하는 것 같아.” 그가 이마를 찡그렸다. “먼저 미디엄으로 조금 뿌려 봐.” 하지만 너무 늦었다. 내 손엔 이미 엑스트라 핫 소스가 있었다. 나는 미친 듯이 웃어대며 음식에 핫 소스를 잔뜩 뿌리기 시작했다. 한 번, 두 번, 세 번!

“그만, 그만해!” 그가 당황하며 말했다.

“하하하!” 내가 소리를 질렀다. 네 번! 다섯 번! 그가 나의 손에서 소스를 뺏으려고 했지만 내 손이 더 빨랐다. 우리는 서로를 노려보았다. 그가 손을 뻗었다. “페리페리 소스 이리 줘. 플레르!”

“싫은데?” 내가 말했다.

“제발, 플레르. 페리페리 소스 이리 줘.” 우리는 서로 잠시 바라보며 앉아 있었다. 둘 다 웃음을 참고 있었다.

"좋아, 여기 있어." 내가 그에게 손에 든 소스를 내밀었다. 하지만 그가 소스를 잡으려 할 때 재빨리 가져와 이번에는 그의 치킨에 소스를 더 뿌렸다. 가까스로 그가 소스를 잡았다. 서로 뺏기지 않으려고 힘을 주었다. 풋 하고 웃음이 터져 나왔다. 조지가 결국 소스를 빼앗아 의자 밑에 숨겼다.

"이제, 치킨 먹어 봐." 조지가 말했다.

"먼저 먹으면 나도 먹을게." 내가 말했다.

그는 손을 뻗어 나의 손을 잡았다. "그럼 같이 먹는 거야. 어때?" 그가 말했고 우리는 그렇게 하기로 했다. 나이프와 포크를 함께 들고, 치킨을 함께 잘랐다. 그리고 입에 넣어 씹고 꿀꺽 삼켰다. 처음부터 끝까지 계속 서로의 눈을 쳐다보았다.

"그렇게 나쁘지는 않네." 조지가 입을 열었다.

"아직 매운맛이 안 퍼져서 그럴걸?" 대답을 하자마자 매운맛이 퍼지기 시작하며 입안이 화끈거렸다.

"그래. 나도 지금 왔어. 매운맛!" 얼굴을 찡그리며 그가 말했다. 그의 말에 동의하고 싶었지만 입을 열 수 없었다. 만약 입을 연다면 입에서 불이 뿜어 나와 앞에 앉은 조지가 통구이가 될 것만 같았다. 만에 하나 그런 일이 벌어진다면 러시아로부터 누가 우리를 지켜주지?

화끈거리던 입속은 이제 제대로 활활 타올랐다. 내 입속에 심판의 날이 닥쳐 불을 내뿜는 도깨비들이 돌아다니는 것 같았다. 조지도 잘 견디고 있는 것 같지 않았다. 땀이 이마를 타고 흘렀고, 미친 듯이 눈을 깜박거렸다. 얼굴은 새파랗게 질렸고, 손에 쥔 포크와 나이프는 너무 꽉 쥐어 곧 부러질 것만 같았다. 나는 냅킨을 뽑아 부어오른 혀를 닦아냈다. 하지만 소용없었다. 매운 기는 가라앉지 않았고, 눈물 때문에 흐린 눈에 조지가 자리에서 벌떡 일어나 바로 달려가는 것이 보였다. 그는 숨넘어가는 목소리로 외쳤다.

"음료 담당 웨이터! 이놈의 음료 담당은 어디에 있는 거야!"

부디카

다음 날 훈련에서 녹초가 된 것은 조지만이 아니었다. 목요일엔 체육 수업이 있다. 보니타와 하키를 하게 되는 날이다. 물론 다른 애들도 함께하지만, 보니타는 오직 내게만 관심을 보인다. 보니타만 아니라면 나는 체육 시간 내내 구석에서 데이지 화환을 만들거나 죽음에 대한 공상을 하며 행복하게 보냈을 것이다. 다른 아이들은 이미 내가 만사에 의지가 없다는 것을 알아서 신경 쓰지 않는다. 하지만 보니타만은 무슨 이유인지 나를 꼭 게임에 참여하게 만들고, 골을 넣으러 올 때면 꼭 내가 수비하는 방향을 택한다. 물론 그녀를 막을 능력이 내게 있을 리 없다.

조지와 데이트를 마치고 돌아와서 잠을 제대로 잘 수 없었다. 망할 놈의 칠리소스 때문에 입과 입술이 얼얼해 밤새 계속 화끈거렸다. 좋게 생각할 수가 없었다. 그날 칠리소스 사건은 우리의 재미있는 농담 소재가 되었지만, 조지가 나를 차로 집에 데려다주었을 때 둘 다 키스를 할 마음은 생기지 않았다. 나는 내가 한 일이 후회되었다. 침대에 누워 조지에 대해 생각해 봤다. 우리는 만나면 즐겁다. 조지는 나를 웃게 만들고, 나는 조지를 웃게 만든다. 우리가 서로를 통해 알지 못했던 세계를 알게 되고 느끼게 된다는 점도 좋다. 내가 아니라면 조지는 치코스 같은 곳은 가보지 않았을 거다. 나 또한 헤이스팅스에 있는 고급 레스토랑에 갈 일은 없었겠지.

시곗바늘이 새벽 1시를 가리킬 때도 나는 좀처럼 잠이 들지 못했다. 어둠 속에 누워 문득 궁금해졌다. 혹시 내가 조지를 좋아하는 유일한 이유가 나와 다르기 때문은 아닐까? 단지 그와 있으면 재밌으니까? 조지는 그냥 또 다른 수자폰인가?

아무튼 이런 이유로 나의 컨디션은 엉망이었고, 보니타와 그녀의 동료들이 마치 부디카(*로마의 지배에 저항한 영국의 전설적 여왕)와 이케니 전사들처럼 나를 향해 달려오고 있는 것을 보았을 때 내 심장은 바짝 쪼그라들었다. 나는 로마 군단의 병사와 같이 소리를 지르며 하키 스틱을 단검처럼 높이 쳐들었다. 말할 것도 없이 그들은 나를 뭉개고 지나갔고 나는 대자로 뻗었다. 스커트는 귀까지 올라가 얼굴을 덮어 버렸다. 누군가 (아마 보니타겠지) 지나가면서 내 팔목을 밟았다. 나는 얼굴이 스커트에 덮인 채로 어둠 속에서 아픈 팔목을 미친 듯이 비볐다. 또 한 골을 넣었는지 이케니 부족들의 으르렁거리는 함성이 들렸다.

내게 승부욕 같은 것은 없다. 하지만 단 한 번만이라도 보니타를 이겨 보고 싶다. 단 한 번만!

릭키

　토요일, 블러썸이 핍의 차를 타고 일찍부터 나를 태우러 왔다. 날이 흐렸다. 오전 시간 대부분을 복싱 체육관 밖에서 블러썸을 기다려야 할 것을 생각한 나는 코트와 편안한 신발을 신었다. 적절한 상황을 봐서 약국에 들를 수 있으면 좋겠다. 마침 페이스 티슈와 탐폰이 떨어졌다. 운이 좋으면 내친김에 액세서리 가게에 들러서 블러썸의 생일선물을 고를 수도 있겠다. 핍은 검은색 바지와 스웨터에 검은색 롱코트를 입었다. 온통 어두운 분위기로 차려입은 것이 마치 〈매트릭스〉의 네오 같았다. 스토브파이프 모자만 쓰지 않았더라면 말이다. 블러썸은 저항의 상징으로 온몸을 도배했다. 그녀의 검정 재킷은 작은 배지들로 가득했다. 그녀가 단 배지 중에는 핵 비무장 운동 단체의 '고래를 지키자!'도 있었고 제레미 코빈(＊영국 노동당 당수)을 체 게바라처럼 보이게 만든 것도 있었다.

핍의 운전은 오늘따라 더 엉망이었다. 그는 차가 마주 오는 데도 멈추는 법이 없었다. 차선이 아무리 좁아도 상관없었다. 그들이 아무리 상향등을 켜서 비추고 경적을 울려대도 핍은 아무것도 들리지도 보이지도 않는 사람처럼 거북이 속도로 직진, 또 직진했다. 몇몇 차들은 인도로 피하고 몇몇은 밭으로 차를 몰아야 했다. 마주 오는 차량뿐만 아니라 뒤에 있던 차는 뒤차대로 라이트를 비추거나 추월하면서 신경질을 내며 소리를 지르곤 했다. 핍의 차 안이 평온할 리가 없었다.

복싱 체육관은 성 베드로 교회 옆 보스포드 메모리얼 홀에 있었다. 이곳은 기차역에서 멀리 떨어지지 않은 곳이지만 제대로 정비가 되어 있지 않은 지역이었다. 바로 그 교회 옆이 보스포드에서 가장 큰 공영주택단지인 글래드웰 단지가 위치한 곳이다. 핍이 주차를 마치고 우리는 함께 메모리얼 홀까지 걸어갔다.

"체육관 관계자가 뭐래?" 블러썸에게 물었다.

"아직 말 안 해 봤어." 블러썸이 답했다.

"전화도 안 해본 거야?"

"이런 건 직접 얼굴 맞대고 이야기해야 해." 그녀가 확신에 찬 목소리로 말했다. 교회 앞에서 우리는 걸음을 멈췄다. 긴장이 돼서 침을 삼켰다.

"우리 그냥..." 내가 말을 꺼내자, "그냥 뭐?" 블러썸이 바로 대꾸했다.

"아니. 그 사람들 복싱하는 사람들이잖아. 거기에 얼굴에 문신하고 이도 없는 사람들이 잔뜩 있으면 어떡해?"

"야. 너희 둘! 배짱 좀 키워." 블러썸은 몸을 돌려 뒤도 돌아보지 않고 곧바로 걸어 들어갔다. 핍과 나는 서로를 보며 어쩔 수 없다는 몸짓을 하고는 마지못해 그녀의 뒤를 따랐다. 안으로 들어가자 트랙 슈트를 입은 회색 머리칼의 한 여성이 테이블에 앉아 장부를 들여다보고 있었다. 장부 앞에는 동전들이 담긴 작은 상자가 있었다. 블러썸이 굳은 얼굴로 그녀를 바라보았다.

"어서 오세요. 무슨 일로 오셨죠?" 그녀가 물었다.

나는 테이블 뒤쪽을 살펴봤다. 그녀 뒤로 보이는 홀의 중심부에서는 20명이 조금 넘어 보이는 다양한 연령대의 아이들이 줄넘기를 하고 있거나 혹은 하려고 애쓰고 있었다. 키가 아주 크고 머리를 민 다부진 체격의 한 사내가 아이들이 하는 것을 지켜보고 있었다. 대부분의 아이가 핍만큼이나 몸을 제대로 가누지 못했다. 가장 나이가 많아 보이는 아이가 열한두 살 정도, 가장 어린 아이가 대여섯 살쯤 되어 보였다. 대부분이 남자아이들이었지만, 여자애들도 몇 명 보였다. 여자아이도 같이 배운다는 것을 블러썸에게 말해주고 싶었지만, 블러썸은 테이블에 앉아 있는 여성과 이야기하느라 정신이 없었다.

"이 전단지에 대해서 할 말이 있어서 왔어요." 블러썸이 전단지를 들어 올리며 말했다.

"네, 그러시군요. 목요일 수업을 신청하시려고요?" 그 여성이 말했다.

"왜 저는 토요일 수업은 신청할 수 없는 거죠?"

"음, 목요일 수업이 더 잘 맞으실 겁니다."

"왜요? 토요일은 남자들만 수강할 수 있나요?" 블러썸이 정중하게 물었다.

"리키 코치님과 이야기해 보시는 것이 좋겠네요." 여성이 대답했다. 덩치 큰 그 남자가 이마를 잔뜩 찡그린 채 이쪽으로 오고 있었다.

"무슨 일이시죠?" 남자가 물었다.

"여기 책임자세요?" 블러썸이 물었다.

"네, 제 체육관입니다." 리키 코치가 대답했다. 목소리는 깊고 중후했는데, 런던 남부의 억양이었다.

"성별에 기초하여 수업을 못 받게 하는 것이 2010년 제정된 「평등법」 제4조항에 위배된다는 것을 알고 계세요?"

"뭐라고요? 성별이... 어떻다고요?" 리키 코치는 어리둥절해 보였다.

"여자라고 특정 수업을 못 받게 하는 것은 위법이라고요!"

아이들이 동작을 멈추고 구경하고 있었다. 리키 코치는 몸을 돌려 고함쳤다. "뛰어!" 그러자 모두 다시 동작을 시작했다. 리키 코치가 블러썸을 향해 다시 몸을 돌려 물었다. "복싱 선수입니까?"

"아니요. 저는 모든 스포츠는 가부장적이라고 생각합니다. 특히 격투기는요." 블러썸이 대답했다.

"그럼, 뭐가 문제입니까?"

"제가 복싱을 배우고 싶지 않다는 것이 저를 그 어떤 복싱 수업에서도 배제시킬 이유가 될 수는 없죠!"

"이봐요. 여기 우리 체육관을 찾아오는 모든 여성분들은 가벼운 운동을 하러 옵니다. 체형관리 같은 거, 알죠? 진짜 복싱 선수가 되려면 많은 시간과 노력과 의지가 필요한 거고요. 스포츠를 좋아하지도 않는다면서, 도대체 왜 여기에 찾아온 건지도 잘 모르겠네요."

그 둘이 이야기를 하는 동안, 나는 체육관을 둘러봤다. 솔직히 좀 낡아 보였다. 걸이 위에 오래되어 보이는 샌드백이 두어 개 걸려 있었다. 회색 머리칼의 그 여성이 나를 보고 미소를 지었다.

"선생님도 코치세요?" 내가 물었다.

"네. 저는 여자부를 맡고 있죠. 저는 복서사이즈를 지도해요. 그건 보호대도 착용 안 하고, 물론 스파링을 할 일도 없지요. 저는 샤론 코치예요. 저기 저분은 조 코치님이시고요." 그녀가 머리가 희끗한 나이 든 남자를 가리켰다. 트랙 슈트 바지를 입은 나이 든 코치는 막 리키 코치로부터 아이들의 줄넘기 지도를 넘겨받았다. 줄넘기는 고사하고 제대로 걸을 수는 있을까 싶었던 그 코치는 낮은 신음을 내면서 몸을 굽혀 리키 코치가 놓고 간 줄넘기를 집어 들고 힘겹게 몸을 일으켰다. 그리고 줄을 머리 위로 휙 넘겨 별다른 움직임 없이 줄을 넘었다. 그 나이 든 코치가 줄넘기를 하는 모습에 핍과 나는 입이 벌어졌다. 처음에는 천천히 넘던 줄이 더 빨리해보라는 아이들의 성화에 서서히 빨라지기 시작했다. 줄넘기를 쥔 손이 점점 빨라지더니 나중에는 눈으로 잘 보이지도 않았다. 동시에 뻣뻣해 보였던 그의 늙은 몸이 마치 오래된 용수철처럼 안정적으로 위아래로 움직였다.

그러더니 갑자기 줄넘기 줄이 전후로 엇갈리면서 움직이기 시작했다. 너무 빨라져서 줄이 안 보일 때쯤 그는 눈을 아예 감아 버렸다. 줄은 더 빨라졌지만 그의 발은 슬로우 모션처럼 거의 움직임이 없어 보였다. 그의 발과 줄넘기 사이에는 줄이 바닥에 쉬익 소리를 내며 지나갈 수 있을 정도의 최소한의 공간만 남아 있는 듯했고 그래서 마치 발이 바닥에 붙어 있는 것 같았다.

"저분 진짜 대단하다." 핍이 숨죽이며 말했다.

"차라도 드릴까요?" 샤론 코치가 물었다. 그녀는 일찌감치 우리 둘이 블러썸의 투쟁에 동참할 의사가 없음을 알아차렸다. 그녀는 우리를 테이블로 안내하더니 차를 만들기 위해 주전자를 가지러 갔다. 블러썸은 전단지를 가리키며 리키 코치에게 계속 뭔가를 따지고 있었다.

샤론 코치가 차 두 잔과 서류 몇 장을 가지고 나타났다. 그녀는 서류를 우리 앞에 내려놓으며 말했다. "혹시 복싱 배워 보고 싶다고 생각해 본 적 있나요?" 그녀는 친절하게 물었다. 핍은 경계하듯 그녀를 쳐다보았다.

"아니요. 별로." 핍이 대답했다.

"보시다시피 우리 체육관엔 회원이 많지 않아요." 그녀의 목소리에는 약간의 기대가 섞여 있었다. "여자분은 어때요?" 그녀가 내게 몸을 돌리고 물었다.

"저요?"

"네. 여자분도 대환영이에요. 목요일 저녁에 오면 여성들만을 위한 트레이닝이 있어요. 복서사이즈라고 누구나 쉽게 시작할 수 있어요." 나이 든 여자들이 바글거리는 곳에서 온갖 수다를 들으며 운동을 하라고? 차라리 엄마와 필라테스를 하는 것이 낫겠다.

"음..."

"수요일은 어때요?" 그녀가 물었다.

"수요일은 안 돼요. 그날은 데이트하는 날이거든요." 블러썸이 리키 코치와 이야기를 끝냈는지 언짢은 표정으로 이쪽으로 다가왔다. 아니면 리키 코치가 더 이상 상대를 해주지 않았는지도. 샤론 코치와 이야기하느라 그들의 마지막 대화를 놓쳤다. 블러썸은 화가 나 보였다.

"여기 신청서 살펴볼 동안 비스킷을 좀 드릴까요?" 샤론 코치가 웃으며 물었다.

"아니요. 챙겨주신 건 매우 감사하지만, 우린 괜찮아요." 블러썸이 대꾸했다.

"저는 좀 먹을게요." 핍이 말했다.

샤론이 몇 종류의 비스킷을 담은 접시를 내오자 핍이 얼른 하나를 집었다. 블러썸이 따가운 눈초리로 그를 쳐다보았다. "너 설마 진짜로 등록할 생각은 아니지?"

"아니지." 핍이 대답했다.

"그런데 비스킷은 왜 받아? 넌 그걸 받는 순간 이미 저들한테 넘어간 거야." 블러썸이 쏘아붙였다.

"그 비스킷이 무슨 가부장적 세계로 빠져들게 하는 미끼용 마약도 아니고. 그냥 커스터드 크림이야." 내가 말했다.

"내 말은 등록할 생각도 없으면서 비스킷을 먹는 것은 좀 무례하다는 거야." 블러썸이 곧바로 대꾸했다. "그만 가자. 나는 할 말 다 했어."

"뭘 그렇게 서둘러? 나는 아직 차도 다 안 마셨는데." 내가 말했다.

블러썸이 한숨을 쉬며 핸드폰을 꺼냈다. 나는 조용히 신청서를 살펴보았다. 가입신청서에는 여러 가지가 적혀 있었는데 마음을 놓게 하는 내용은 하나도 없었다. 건강 관련 주의사항들, 권리 포기 각서(다쳤을 때 책임을 지지 않는다는), 법적 의무사항, 가장 가까운 친족(다치거나 죽었을 때 연락해야 해서), 지역의 접골사(뼈를 맞춰주는 의사)들의 목록 등이다. 만에 하나 복싱을 배우고 싶더라도, 자기 몸을 다치게 해도 괜찮다는 내용이 담긴 서류에 서명을 하고 싶은 사람이 있을까?

리키 코치가 돌아가 다시 트레이닝 지도를 맡았다. 나이 든 조 코치는 이제 좀 살겠다는 듯 절뚝거리며 앉을 곳을 찾았다. "그래, 이 꼬맹이 챔피언들! 오늘도 열심히 훈련할 거지?" 리키 코치가 큰 소리로 물었다. 아이들이 큰 소리로 "네!"라고 대답했다. "여기 있는 우리 모두 한 팀이다. 그러니까 우리는 서로 놀리지 않는다. 우리 중 누가 힘들어하면 가서 도와라. 그리고 응원해 줘. 알았지? 더 잘할 수 있는 방법도 가르쳐 주고. 그리고 끝으로 여기 복싱 클럽에서 배운 것은 여기서만 쓰는 거다. 알았지?" 아이들이 진지하게 고개를 끄덕였다. "내가 이 말을 매주, 매 훈련마다 하는 것은 아주 중요하기 때문이다." 리키 코치는 손가락 하나를 흔들며 계속 말을 이어갔다. "내 귀에 너희들 중 누구라도 여기서 배운 것을 밖에서 썼다는 소리가 들리면, 이곳에서 내쫓을 거다. 알아들었지?"

아이들이 우물거리며 수긍했다. 한쪽의 한 아이가 뭔가 죄지은 듯한 표정을 지었다. "알아들었냐?" 리키 코치가 더 큰 소리로 물었다.

"네! 코치님!" 이번에는 모두 하나가 되어 대답했다. 아까 그 아이도 힘차게 대답했다. 아마 속으로 앞으론 다시 그러지 않겠다고 다짐하는 것 같았다.

"저 사람이 내 아빠였으면 좋겠다." 핍이 뜻밖의 말을 했다. 핍이 무슨 뜻으로 그렇게 말했는지는 이내 알 수 있었다. 리키 코치는 거칠고 웃지도 않는다. 하지만 누구나 한 번 보고도 믿을 수 있는 사람이라는 것을 알 수 있다. 그래서 왠지 잘 보이고 싶은 그런 종류의 사람이다. 우렁찬 대답을 하는 저 녀석들도 같은 생각이리라. 리키 코치가 말하면 아이들은 눈을 떼지 않고 경청했고, 그가 뛰라고 외치면 뛰었다. 우리는 차를 마시며 아이들이 위아래로 열심히 뛰는 것을 보았다. 어느 순간 아이들 중 일부가 손에 글러브를 끼고 돌아가면서 리키 코치가 손에 든 커다란 패드에 펀칭을 하기 시작했다. "원 투, 원 투, 더킹(피하고)." 리키 코치가 '더킹!'이라고 외치면서 패드를 뻗으면 아이들은 고개를 숙이며 그것을 피해야 했다. 그러나 타이밍을 맞추지 못해 코치의 패드가 아이들의 머리 옆쪽을 툭 치기 일쑤였다.

"가드를 올려!" 아까 죄지은 듯한 표정의 그 아이에게 코치가 말했다. 아이는 고개를 끄덕이더니 글러브로 자신의 머리를 쳤다. 그러면 코치가 한 말이 머릿속으로 더 잘 들어가기라도 하는 듯. 나는 그 아이가 마음에 들었다. 항상 스스로 더 나아지도록 노력하는 모습이 그랬다. 핍이 생각 없이 글러브를 휘둘러 대는 아이들을 쳐다보더니 말했다. "내가 쟤들 중 몇 명은 이길 수 있을 것 같아."

"쟤한테는 안 될 것 같다." 블러썸이 한 아이를 가리키며 말했다. 짧은 머리에 귀걸이를 한 한 성질 할 것 같은 아이였다. 여덟 살쯤 되었을까.

"그래. 맞아. 쟤는 안 되겠어." 핍이 수긍했다. 나는 즐거웠다. 차를 홀짝이는 동안 열다섯 명의 아이들이 서로에게 주먹을 휘두르며 미친 듯이 뛰어다녔지만, 왠지 마음이 편안해졌다.

"그럼 등록하시겠어요?" 어느새 우리 뒤에 다시 나타난 샤론 코치가 물었다.

"아, 네." 나는 앉은 자세를 고치며 대답했다. "먼저 여기 적힌 작은 글씨의 내용도 천천히 보고 나서요."

"그래요. 그럼 뭐 필요한 것 있으면 말하세요. 차 한 잔 더 할래요? 아니면 비스킷?"

"아니, 괜찮아요."

"저는 비스킷 하나 더 주세요." 핍이 말했다. 블러썸이 핍을 험악하게 노려봤다. 바로 그때 한 젊은 남자가 문으로 들어왔다. 10대 후

반쯤으로 나보다 약간 나이가 많을 거 같았다. 올리브색 피부에 머리칼과 눈동자가 검은 걸 보니 지중해 지역이나 중동에서 왔을지도 모르겠다. 헐렁한 티셔츠를 입었는데, 그래도 근육질이라는 것을 알 수 있었다.

"타릭! 어서 와." 리키 코치가 이 젊은 남자를 보고 말했다.

타릭. 좋은 이름이다. 그가 스트레칭을 하는 것을 보면서 생각했다. 근육질의 몸이 저렇게 유연하다니. 그는 몸을 돌렸고 내가 쳐다보고 있는 것을 알아차린 것 같았다. 나는 재빨리 그의 뒤에 있는 조명 장치들에 관심이 있는 척했다.

핍이 비스킷 하나를 더 입에 넣고 막 씹으려는 순간, 샤론 코치가 물었다. "그래서 등록할 건가요, 말 건가요?" 핍은 놀라며 당황스러워했다.

"너 그거 두 번째 비스킷이야." 내가 핍에게 상기시켰다. 핍은 어깨를 으쓱하더니, 손을 뻗어 신청서와 펜을 가져와 사인을 했다. 지켜보던 블러썸이 한숨을 쉬었다.

"어떻게 하시겠어요?" 샤론 코치가 내게 물었다.

"저요?" 나는 그 남자애가 두 손에 글러브를 끼는 것을 보았다.

"네, 등록하시겠어요?" 그녀의 말투에서 약간의 짜증이 느껴졌다.

타릭은 이제 펀치백을 걸고는 그걸 치기 시작했다. 민첩한 동작으로 왼손으로 빠르게 잽을 두 번, 그리고 오른손으로 강하게 백을 후려쳤다. 얼마나 세게 쳤는지, 천장에 연결된 볼트가 삐걱거리는 소리가 들렸다. 타릭은 이번에는 뒤로 살짝 물러나며 가드를 올렸다. 그가 씩 웃을 때 치아가 살짝 드러났다. 하얗고 완벽한 치아였다.

"어쩌면요. 다음 주 토요일에 다시 올지도 모르겠어요." 내가 말했다.

우리는 행복한 소수

"그만 비꼬지?" 내가 배틀로 가는 차 안에서 말했다.

"비꼬는 게 아니라, 우리가 맞서 싸우고 있는 복싱 클럽에 들어가고 싶어 하는 네 생각을 알 수가 없어서 하는 말이야." 블러썸이 지지 않고 받아쳤다.

"우리는 직접적인 행동에 나선 거야. 네가 전단지의 구두점에 대해 논쟁하는 동안, 우리는 슬며시 적진 내부로 깊숙이 침투한 거라고. 나는 샬롯트 그레이(＊제2차세계대전 시기에 활동한 영국의 여성 스파이)처럼, 그리고 핍은... 음..."

"프로도!" 핍이 덧붙였다. 핍에게서 프로도를 닮은 점을 하나도 찾을 수 없었지만, 나는 그냥 넘어갔다. 우리가 차를 주차하자, 가넷 피트먼 씨가 서둘러 다가왔다. 가넷 씨는 전투 재연 자원봉사자 관리자 중 한 명으로 자기주장이 강했다. 그는 역사에 관심이 많은 관광객들을 상대로 투어를 운영했다. 가넷 씨는 고고학 팀을 조직하고 발굴을 한다며 돌아다녔는데, 어쩌다 모양이 이상한 돌조각이라도 찾아내면 고대의 화살촉이라며 흥분했다.

가넷 씨는 나와 블러썸은 무시한 채 핍에게 말을 걸었다.

"너 이름이 뭐지?"

핍은 또 얼어붙었지만 더듬거리며 이름을 말했다.

"좋아, 핍. 오늘은 전투를 재연할 사람이 좀 부족해."

"오늘 전투 재연이 있나요?" 블러썸이 물었다.

"오늘은 그냥 연습 삼아 하는 거야." 그가 약간 으스대며 말했다. "진짜는 당연히 10월에 있지."

"왜 10월에 해요?" 내가 물었다. 그가 나를 천천히 돌아보며 한심하다는 듯 말했다.

"그야 10월에 전투가 일어난 기념일이 있으니까. 10월 14일."

"정말요? 나는 관광객들에게 3월 20일이라고 설명했는데." 나는 확인하려고 황급히 핸드폰을 꺼냈다.

그가 혀를 차며 나를 잠시 노려보고는, 다시 핍을 쳐다보았다. "도와줄 수 있지? 해럴드에게 가면 방패를 주고, 어떻게 하면 되는지 알려줄 거야."

"해럴드 왕이요?"

"그래, 해럴드 왕. 색슨족을 이끄는 지도자. 브리튼의 통치자 말이야. 지금 카페에서 모카치노 마시고 있을 거야."

"아, 맞네요. 전투는 10월 14일에 있었어요." 내가 핸드폰을 보면서 말했다.

"그렇다고 했잖아." 가넷 씨가 쏘아붙였다.

"3월 20일은 세계구강보건의 날이었어요. 어떻게 이걸 헷갈렸지?" 내가 말했다.

"우리도 참여할 수 있나요?" 블러썸이 내 말을 못 들은 척하며 물었다. 가넷 씨가 블러썸을 어이없다는 듯 쳐다보았다. 마치 그녀가 수도원을 태우자고 제안이라도 한 것처럼.

"유감스럽게도 헤이스팅스 전투에는 여자가 없었던 거로 알고 있습니다만." 그가 차갑게 대꾸했다.

"그럴 리 없어요. 분명히 여자도 몇몇 있었을 거예요." 블러썸이 말했다.

"맞아요. 찻집은 누가 운영했겠어요?" 내가 거든다고 말했다.

"단언컨대 헤이스팅스 전투에 여자는 없었어." 그가 매우 단호하게 말했다.

블러썸이 발끈했다. "그 전투에 아이폰도 없었을 텐데요." 그의 손에 있는 핸드폰을 가리키며 블러썸이 말했다.

"이건 색슨족과 전투를 조율할 때 필요한 거야. 그래서 앱도 깔았다고. 그리고 이걸 누가 알아본다고."

"누가 우리가 여자인 줄 알아보겠어요?" 블러썸도 물러서지 않았다. 이 시점에서 나는 이미 포기했지만, 블러썸은 포기를 몰랐다. 해럴드 왕과 그의 모카치노가 기다리든 말든 끝까지 갈 거 같았다.

"당연히 사람들은 너희가 여자인 걸 알아보지."

"우리가 검을 휘두르지, 탐폰을 휘두르나요?" 블러썸이 말했다.

가넷 씨가 똑바로 서서 진지하게 말했다. "이 이야기는 더 꺼내지 마. 실제 전투가 어땠는지 관광객에게 보여주는 것이 중요하다고. 미안하지만 전투에 여자는 없었어!"

"예전에도 남자들이 이렇게 전장에 못 나가게 한 여자가 있었죠. 하지만 평범한 그녀는 자신을 헌신해 프랑스 절반을 정복했고요." 블러썸이 으르렁거리며 대꾸했다.

"얘는 셀린 디온을 말하는 거예요." 내가 끼어들었다.

"잔 다르크 얘기야!" 블러썸이 고쳐줬다.

"나 정말 이러고 있을 시간 없어." 가넷 씨가 씩씩거리며 말하더니, 돌아서서 겁에 질린 핍을 데리고 나가 버렸다. 분을 삭이고 있는 블러썸을 남겨둔 채.

"저 사람은 진짜 자기가 무슨 영주라도 되는 줄 아나 봐." 내가 말했다.

"이건 분명히 불법이라고. 집에 가자마자 인권 관련 법서를 샅샅이 뒤져야겠어." 블러썸이 말했다.

"자, 그만하고 커피 마시러 가자. 내가 베이크웰 타르트 사줄게."

* * *

"누나, 지금 뭐 해요?" 내가 자리를 잡고 작업을 시작하자 작은 남자아이 하나가 물었다.

"나무를 깎고 있는 거야. 이렇게 칼로 깎아서 필요한 도구를 만드는 거지." 난 몇 주 전에 완성된 오두막에 앉아 있었다. 오늘같이 더운 날 색슨족 전통의상을 입고 있는 것은 힘들다. 튜닉은 덥고 가려웠다. 블러썸은 유령의 집에 가고 없었다. 거기서 그녀는 미친 여자로 분장하고 묘비 뒤에 숨어 있다가 갑자기 튀어나와 관광객을 가짜 칼로 찌르는 일을 했다. 가끔 실제라고 생각하고 기절하는 사람도 있었지만, 대개 관광객들은 웃었다.

"그 칼 내가 가져가도 돼요?" 남자아이가 물었다. 그때 아이의 친구들이 오두막으로 몰려왔다.

"안 돼." 내가 말했다.

"나무에 뭐를 새기는 거예요?" 다른 여자아이가 물었다.

"새기는 게 아니라, 깎아내는 거야. 스푼을 만드는 중이란다."

아이들이 가까이 다가와서 살펴보았다. "스푼은 그렇게 안 생겼어요." 여자아이가 말했다. 내가 다시 살펴보니, 소녀의 말이 맞았다.

"고추같이 생겼다!" 칼을 탐냈던 남자아이가 말했다. 다른 아이들이 까르륵 웃음을 터트렸다.

"뭐라고? 아직 마무리가 안 돼서 그런 거야!" 내가 버럭 화를 했다. 가까이 살펴보니 그 아이 말이 맞았다. 나무로 만든 거대한 남근처럼 보였다. 마치 중세 시대의 성인용품 같았다.

"왜 언니는 싸우러 안 가요?" 여자아이가 물었다.

"왜냐면 여자는 못 싸우거든. 그냥 집에서 요리하고 고추 깎는 거

67

야." 그 남자아이다.

"여자들은 다른 것도 다 하거든? 적어도 지금은 그렇다고!" 내가 말했다.

"아닌 것 같은데." 남자아이가 말했다. 내가 뭐라고 반박을 하려는 순간, 문밖에서 아빠로 보이는 사람이 아이의 머리를 툭 치며 말했다.

"어서 가자, 애들아. 곧 전투가 시작될 거야."

나는 칼을 안전한 곳에 치우고는 아이들을 쫓아 오두막을 나갔다. 바깥 공기가 더 시원했다. 블러썸이 따라 걸어오는 것을 보니 기분이 좋아졌다. 대수도원 바로 아래에 있는 중앙 홀에 모여 있는 사람들 속에 우리도 합류했다. 이곳은 전체 전투를 조망하기에 최적의 장소였다.

"저기 있네." 블러썸이 내게 핍이 있는 장소를 가리켰다. 핍은 투구를 쓰고 칼과 방패를 들고 있다기보다는 질질 끌고 가는 것처럼 보였다. 그는 다른 색슨 병사들 뒤에서 비틀거리며 따라가고 있었다. 경사진 언덕 위로 이들은 엉성하게 줄지어 방어진을 형성했다.

"저기 노르만이 온다." 언덕 아래를 가리키며 블러썸이 소리쳤다. 그곳에 한 무리의 사람들이 맞지 않는 갑옷을 힘겹게 입으며 서로의 투구 끈을 매주고 있었다.

"우우~." 내가 야유했다.

"우우~." 다른 이들도 따라 야유하기 시작했다. 원칙적으로 그 누구의 편도 들어서는 안 되지만, 노르만을 좋아하는 사람은 아무도 없다. 역사 속에서 이들은 화려한 갑옷에 말을 타고 등장했겠지만, 오늘의 시연에서는 조랑말 한 마리가 전부였다. 가넷 씨가 조랑말 등 위에 올라탄 채 핸드폰을 보고 있었는데, 무거운 체중 때문인지 말이 무척 힘겨워 보였다. 가넷 씨는 윌리엄 역을 맡았다. 그가 쉰 목소리를 내며, 칼을 높이 들고는 조랑말의 옆구리를 발로 찼다. 그러자 조랑말이 색슨족의 언덕 위로 천천히 오르기 시작했다.

노르만이 돌격을 시작하자 사람들 중 일부 변절자들이 응원을 했다. "윌리엄! 윌리엄!"

"어느 편이 이겨요?" 어린 여자아이가 물었다.

"지켜보면 알 거야." 내가 말했다.

"색슨이 이겼으면 좋겠어요." 여자아이가 말했다.

"나도 그랬으면 좋겠다." 내가 말했다. 나는 언제나 색슨이 이기길 바랐지만, 그런 일은 한 번도 일어나지 않았다. 네 명의 색슨 궁수가 촉이 없는 화살을 전진하고 있는 노르만 선두 위로 쏘았다.

"색슨 궁수에게 문제가 생겼어." 내가 우리 주위에 있는 아이들에게 설명했다. 비록 정확한 날짜는 좀 헷갈렸지만, 나는 전투의 세세한 진행들은 훤히 꿰고 있었다. "당시는 적이 쏜 화살을 회수해서 재사용했는데, 노르만은 궁수가 없었어. 그래서 가지고 있던 화살이 금방 바닥이 났어."

"정말 멍청해요. 그러니까 졌죠." 그 남자아이다.

"스포일러 하냐?" 블러썸이 말했다.

"색슨이 졌어요?" 낙담한 여자아이가 울기 시작했다.

"아직은 몰라." 내가 남자아이를 노려보며 말했다.

마침내 노르만의 전진이 방패로 감싼 색슨의 방어진에 다다랐다. 핍은 점점 다가오는 노르만 기사들의 행렬을 잔뜩 웅크린 채 보고 있었다.

"노르만이 몰아붙이고 또 몰아붙였어." 내가 설명을 이어갔다. "하지만 용감한 영국 농민들은 프랑스에 맞서 굳세게 버텼어." 그때 날카로운 비명소리가 전장에서 들렸다. 핍이 방패를 내려놓고는 허겁지겁 달려서 전장을 벗어나더니 나무숲으로 들어가 눈앞에서 사라졌다. 노르만 기사들은 이 갑작스러운 전개에 당황하며 전진을 멈췄다. 이제까지 전장에서 이렇게 내뺀 경우는 한 번도 없었다. 적어도 이 타이밍에는.

"이런! 핍. 이거 실화니?" 블러썸이 중얼거렸다. 색슨 진영이 꿈틀대며 빈틈을 메웠고, 싸움은 다시 시작되었다.

"왜 그 병사는 도망을 간 거예요?" 여자아이가 물었다.

"그 병사가 현명하기 때문이지. 죽고 싶지 않았을 거야." 내가 답했다.

"겁쟁이야!" 남자아이가 말했다.

"그래, 그것도 사실이고." 나는 인정했다. 아무래도 색슨 전사로서의 핍의 앞날이 순탄치는 않을 것 같다.

일요일 점심

우리 마을은 레인저스 우드Rangers' Wood다. 원래는 홑따옴표가 없
이 레인저스 우드Rangers Wood로 불렸다. 그런데 몇 년 전, 구두점에
집착하는 일부 중산층 사람들이 교구회에 홑따옴표를 넣도록 로비를
했다. 물론 엄마도 그들 중 한 사람이었다. 위원회를 설득하는 것은
어렵지 않았다. 문제는 홑따옴표를 레인저스Rangers의 s 앞에 놓을 것
인가 아니면 뒤에 놓을 것인가였다. 이것은 한 명의 레인저의 숲인
가 아니면 다수의 교활한 무리들이 돌아다니는 숲인가의 문제이다.
내 생각에 이곳의 레인저들이 이런 문제에 신경을 쓰지는 않았을 거
다. 하지만 오늘날 이곳에서 농장을 운영하는 사람은 소수이다. 대
부분은 런던에서 흘러들어 온 중산층들로 신상 레인지 로버Range
Rover를 운전하는 사람들이다. 우리 부모님처럼.

일요일이면 우리 집은... 흥미진진해진다. 매주 똑같이 겪는 일이

다. 엄마와 아빠는 아침 식사로 먹을 로스트를 어떻게 요리하는 것이 가장 좋은 것인지를 두고 논쟁한다. 결혼생활 24년이면 그레이비소스를 얼마큼 졸일지 정도는 합의 아니면 적어도 어느 정도 타협을 보아야 하는 게 아닌가. 그러나 둘에게는 어림없는 소리다. 아빠는 한 번 졸이면 충분하다고 주장하고 엄마는 최소한 두 번은 끓여야 한다고 고집한다. 또 다른 쟁점은 고기를 넣기 전에 로스팅 트레이에 물을 부을 것인지에 대한 것이다. 엄마에게는 이것이 그레이비소스를 만드는 가장 중요한 비법이다. 하지만 아빠는 '건조하게 굽는' 방식을 원한다. 그래야 설탕이 녹아서 캐러멜이 된다고.

이것을 설명하고 있는 내가 다 지루해진다.

내가 보기엔 정말 쓸데없는 논쟁이다. 고기는 어느 방식으로 누가 요리하든 항상 너무 구워져서 결국 똑같은 맛이다. 종종 이 점심에 블러썸도 온다. 부모님이 모두 채식주의자인 그녀에게 단백질을 보충할 얼마 없는 기회니까. 보통 오전 11시쯤 집에 오는데, 식사 전 한 시간가량 공부를 할 생각으로 오는 거지만 그런 일은 좀처럼 없다. 조지가 정오쯤 나타나면, 엄마 아빠 모두 하고 있던 일은 던져두고 밖으로 나가 반갑게 맞이한다. 악수와 농담은 놔두고 군이 포옹과 키스로 말이다. 엄마가 작은 라거 맥주를 내오고(이따 운전을 해야 하니까), 크리켓 점수나 겨울에는 럭비를 화제로 삼는다. 축구에 대해선 일언반구도 없다. 아빠가 조지에게 밖으로 나와서 자신이 기르고 있는 자두를 봐보라고 하면, 조지는 "생긴 게 아저씨 거랑 비슷하면 바지는 입고 계셔도 될 거 같아요."라고 말했고, 그의 농담에 우리 모두 웃었다.

항상 같았다. 따뜻하고 편안하고. 정각 1시가 되면 우리는 식사를 하려고 자리에 앉고, 엄마의 수다는 끝이 나지 않는다. 식사를 시작하면 나는 궁금해진다. 오늘의 점심은 어떤 식으로 흘러갈지. 어떨 때는 긴장이 풀어진 엄마가 계속 이런저런 중요하지 않은 이야기를 한다. 블러썸이 참석하면 그녀는 조지와 정치에 관해 가벼운 논쟁을 한다. 때로는 내가 상황에 따라 이쪽저쪽에 붙으며 끼어들기도 한다. 그럼 아빠가 두 주장이 모두 나름대로 일리가 있다고 말할 차례다. 엄마는 누구와도 상관없이 이야기를 하는데, 아무도 엄마의 이야기를 귀담아듣지 않는다는 것을 모르는 것 같다. 이렇게 흘러간다면 그날은 좋은 날이다.

반면 다른 날들도 있다. 엄마의 심기가 불편한 날이 그렇다. 그런 날은 엄마가 아빠를 계속 자극한다. 아빠가 화를 내기 전까지. 결국 화를 내면, 식사가 끝날 때까지 아빠와 한마디도 하지 않는다. 아빠는 엄마를 보고 고개를 절레절레 흔든다. 부엌에서 그릇들이 거칠게 부딪치는 소리가 들리고 급기야 식기세척기를 두고 엄마 아빠는 격렬한 설전을 벌이게 된다. 어쨌든 이런 날은 좋지 못한 날이다.

"시험공부는 잘되어 가니, 얘들아?" 오늘 엄마가 물었다. 블러썸과 나는 서로 불안한 눈짓을 주고받았다.

"아주 잘 되고 있어요. 아주머니." 블러썸이 거짓말을 했다.

"지금은 뭘 하고 있는데?"

"아. 왜 있잖아요. 사인, 코사인, 탄젠트, 그리고 음... 머리수?"

"무리수 말하는 거야?" 조지가 물었다.

"그래, 무리수!"

"시험까지 몇 주 안 남았어." 엄마가 미심쩍어하며 말했다. "이제 책에 코 박고 공부만 해야 하는 때야. 알고 있지?"

"아직 A 레벨의 첫해인데요 뭐. 진짜 중요한 시험은 내년부터라고요." 내가 지적했다.

"모든 시험이 다 중요하지. 지금 떨어지면 나중에 따라잡기는 더 힘든 법이야." 아빠가 말했다.

"아빠 말이 맞아." 엄마가 동의했다. "그리고 말이 나온 김에 하는 말인데, 지금은 복싱 같은 거 배운다고 시간을 낭비할 때가 아니야. 아빠하고 어제 이걸로 이야기 해봤다. 아빠도 나도 걱정이 돼."

"아, 엄마! 그냥 궁금해서 한 번 가본 거예요." 복싱 이야기는 하는 게 아니었다.

조지도 고개를 저었다. "나도 부모님 의견에 동의해, 플레르. 복싱은 위험한 스포츠야. 대학에도 복싱 클럽이 있는데, 작년에 토비 핏케언 흄이라는 친구가 불쌍하게도 뇌진탕으로 병원에 실려 갔어. 그런 일은 언제든지 일어날 수 있어. 아무리 안전에 주의해도 복싱은 너무 거칠어. 그리고 말이야... 또 몇 명은 코뼈가 주저앉았어. 복싱하다가."

나는 엄마를 노려봤다. 엄마는 조지가 도착한 것을 보자마자 달려가서 내가 복싱을 하려 한다고 고자질했다. 조지는 아직 차에서 내리지도 않았는데 말이다. 사실 나는 천천히 단계적으로 말하려는 계획을 세워두고 있었다. 일단 복싱의 '복'자도 꺼내지 않고, 요즘 들어 부쩍 상체의 힘이 없는 것 같다고 투덜거리며 말을 꺼내는 거였다. 그다음 무심코 격투기가 상체 힘을 기르기 좋다는 말을 한다. 그렇게 빙빙 돌려서 복서사이즈를 화제에 올리고, 은연중에 조지가 결제까지 하게 만드는 시나리오였다.

"모두 내 말 잘 들어 봐." 내가 눈을 굴리며 말했다. "복싱은 스포츠고 건강한 운동이야. 그리고 또 누가 알아? 내가 호신술을 배워서 멋진 라이트 혹으로 변태 녀석에게서 나를 지키게 될지."

조지가 목을 가다듬고 정색하며 말했다. "자기방어를 위한 호신술도 일리는 있어. 하지만 계속 머리를 얻어맞아 뇌에 손상을 입게 될 위험은 아주 심각한 문제야."

"운동을 하고 싶다면, 내가 하는 필라테스를 같이 다니면 되겠다. 너도 좋아할 거야. 그리고 엄마랑 같이하면 더 재밌지 않겠니?" 엄마가 가세했다.

"제가 그걸 정말 좋아할까요?" 내가 대답했다.

"블러썸. 너는 어떻게 생각하니? 평소처럼 네 생각을 좀 말해 봐라." 아빠가 말했다.

"저도 별로 좋은 생각 같지는 않아요." 블러썸이 잠시 망설이더니 말했다.

나는 갑자기 숨이 턱 막혔다.

미안하다는 듯이 블러썸이 나를 넌지시 쳐다보고는 말을 이었다. "미안해, 플레르. 하지만 복싱은 가부장적이고 폭력적인 스포츠야. 남성이 지배하는 조직에 침투하겠다는 너의 결의는 존중하지만, 아무래도 적합한 여가활동은 아닌 것 같아. 복싱은 폭력을 미화하고 갈등에 대한 폭력적 해결을 조장하니까."

"봤지? 모처럼 양측의 생각이 일치되었네." 아빠가 말했다.

"브루투스여, 너마저도..." 나는 그녀의 배신에 고개를 가로저으며 블러썸에게 내뱉었다. 아마 이때일 것이다. 내가 복싱을 해야겠다고 결심한 것이. 나는 이들에게 보여줄 거다.

블루벨 로드 영화 클럽

　나는 금요일 밤이 좋다. 이날은 집 대신 마을 가장자리 블루벨 로드에 있는 블러썸의 집으로 향한다. 블러썸의 부모님이 외출하시기 때문에 우리는 진지하게 집중해서 시험공부를 한다. 그 후 열심히 공부한 것에 대한 보상으로 영화를 함께 보는 것이 우리의 계획이다. 하지만 솔직히 공부가 제대로 될 리는 없고, 대개는 이런저런 잡담을 하거나 영화를 한 편 더 보곤 한다.

　"어머니는 어떠셔?" 내가 차를 만들 때 블러썸이 물었다. "이번 주는 무엇이 또 걱정되신데?"

　"뇌수막염." 내가 대답했다. "기사를 하나 읽으셨나 봐. 내가 걸렸다고 확신을 했는지 텀블러를 내 이마에 대고는 빨간 반점을 찾으시더라고. 그리고 수요일에는 독서용 램프를 눈에 비추고 내 눈이 빛에 민감하게 반응하는지를 살펴보셨어."

"그래서 눈은 괜찮았고?" 블러썸이 물었다.

"그래. 눈 부셔 죽는 줄 알았다."

"아버지는 어떠셨는데?"

"아빠는 아무런 증상도 없더라고."

"아니. 그거 말고. 어머니와 안 헤어지신대?"

"두 가지 생각을 가지고 있겠지."

블러썸과 나는 오랜 단짝 친구다. 좋았던 순간도 힘들었던 순간도 함께 했다. 한때 그녀는 우리 부모님의 성격장애를 화제로 삼지 않으려고 조심했었지만, 지금은 우리가 나누지 못할 말은 없다. 그녀가 DVD를 플레이어에 넣었다. 오늘 밤은 블러썸이 영화를 고를 차례다. 리투아니아 영화, 〈일곱 번째 까마귀〉를 골랐다. 오늘도 글렀다.

우리는 '블루벨 로드 영화 클럽'이라고 부르는데, 한 번씩 번갈아 영화를 선정하며 고른 영화에 대해 상대방은 불평할 수 없다. 블러썸은 주로 동유럽과 중국 영화를 선정한다. 하나같이 숨 막히는 삶을 사는 여자가 주인공이고 배경은 황량한 시골이며 대사도 거의 없다. 그녀는 주로 〈네 개의 노란 돌〉, 〈사막 끝의 집〉, 〈112번째 가을〉과 같은 제목의 영화를 고른다.

나와 그녀의 영화 취향은 극과 극이다. 나는 주로 로맨틱 코미디를 고른다. 그러면 블러썸은 보는 내내 툴툴거리며 자기만의 방식으로 영화를 재해석한다. 취향이 이 정도로 다르면 이 모임이 제대로 굴러갈 리 없을 것 같겠지만, 실제로 우리의 영화 궁합은 나쁘지 않다. 나는 블러썸도 속으로 로맨틱 코미디를 좋아하는 것을 알고 있다. 어쩌면 이래서 블러썸이 나를 좋아하는지도 모른다. 그녀의 다른 친구들, 즉 남자친구나 SAG 친구들은 딱딱하고 너무 진지해서 하나같이 재미가 없다. 나도 그녀의 영화 선택이 나쁘지만은 않다. 그녀가 선택한 영화는 밀린 잠을 자기에 딱 좋다. 영화 제목을 보아하니 오늘 밤엔 세 번째 까마귀를 넘기지 못하고 잠이 들 게 분명하다.

"네 남자친구는 요즘 뭐하니?" 내가 물었다.

"에휴, 난들 알겠니? 뭔가 프로젝트를 한다고 하는데…" 블러썸의 목소리에 찬바람이 쌩쌩 분다. "그건 그렇고 핍은 전화가 안 돼서 문자를 보내놨는데, 내일 배틀에 안 갈 거래. 뭔가 다른 할 일이 있어서라고 말은 하는데, 내가 보기엔 가넷 씨가 또 전투 리허설을 시킬까 봐 걱정하는 것 같아."

"그렇구나. 그래서 말인데…" 내가 말문을 열었다.

"너하고 나하고 단둘이 가게 생겼다. 그래도 윔플 쓰고 진짜 여자끼리만 뭉쳐보자고." 블러썸이 말했다.

"나도 내일 배틀에 못 가. 복싱 체육관에 가려고." 내가 말했다.

"아, 그래. 알았어." 그녀가 나를 보지 않고 대답했다.

"핍도 내일 복싱하러 갈 거야." 블러썸의 눈치가 보였다.

"알았어."

서로 한참 말이 없었다. 블러썸이 먼저 그 침묵을 깼다. "도대체 복싱은 왜 하려는 건데?"

나는 어깨를 으쓱하며 말했다. "체력을 키우고 싶으니까?"

"왜?"

"극지 탐험가나 돼볼까 해서. 지금부터 훈련 시작해야지."

"그럼 이제 나만 남겨지는 거잖아. 토요일 아침마다 셋이서 배틀에 갔었는데, 이제 핍도 너도 다른 것을 한다고 빠지니까."

"나랑 같이 안 할래?" 내가 제안했다.

"절대 안 해!!!" 그녀가 소리쳤다.

"왜 그렇게 싫은데?"

"내가 몇 번이나 말했잖아. 복싱은 폭력적이고 여성 혐오 스포츠야. 이성과 평등이 아니라 공격성과 힘을 추구해."

"그래도 복싱화는 멋있던데. 그리고 이걸로 체육관이 여자를 받지 않을 거라는 네 이론은 틀린 거야." 내가 반박했다.

"다 내가 나서서 그렇게 된 거잖아." 블러썸이 말했다.

나는 논쟁을 끝내려 리모컨의 재생 버튼을 누르며 말했다. "블러썸, 일관성을 지켜. 다른 여자들이 선택한 것이 네 마음에 들지 않는다고, 그것을 못 하게 할 수는 없는 거야."

고양이 눈동자

핍의 옷 선정은 이번에도 이상했다. 그가 가장 좋아하는 상점 '빈티지 빅키'에서 샀다는 실크 재질의 반바지를 입었는데, 유난히 길었다. 그는 1920년대부터 진짜 복서들이 입은 반바지라고 말했다. 토요일 아침에 핍이 나를 태우러 집에 왔다. 엄마가 커튼을 열었을 때 그는 정원에 서서 기다리고 있었다.

"그거 남자용 반바지 맞아?" 내가 물었다.

"당연하지. 여성용이 따로 있겠어? 복싱하는 여자들도 없는데."

"있어. 여자들도 복싱한다고. 그리고 네가 입은 옷이 속바지 같아서 물어본 거야."

"이거 속바지 아니야!" 핍이 정색했다. 핍은 거기에 남성용 내복을 입고 검은색 부츠로 마무리했다. 도저히 여기서 어떤 모습인지 설명하는 것은 불가능할 것 같다. 나는 운동화를 신고, 레깅스와 라이크라 티셔츠를 입었다. 티셔츠는 내가 필라테스를 가는 줄 알고 엄마가 빌려준 것이다. 앞이 조금 헐렁한 느낌이었다. 핍의 차를 타고 타운까지 갔다. 나는 지금도 왜 핍이 복싱 클럽에 등록했는지 모르겠다. 비스킷 때문에 그랬을 리는 없다. 하지만 핍이 색다른 것에 끌리는 것은 사실이다. 어쩌면 '빈티지 빅키'에서 속바지를 살 이유가 필요했던 게 아닐까? 20분 후 우리는 메모리얼 홀 안에서 주위를 둘러보며 교습이 시작되기를 기다렸다.

"저 애는 전자발찌를 차고 있어." 핍이 속삭였다.

"쉿! 그만 쳐다봐." 내가 말했다.

"좀 떨린다."

"나도 그래." 그곳엔 사람들이 많았다. 사람들이라고 했지만, 전부 남자들이다. 샤론 코치를 제외하면 내가 유일한 여자였다. 마음이 불편해졌다. 대부분은 20대 초반으로 보였는데, 모두 짧은 반바지, 짧은 머리칼, 그리고 회색이나 검은색의 어두운 스포츠 옷을 입고 있었다. 누구도 내게 눈길을 주지 않았다.

"저 사람들 진짜로 우리를 때리진 않겠지?" 긴장한 핍이 침을 삼키며 물었다.

"여기는 복싱 클럽이야. 그럴지도 몰라." 내가 답했다.

이때 리키 코치가 우리를 맞이하러 다가왔다. 그는 우리를 위아래로 훑어보았다. 새 회원의 꼬락서니를 보고 막막했을 것이다. 팔이 오디오 케이블처럼 얇은 작은 여자아이와 기린 같이 길쭉한 몸에 주름진 헐렁한 반바지를 입은 남자아이. 우리는 이름을 말했다.

"나는 사람 이름은 절대 잊어버리지 않는다." 그가 애써 밝은 목소리로 말했다. "아내 생일은 기억 못 해도, 그 누구의 이름도 잊지 않지." 그는 내 눈을 바라보며 악수를 했다.

"이전에 복싱해 본 적 있어?" 리키 코치가 내게 물었다. 나는 고개를 저었다. "그럼 복싱을 배울 생각으로 온 거야, 아니면 그냥 체력 관리?" 그가 물었다.

나는 어깨를 으쓱 올렸다. "일단 체력 관리로 시작하죠. 그 이후엔 또 모르죠?"

"음..." 그는 빠르게 고개를 끄덕이더니 몸을 돌렸다. 나는 그가 내 말에 웃음을 터트릴 거로 생각했었지만 그는 그러지 않았다. 물론 속으로는 내 희망 사항이 가당치 않다고 생각했을지도 모르지만, 적어도 그것을 겉으로 드러내지는 않았다.

"자네는?" 이번엔 핍에게 물었다.

"예... 저도 뭐 비슷합니다." 핍이 말했다. 리키 코치는 입술을 굳게 다문 채 고개를 끄덕이고는 다시 돌아갔다. 한숨 쉬는 소리를 들은 것도 같다. 리키 코치가 스테레오에 연결된 아이팟 플레이 버튼을 눌렀다. 그러자 끔찍한 구닥다리 노래가 스피커에서 터져 나왔다. 나와 핍은 서로를 쳐다보았다. 우리는 웃음이 터져 나오는 것을 가까스로 참았다.

몸풀기부터 시작했다. 제자리 뛰기, 엉덩이를 앞뒤로 흔들기 등 간단한 것들이었다. 물론 간단하다는 말은 사지가 마음대로 움직이는 평범한 사람들에게 해당하는 말이고, 불쌍한 핍에겐 거의 불가능한 동작에 가까웠다. 그가 유일하게 따라 할 수 있었던 것은 제자리 뛰기를 천천히 하는 것이었다. 그마저 갓 태어난 송아지가 소몰이 막대가 무서워 애써 하는 '문워크'와 비슷했다. 옆에서 보니, 녀석은 놀란 눈을 하고는 벌린 입으로 이가 없는 잇몸을 드러냈다.

"앞으로 10초간 전력 질주!" 리키 코치가 소리치자 우리는 발을 더 빠르게 움직였다. "무릎을 더 높이 들어!" 나는 이미 가쁜 숨을 몰아쉬고 있었다. 옆에서 핍의 헐떡이는 소리가 들렸는데, 곧 숨이 넘어갈 것만 같았다. "다시 정상 속도로!" 속도에 변화를 주는 것은 팔다리가 엉켜 고꾸라지기 일보 직전인 핍을 보면 확실히 무리한 거였다.

그다음은 메디신 볼을 가지고 가슴까지 들어 올렸다 밖으로 팔을 뻗는 동작이었다. 1분 안에 최대한 많이 해야 했다. 처음 10초간은 쉬워 보였지만, 곧 팔의 위쪽 부위가 찌릿찌릿 아프기 시작하더니 시간이 지날수록 고통이 더 커져만 갔다. "시계 보지 마라!" 리키 코치가 소리쳤다. 내가 시계를 힐긋 쳐다봤기 때문인데, 겨우 15초가 지난 것을 확인해서인지 더 고통스러웠다.

슬쩍 주위를 둘러보니 다른 이들은 어렵지 않게 운동을 따라 하고 있었다. 마치 기계처럼 팔을 들어 올리고 내리는 것을 반복했는데, 땀도 많이 흘리지 않았다. 어찌어찌해서 그 1분이 지나갔고 꿀맛 같은 15초 휴식이 있었다. 그리고 곧 다음 훈련이 시작되었다.

"버피!" 리키 코치가 소리치자 모두 앓는 소리를 냈다.

"몇 번을 말해. 훈련이 힘들수록 실전은 쉬워진다!"

버피는 팔굽혀펴기 자세에서 팔을 굽힌 후 무릎을 위로 당겨 재빠르게 일어선 다음 공중으로 만세를 하며 점프를 하는 동작이었다. 듣기에는 쉬워 보이지만 그건 맨 처음 한 번만 그렇다. 이것은 그저 바닥에서 위로 일어나는 동작일 뿐이다. 누구나 한 번쯤은 무리가 없을 거다. 어쩌면 두 번까지도. 하지만 이 동작을 계속 반복한다? 게다가 공중으로 점프하는 동작을 포함해서? 핍은 딱 한 번 했다. 그마저 점프 때는 발이 땅에서 떨어지지도 않았다. 마치 성의 없는 파도타기 응원을 하듯 팔은 반쯤 올라가다 말았다. 그 건장한 소년들도 분명히 이 운동은 좋아하지 않는 것 같았다. 하지만 묵묵히 동작을 반복했는데, 한두 명은 열두 번 이상을 했다. 나는 가까스로 다섯 번을 했다. 그중 몇 번은 힘에 부쳐 흉내만 낸 것 같다.

심장이 미친 듯이 뛰었다. 엄마가 검은색 라이크라 탑을 골라준 게 다행이다. 돼지처럼 온몸에서 땀이 비 오듯 흘렀다. 핍은 이미 바닥에 누워 끙끙 앓는 소리를 냈다. 그다음으로 런지 동작을 했고, 또다시 메디신 볼로 돌아왔다. 마구 흘러내리는 땀이 눈을 따갑게 만들었다.

"이건 그냥 준비운동일 뿐이야, 제군들!" 리키 코치가 으르렁거렸다. "이 정도가 힘들면 1분 후에는 나를 증오하게 될 거다." 핍이 겨우 몸을 추스르고 일어나서 볼을 딱 한 번 들어 올렸다. 나는 포기 직전이었다. 이건 정말 웃긴 짓이다. 내가 여기서 뭘 하고 있는 거지?

바로 그때, 내 눈에 홀로 들어오는 타릭의 모습이 보였다. 샤론 코치가 다가가 가벼운 포옹으로 반겨줬고 그는 우리의 운동에 합류하려고 걸어왔다. 짧은 순간 그와 눈이 마주쳤다. 잠깐 내 꼴이 지금 어떨지 생각해 봤다. 머리카락은 이마에 달라붙어 있고, 얼굴은 벌겋게 달아올랐고, 얼굴은 땀으로 번들거리겠지. 타릭은 나의 내면의 아름다움을 보았는지, 그런 내게 잠시 미소를 지어 보이곤 바로 메디신 볼을 들고는 운동에 합류했다. 나는 남은 힘을 모두 짜내어 버저가 울리기까지 두어 번 더 공을 들어 올렸다. "버저가 울리면 마지막 한 번을 더 하는 거다!" 리키 코치가 소리쳤고, 나는 다시 마지막으로 볼을 들어 올렸다.

'준비운동'이 끝나자 일부는 줄넘기를 했고, 다른 일부는 글러브를 끼었다. 글러브를 한 이들도 두 그룹으로 나누어졌다. 한쪽은 펀칭백을 쳤고, 다른 한쪽은 리키 코치와 함께 링 위에 올라갔다. 그래도 줄넘기는 자신 있었다. 마지막으로 줄넘기를 해본 지가... 네 살 때였나? 그때는 줄넘기를 꽤 잘했었던 것 같았다. 게다가 나는 가볍고, 어디서 읽었는데 여자가 비율적으로 남자보다 하체 힘이 좋다고 한다. 그래. 줄넘기는 해볼 만하다.

내가 줄넘기를 잘하지 못한다는 것을 깨닫는 데는 오랜 시간이 걸리지 않았다. 리듬을 타는 것까지는 오케이! 문제는 너무 어려웠다. 10년 전에는 이렇게 어렵지 않았다. 누가 생각이나 해 보았을까? 위아래로 폴짝폴짝 뛰는 것이 이렇게 어려울지. 그래도 나는 몇 번은 했다. 핍은 전혀 시작조차 못 하고 있었다. 머리 위로 줄을 넘기는 것까지는 문제가 없어 보였지만, 타이밍을 맞추지 못해 여지없이 줄이 부츠에 걸렸고, 몇 번이고 넘어졌다.

"이렇게 한 번 해봐." 한 소년이 핍에게 말했다. 그는 조금 다른 방식의 줄넘기 기술을 보여주었는데, 두 발을 동시에 떼는 것이 아니라, 양발을 교차하는 방식이었다. 핍이 고개를 끄덕이고 한 발로 섰는데, 마치 학이 한 다리로 서 있는 것 같았다. 곧 머리 위로 다시 줄을 휙 하고 넘겼지만, 찰싹 소리를 내며 줄이 그의 발목을 때렸다.

"줄을 넘을 때 앞으로 가면서 하면 좀 더 쉬워." 도움을 주는 소년이 발을 문지르는 핍에게 말했다. "이렇게 하는 거야." 그 소년은 줄넘기를 하면서 앞으로 천천히 움직였다. 마치 줄 위로 뛰는 것이 아니라 걸어서 넘어가는 것처럼 보였다. 핍이 헥헥거리면서도 다시 몸을 일으켰다. 그가 바닥에 늘어뜨린 줄 위로 한 번 넘고서 머리 위로 휙 돌렸다. 줄은 다시 바닥을 내려치며 멈췄다.

"좀 좋아진 것 같다." 도움을 주는 소년이 격려하듯이 말을 해줬다. 하지만 그냥 기분을 상하게 하지 않으려고 그러는 것이겠지. 다행히 다음 훈련으로 넘어갈 시간이다. 그 친절한 소년은 우리에게 글러브를 착용하라고 말했다.

"글러브를 끼면 손에서 냄새가 날 거야." 그 소년이 나에게 10온스 스몰 글러브를 찾아주며 말했다. "그건 어떻게 할 수 없어. 만약에 진짜 배울 맘이 생기면 핸드 랩을 사두면 좋아. 팔목과 손목과 손가락 관절을 보호해 줘. 그리고 손에서 나는 끔찍한 냄새도 잡아주고."

소년이 핍을 도와주려 몸을 돌렸다. "그런데 나는 왼손잡인데..."

핍이 말했다.

"상관없어. 글러브는 다 똑같아." 소년의 안내에 따라 핍과 난 하나의 샌드백을 마주하고 자리를 잡았다. 내 샌드백은 마이크 타이슨과 12라운드를 뛰고 왔는지 스티치가 다 헤졌다. 그 안에 무엇이 채워져 있었든지 간에 옆구리가 홀쭉해진 지금은 더 이상 원통 모양이 아니었다. 서양 배 같기도 하고, 이안 빌을 정육점 갈고리에 걸어둔 모양 같기도 했다. 주위를 둘러보니 남자아이들이 샌드백에 왼손으로 잽을 날리다가 곧이어 오른손으로 강하게 쳤다. 충분히 할 만해 보였다. 이제 힘든 부분은 다 지나간 게 아닐까 생각했다.

내 기대는 보기 좋게 빗나갔다. 펀치 연습이야말로 가장 사람을 지치게 만드는 훈련이다. 영화에서 주인공과 악당들이 서로 주먹질하는 장면을 흔하게 볼 수 있다. 쉬지 않고 서로의 면상에 주먹을 날린다. 이제 보니 그건 정말 비현실적이기 그지없다. 슈퍼 히어로가 아닌 이상 몇 분이면 체력이 바닥나 버릴 테니까. 맞아 죽지 않는다면 분명 때리다가 지쳐 먼저 죽어버릴 거다.

"복싱 한 라운드가 3분으로 정해진 것은 다 이유가 있어." 샤론 코치가 우리가 운동하는 모습을 보고는 한마디 했다. "그리고 복서가 강인한 체력을 가져야 하는 것도 다 이유가 있고." 핍이 샌드백에 두어 번 펀치를 휘두르고 이내 샌드백을 끌어안았다. 난파된 선원이 에어 매트를 놓치지 않으려고 부둥켜 안 듯이 말이다. 나는 두어 번 잽을 날리고 오른손을 크게 휘둘러보았다. 복싱 용어로 이걸 뭐라고 부르는지는 모르겠지만 나는 여섯 번도 채 못 쳐보고 멈췄다. 내가 샌드백을 치면 그건 거의 미동도 하지 않았다. 어떤 아이들은 얼마나 세게 치는지 샌드백을 매달아 놓은 고정대가 불안하게 삐걱 거리는 소리를 냈다. 나의 펀치가 너무 약해서인지 글러브를 통해 별다른 타격감이 느껴지지 않았다. 너무 힘들었다. 지치고 피곤해서 시계를 쳐다보니 이제 겨우 30분이 지났을 뿐이다. "끙." 나도 모르게 신음이 나왔다.

핍과 나는 나름대로 최선을 다했다. 하지만 가볍게 샌드백을 두드리는 수준이었다. 반면 건장한 남자아이들은 샌드백에 주먹을 꽂아 넣을 때마다 그 무서운 힘과 엄청난 세기 때문에 샌드백이 안으로 밀려들어 갔다. 도움을 주던 소년을 유심히 지켜보았다. 오른손 펀치를 날릴 때는 몸을 비틀었다가 펀치에 몸을 실어 가격했다. 그렇게 쳤기 때문에 샌드백을 흔들 수 있는 것 같았다. 나도 따라서 해보기로 했다. 샌드백을 향해 몸을 쇄도하면서 있는 힘껏 펀치를 날렸다. 샌드백이 크게 휘청하며 뒤로 움직였다. 맞은편의 핍이 샌드백에 가슴을 맞고는 뒤로 자빠졌다. 핍이 놀라서 눈을 끔벅거리며 나를 보았다. "방금 것 대단했어!" 그가 말했다.

"고마워. 대단하긴 했어. 그렇지?" 나는 다시 한번 시도해 봤다. 이번에는 글러브를 지나 주먹에까지 타격감이 느껴졌다.

"물을 마시는 시간이다!" 리키 코치가 소리쳤다. "너무 많이 마시지도 너무 급하게 마시지도 마라! 물 마신 후 교대한다. 오늘 링에서 훈련 안 받은 녀석들은 링 위로 올라오도록!" 나는 마지막으로 샌드백을 크게 후려쳤다. 버저가 울리면 마지막 하나! 나는 물 몇 모금을 마셨다. 입에 통째로 들이붓고 싶었지만 참았다. 나는 긴장해서 침을 꿀꺽 삼키고는 링으로 다가갔다. 내 뒤를 핍이 비틀거리며 따라왔는데 러닝머신 위의 개처럼 헥헥거렸다. 우리는 몸을 숙여 로프 사이로 올라갔다.

땀에 젖은 천사

"너희 둘 먼저 앞으로!" 리키 코치가 나와 핍을 가리키며 말했다. "먼저 자세부터 제대로 잡아야 해!" 그가 자세 잡는 법을 보여주며 말했다. 다리는 어깨너비로 벌리고 왼쪽 발을 앞으로 조금 내밀었다.

"주먹은 항상 볼 옆에 붙여. 주먹은 항상 그 자리에 두는 거야. 주먹을 뻗을 때를 제외하곤. 펀치를 날릴 때는 엉덩이를 약간 돌리면서 이렇게 얼굴에서 뻗는다. 일단 주먹을 다 뻗었으면 재빨리 글러브를 다시 볼에 가져다 붙인다." 그가 말했다. "이것이 복싱의 가장 중요한 기본이다. 항상 가드를 올려라. 안 그러면 상대방의 펀치가 네 얼굴을 강타할 거다. 이해하겠지?"

우리는 고개를 끄덕였다.

"좋아! 그럼 이제 너의 왼쪽 글러브로 내 왼쪽 패드를 쳐봐라." 리키 코치가 나를 보며 말했다.

"반대편 패드 말이죠?" 내가 물었다.

"그래, 반대편 패드. 자, 들어와!"

나는 그렇게 했다. 그가 패드로 나의 머리 왼쪽을 툭 건드렸다.

"뭘 안 했지?" 그가 물었다.

"가드를 안 올렸어요." 방금 들은 것을 까맣게 잊어버린 자신이 짜증 났다.

"이번에는 오른쪽 글러브로 오른쪽 패드를 쳐봐라." 나는 그렇게 했다. 그가 패드로 나의 오른쪽 머리를 툭 건드렸다.

"뭘 안 했지?"

나는 한숨이 나왔다. "이번에도 가드를 안 올렸어요."

"그건 기본 중의 기본이다." 그가 말했다. 이어서 다른 기본 동작도 보여줬다. 레프트 잽, 라이트 잽. 그다음 그가 내 머리 위로 글러브를 휘두를 때 고개를 숙여 왼쪽으로 롤링(＊상대방의 펀치방향으로 머리를 움직여서 피하는 방어법) 한다. 원—투—레프트 롤링, 원—투—라이트 롤링. 계속 가드를 올린 상태에서 발은 배운 대로 고정하고 이 동작을 내내 했다. 기억해야 할 동작이 한둘이 아니었다. 나는 점점 절망감이 들었다. 어느 순간, 나는 그냥 오른손을 크게 휘둘러 패드를 가격했다. 그가 패드로 머리 오른쪽을 또 툭 쳤다.

"좋은 펀치다!" 그가 조금 놀란 듯 말했다. "하지만 이번에도 가드를 올리는 것을 잊었다."

복싱을 하는 데 이렇게 많은 생각이 필요할 줄은 정말 생각도 못했다.

리키 코치가 '글러브 때리기'라고 부르는 이 훈련이 가장 마음에 들었다. 힘들기는 매한가지였지만 혼자 하는 운동이 아니어서 적어도 자신이 쏟고 있는 육체적 노력에 대해 덜 집중할 수 있으니까. 상대가 있는 것이다. 바로 내 코앞에서 내가 주먹으로 치기를 기다리면서. 물론 그의 패드에. 도중에 나는 쉴 수도, 몸을 웅크릴 수도 없고, 숨을 한 번 크게 들이마실 수도 없었다. 그저 계속 원−투−더킹−롤링, 원−투, 원−투−더킹−롤링.

나는 상당히 그걸 즐겼다. 상당히.

한두 번 모든 것이 제대로 된 느낌을 받았다. 펀치가 리키 코치가 들고 있는 패드에 묵직하게 꽂히면 기분 좋은 타격감이 팔을 통해 전해졌다. 코치가 고개를 끄덕이며 "좋아!"라고 말해줬다. 그럴 때면 기분이 좋았다. 모두가 자신의 패드 연습 차례를 끝마치고 정리 운동을 했다. 핍과 나는 서로의 글러브 벗기는 것을 도왔다.

"우와, 냄새! 손에서 죽은 오소리 냄새가 난다." 핍이 말했다. 나도 코를 찡그렸다. 썩은 땀 냄새와 지독한 가죽 냄새가 코를 찔렀다.

"여기 있는 애들 대부분은 자기 글러브를 가지고 있어. 그런다고 냄새가 안 나지는 않지만 적어도 자기 땀 냄새니까." 우리의 찡그린 얼굴을 봤는지 아까 그 도움을 준 소년이 말했다.

'마무리 운동'은 좀 수월하게 들리지만 이름에 속아선 안 된다. 팔 굽혀펴기와 플랭크를 한 후에 우리는 등을 바닥에 대고 누워서 발을 땅에서 6인치 정도만 올리고 1분간 버텨야 했다. 그렇게 3회를 해야 한다. 1회째는 15초쯤 견딜 수 있었지만, 2회째는 10초 그리고 3회째는 5초밖에 버티지 못했다. 아무도 이 운동을 좋아하지 않았다. 모두 자신들의 의지와 상관없는 각종 신음이 터져 나왔다.

"승자는 훈련을 하고 패자는 불평을 한다!" 리키 코치가 소리쳤다.

내 시야 끝에서 핍이 모든 운동을 포기하고 바닥에 누워 숨을 쉬고 있는 것이 보였다. 숨을 거두기 직전의 불가사리 같았다. 내가 자리에서 일어나자 바닥에 땀으로 내 형상이 그대로 찍혔다. 땀으로 만들어진 천사!

드디어, 마침내, 결국, 한 시간이 지났다. 핍과 나는 감사의 마음을 가지고 문을 향해 비틀거리며 걸어갔다. 지나가는 자리마다 땀의 흔적을 남기면서. 조 코치가 앞을 가로막았다. "또 올 거니?" 그가 물었다.

"아니요." 핍이 딱 잘라 말했다. 핍이 무례해서 그랬다고 생각하지 않는다. 더 길게 말할 숨이 남아 있지 않았을 거다.

"그럼 너는?" 조 코치가 내게 물었다. 그의 표정은 이미 내가 핍과 같은 대답을 할 거라고 예상하고 있었다. 나는 망설였다. 오늘 내가 한 것은 평생 가장 힘들고 괴로운 신체운동이었다. 하지만 그 힘든 순간은 이미 지나갔다. 어쨌든 나는 그것을 혼자서 견뎌냈고, 심지어 잘 해낸 것 같은 기분이 들었다. 리키 코치도 '좋은 펀치다!' 라고 말했다. 다시 돌아올 필요는 없다. 나는 머리를 당당히 들고 떠나도 된다. 이미 미션은 완수했으니까.

"저는 체력이 너무 약해요." 내가 말했다. 리키 코치가 한 남자아이와 활기차게 이야기하는 모습이 보였다. 우리는 그의 관심 밖인 것 같았다. 아마도 속으로 우리를 다시 볼 일은 없을 거라고 생각하겠지.

"그거야 우리가 강하게 만들어 줄 수 있지. 그리고 너는 다리 힘이 아주 좋아. 달리는 운동을 하니?" 조 코치가 물었다.

"걷기요." 내 대답에 그가 고개를 끄덕였다. "너의 그 강한 다리 힘을 펀치에 실을 수 있다면, 너는 괜찮은 복싱 선수가 될 거다." 이렇게 말하곤 그는 등을 돌려서 가 버렸다. 핍이 나의 헐렁한 라이크라를 잡고는 홀 밖으로 끌었다. 우리는 차에서 많은 말을 하지 않았다. 핍의 손과 팔이 심하게 떨렸다. 핸들이 안정되도록 나는 계속 몸을 숙여 그의 팔을 잡아줘야 했다.

"태워줘서 고마워." 그의 차에서 내리면서 말했다. 핍이 고개를 끄덕이고는 나를 쳐다보았다. 얼굴은 여전히 붉게 달아올라 있었고, 반점이 돋아 있었다. 속으로 심정지가 오지 않기를 빌었다. 집에 들어왔을 때 나는 완전히 뻗을 것 같았다. 이안 빌이 더 멀쩡해 보일 정도였다. 녀석은 꼬리를 바닥에 치며 반갑게 나를 반겨주었으나, 곧 한숨을 쉬고는 눈을 감아 버렸다. 나는 부엌에서 파인트 잔을 가져다가 수돗물을 가득 담아서 끝까지 들이켰다. 그리고 물을 다시 가득 담아서 위층으로 향했다. 엄마가 나와서 나를 따라 올라왔다.

"어땠어?" 엄마가 물었다.

"힘들었어요." 내가 답했다. 지금은 엄마와 아무 말도 하고 싶지 않았지만, 엄마가 분명 집에서 계속 내 걱정을 했을 거라는 걸 안다.

"정말 꼴이 말이 아니야. 온통 붉게 부었네."

"그러니 상대방은 어떻게 되었겠어요." 라고 대답은 했지만, 화장실에 들어가 거울을 보았을 때 엄마의 말이 무슨 뜻인지 알 수 있었다. 내 몰골은 페인트 붓과 땀 양동이를 손에 든 누군가에게 공격을 받은 것 같았다. 얼굴의 땀 일부는 이미 말라서 딱딱한 소금기의 줄무늬가 그려져 있었다. 앞 머리카락은 이마에 달라붙어 있고 곱슬머리는 귀에 잔뜩 말려 있었다. 얼굴에 핍과 같이 붉은 반점들이 여기저기 보였다. 갑자기 속이 메슥거렸다. 손쓸 새도 없이 마신 물을 고스란히 싱크대에 토해냈다. '너무 많이 마시지도 너무 급하게 마시지도 마라!' 리키 코치가 말했었지. 고개를 들어 엄마를 봤다. 무척 놀라셨을 거로 생각했지만 엄마는 도리어 안도하는 표정이었다.

"이제 다시 간다는 소리는 안 하겠지?" 엄마가 말했다.

바로 그 순간, 고문과 같은 훈련을 다시 받으러 간다는 생각만으로 오싹해져 살이 떨렸다. 하지만 그건 엄마에게 절대 말해주고 싶지 않았다. 토사물이 묻은 턱을 수건으로 닦아내고 땀에 젖은 머리를 털어내며 말했다. "당연히 다시 가야죠. 얼마나 재미있었는데요."

복귀

복싱 클럽에 다시 갈 마음은 조금도 없었다. 그건 핍도 마찬가지다. 지난 목요일에 블러썸이 토요일에 배틀에서 일할 거냐고 물어봤을 때 나는 "아마도." 라고 답했다. 나는 돈이 필요했고, 야외에서 일하기에 날씨도 좋아 보였다.

"겨우 '아마도'야? 너 설마 또 복싱 클럽 가겠다는 소리는 아니지?" 블러썸이 물었다.

"절대 안 가. 얼마나 끔찍했는데." 핍이 말했다. "그래도 내가 입은 의상을 네가 봤어야 했는데. 아주 멋있었거든."

"플레르, 너는?" 블러썸이 이번에는 나를 바라보며 물었다.

"나쁘지 않았어." 왠지 블러썸에게 내가 얼마나 힘들었는지 말하고 싶지는 않았다. 그녀가 복싱을 얼마나 싫어하는지 알고 있었기에, 설교를 듣고 싶진 않았다.

"그 복싱 클럽에 네가 유일한 여자회원이야?" 그녀가 물었다.

"그래." 나는 인정했다.

"다른 사람들이 잘 대해주기는 해?" 잠시 도와주던 소년이 떠올랐으나, 곧 등을 돌리고 간 리키 코치도 기억났다. 다른 사람들도 나와 눈을 마주치지 않았다.

"내가 거기 친구 사귀러 갔니? 운동하러 갔지. 너도 한 번 해보지 그래?"

"운동을 꼭 여성 혐오적인 스포츠로 할 필요는 없단 얘기야." 그녀는 나의 가시 돋친 말투를 무시하고 말했다. "너도 나처럼 시위 행진을 해봐. 플래카드를 들고 다니면 상체운동에도 좋을걸."

"그래. 한 번 생각해 볼게. 하지만 난 복싱이 여성 혐오적인 스포츠라고 생각하지 않아." 내가 말했다.

"폭력과 공격성을 미화하잖아. 그리고 그 잔인하고 비인간적인 것을 구경거리로 삼지. 그것도 사회에서 가장 취약한 계층의 사람들을 이용해서." 블러썸이 말했다.

"하지만 체력과 자신감을 불어넣어 주지. 복싱은 스스로를 단련하는 방법을 가르쳐줘. 그 어려운 환경의 젊은이들에게. 세상 모든 것에는 양면이 있기 마련이야."

"꼭 너의 아버지처럼 말한다." 그녀가 지적했다.

"글쎄, 그것도 어떻게 보느냐에 따라 다르겠지." 우리는 이쯤에서 논쟁을 멈췄다.

호기롭게 말을 하긴 했지만, 엄마가 이 주제에 간섭하지 않고 내 버려 두었다면, 아마 나는 복싱에 대한 생각을 지우고 포기했을 것 이다. 하지만 복싱에 대한 엄마의 잔소리는 계속되었다. 나도 그 끔 찍한 훈련을 하러 복싱 클럽에 다시 가고 싶은 생각은 없었다. 엄마 는 딸을 청개구리로 만드는 타고난 재주를 가졌다. 세제를 절대 먹 지 말라고 하면, 보란 듯이 들이켜게 만든다. 그래서 금요일 저녁, 다음날 배틀에 가는 대신 보스포드 복싱 클럽에 가기로 마음을 먹었 다.

토요일 아침, 핍이 없으니 나는 그곳에 혼자서 가야만 했다. 복 싱 체육관은 학교보다 반마일이나 더 떨어져 있었고, 그곳까지 걸어 가는 것은 마음이 내키지 않았다. 그래서 아침을 먹고, 차고로 가서 자전거를 살펴봤다. 자전거 곳곳에 거미줄이 가득했다. 먼저 거미줄 을 치우고, 왼쪽 자전거 손잡이에 터를 잡은 집게벌레 가족들도 쫓 아냈다. 먼지도 털어내고 타이어에 공기도 넣어주었더니 꽤 쓸 만해 보였다. 다만 뭔가 긁는 듯한 이상한 소리가 신경이 쓰였다. 어디서 그런 소리가 나는지 파악하기 위해 도로에서 페달을 밟아봤다. 그때 아빠가 나타났다.

"네가 오랜만에 자전거 타는 모습을 보니까 좋구나." 아빠는 도 구들을 가져와서 바닥에 내려놓고 뒷바퀴를 보기 시작했다. 혹시 아 빠가 자전거를 같이 타고 나가자고 하지 않을까 생각했지만, 아빠는 아무 말씀이 없었다.

"이걸 타고 보스포드까지 가려고요. 복싱하러." 내가 먼저 말을 꺼냈다.

"너 복싱 제대로 해보려는 거니?" 아빠는 올려다보지 않은 채 물었다. 아빠는 기어에 있는 나사 일부를 조이고 또 일부는 느슨하게 했다.

"잘 모르겠어요. 아직은 복싱이 나한테 맞는 것인지. 그래도 오늘은 다시 가보고 싶어요."

아빠가 여러 가지 복잡한 심정이 섞인 얼굴로 나를 올려다보았다. 아빠의 심정을 명확하게 알 수는 없었지만, 거기엔 분명 걱정도 있었다. "엄마가 너 복싱한다고 얼마나 걱정하는 줄 알지? 자꾸 나에게 묻더라. 왜 네가 그러는 거냐고. 하고많은 것 중에 왜 복싱이니?"

"저도 잘 모르겠어요. 어쩌면 다들 나에게 안 된다고만 하니까."

"단지 그 이유로? 다른 사람들이 뭐라고 해서 복싱을 한다는 거니? 네 마음은 뭐라고 하는데?"

답하기 전 잠시 생각을 했다. 좋은 답이 떠올랐다. "지난주 리키 코치의 패드를 쳤을 때, 뭔가 균형도 맞고 잘 들어갔어요. 뭔가 제대로 쳤다는 느낌. 마치 마음속에 답답한 뭔가가 떨어져 나가는 것 같았어요."

"카타르시스 같은 거니?" 아빠가 물었다. "네 안에 뭔가가 해소되는 거 같아?" 나는 고개를 끄덕였다.

"나는 자전거 탈 때 그런 기분이 든단다. 그냥 멀리 벗어나는 거지. 털어버리려고. 마음속의 모든 분노... 부정적인 감정들을 두 페달에 힘껏 실어서. 설명하려니까 어렵네." 하지만 아빠는 방금 설명을 했다. 나는 아빠가 무슨 말을 하는지 알았다. 나는 다음 말을 기다렸으나, 아빠는 잠시 그대로 서 있더니 내게 말했다. "자, 다 됐어. 기어가 어긋나 있더구나. 이제 타 봐라."

나는 집 앞의 도로를 자전거로 오르락내리락 해봤다. 이안 빌도 이번만은 바깥 구경을 하게끔 해줘서 내 자전거를 헐떡거리며 힘겹게 따라다녔다. 그래도 무척 즐거워 보였다. 나는 지켜보는 아빠를 향해 고개를 끄덕였다.

"고마워요. 아빠."

"조심해서 타. 가는 길은 알고 있지?"

"저 여기서 평생 살았어요." 나는 눈을 굴리며 말했다. "보스포드 가는 길도 못 찾아갈까 봐요?"

작다와 적다의 차이

길을 잃었다. 바보처럼 지름길로 간답시고 글래드웰 단지를 가로질러 가려 했는데, 이곳이 좀 미로 같았다. 모든 집들이 비슷비슷한 데다가, 코너마다 매트리스나 자동차가, 정원에는 캠핑카가 있었다. 나는 멈춰서 유모차를 끌고 가는 여성에게 길을 물었다. 그녀는 자신에게 길을 물어본 것이 신이 났는지 열심히 알려줬다. 하지만 그 설명이 너무 난해하고 앞뒤가 안 맞아서 그냥 그녀의 설명을 무시하기로 했다. 시계를 보니 서두르지 않으면 늦게 생겼다. 다른 사람에게 물어봐야겠다. 둘러보니 젊은 남자아이들이 모여 있는 것이 보였다. 심호흡을 하고 페달을 밟아 다가갔다. 내가 가까이 가자 한 명이 쳐다보았다.

"이봐. 나 길을 좀 찾고 있는데. 메모리 홀. 오케이?" 나는 얕보이지 않으려고 거리의 말투를 흉내 냈다.

"너 플레르지? 학교에서 봤는데. 글래드웰에는 무슨 일이냐?" 나는 그가 누군지 알지 못했다. 하지만 그는 나를 알고 있는 것 같았다. 이상한 일이다. 학교에서는 아무도 나를 모르는데. 다른 아이들도 어슬렁거리며 다가왔다. 그중 나이가 좀 있어 보이는 몇 명은 조금 무서웠다. 그제야 내가 큰 실수를 저질렀다는 생각이 들었다. 자전거를 타고 글래드웰 단지를 지나가겠다고? 혼자서? 라이크라를 입고?

"아니야. 됐어. 내가 찾을게." 나는 자전거에 다시 올라서 빨리 자리를 뜨고자 했다. 하지만 급한 마음에 서둘러서 거의 넘어질 뻔했다. 남자애들이 웃었다.

"밀어줄까?" 아이들 중 한 명이 뒤에서 다가와 자전거 시트를 잡았다. 나는 본능적으로 그의 손을 쳐냈다. 내 또래쯤 되어 보였는데 목에 문신을 하고 배기 셔츠를 입고 있었다. 녀석이 다시 시트를 손으로 잡았는데, 이번에는 손가락이 나의 엉덩이에 닿았다. 아이들이 낄낄거리고 웃을 때 나는 그를 밀치고 얼른 페달을 밟았다. 하지만 한두 녀석이 달려서 내 뒤를 따라왔다.

"운동 좀 해야겠다. 플레르!"

"또 넘어지지 말고. 계집애처럼." T자 교차로에 왔을 때, 지나가는 흰색 밴 때문에 나는 잠시 멈춰야 했다. 그사이 남자애들이 따라 잡아서, 한 명은 왼쪽을 다른 한 명은 오른쪽을 막아섰다. 뒤에서 소리치고 웃는 소리가 들렸다. 나머지 녀석들도 곧 따라붙을 것이다. 갑자기 나는 공포에 사로잡혔고 숨이 목까지 찼다. 나는 손을 들어

방어하는 자세를 취했다. 왼쪽에 있는 남자애가 낄낄거리며 나의 동작을 따라 했다. 그런데 갑자기 뒤에서 흐릿한 형체가 나타나더니 그의 발을 걷어차 녀석이 내 눈앞에서 순간적으로 사라졌다. 그 녀석은 자전거 앞쪽의 아스팔트 바닥에 나뒹굴고 있었다. 그리고 오른쪽에 있는 녀석도 같은 방식으로 강하게 밀쳐져 멀리 자빠졌다. 누가 나를 구해줬는지 보려고 뒤를 돌아보았다.

"타릭?"

"애한테서 빨리 꺼져!" 넘어진 두 녀석이 기어서 뒤의 무리에 갈 때, 타릭이 큰 소리로 말했다. 나머지 애들은 그냥 서서 지켜보기만 했다. 타릭을 경계하는 것 같았다. 어쩌면 링에서의 그의 실력을 이미 알고 있는지도 모르겠다. "너희들 운 좋은 줄 알아. 애가 자전거에서 내리지 않아서. 이 친구 복서인 줄은 몰랐지?" 타릭은 끝이 흐려지는 억양을 가졌다. 남자아이들은 허세로 웃으며, 자리를 떴다.

"고마워." 내가 말했다.

"뭐 이런 걸로. 플레르 맞지? 여기 밸햄 거리에서 뭐 하는 거야?" 그가 물었다.

"그 말은 피해자를 비난하는 거라고." 나는 마치 블러썸처럼 말했다. "나는 가고 싶은 곳에 맘대로 가면 안 된다는 거야? 내가 여자라서?"

"아니야. 그게 아니고. 복싱 체육관은 반대쪽에 있다는 뜻이야."

"아!" 그가 활짝 웃었고 나는 내 속에서 작은 일렁임을 느꼈다. 그는 헐렁한 후디를 입고 있었지만, 근육질 어깨는 숨길 수 없었다.

"뭐. 그런 뜻이었다면 괜찮지만."

"자, 출발해. 같이 가줄게."

조금 전에 있었던 일에 아직 마음이 가라앉지는 않았지만, 타릭이 옆에 있어서 적잖이 안심이 되었다. 우리는 보스포드 복싱 클럽에 대해 이야기했다. 타릭이 리키 코치의 '역사'에 대해서도 말해주었다. "코치님은 정말 대단한 복서야. 아홉 살부터 복싱을 배우셨고 영연방 대회에서 동메달을 따셨어. 하필이면 부상을 입어서 아테네 올림픽에는 출전하지 못했대. 샤론 코치 말로는 출전했다면 금메달을 땄을 거라고 하더라. 그 이후 바로 프로로 전향해서 73번이나 링에 오르셨어."

"와! 그런데 그 대단한 사람이 왜 이런 촌구석에서 이러고 있는 거야?"

"복싱은 돈이 안 돼. 적어도 이 나라에서는. 그리고 뭔가 받은 걸 갚고 싶으신가 봐. 이 지역 체육관에서 훈련하셨거든. 나처럼 이 단지에서 사셨고."

"미안해. 이 지역이 나쁜 곳이라는 뜻은 아니었어." 잘한다. 플레르. 내 잘난 입이 또 사고를 쳤다. 블러썸은 내게 말했었다. 내가 특권을 누리고 있다는 것을 잊지 말라고. 이번에는 블러썸이 옳았다.

"괜찮아. 여기 촌구석 맞아." 타릭이 말했다. 그가 가방에서 캐슈너트가 담긴 봉지를 꺼내서 내게 권했다. 나는 한 줌 집었다.

"고마워."

"운동하려면 이런 거 많이 먹어야 해. 좋은 단백질이 근육을 키우는 데 꼭 필요해. 너는 어디에 살아?" 그가 물었다.

"이스트 보스포드에 있는..." 주소를 말하는 게 좀 부끄러웠다. "레인저스 우드야."

"좋은 동네에 사네." 체육관으로 들어가며 그가 말했다. "플레르, 그런데 너야말로 뭐 하러 이런 촌구석에 오는 거야?"

"복싱하려고." 내가 대답했다. 안에 들어가니 리키 코치는 링을 손보고 있고, 남자아이들이 모여 잡담을 하고 있었다.

"그래서 그 여자가 그러는 거야. '당신이 나를 여자로 만들어 주세요.'" 내가 안으로 들어갔을 때 그중 한 명이 나를 등지고 다른 아이들에게 이야기를 해주고 있었다. 나를 본 '도와준 소년'이 헛기침을 하며 신호를 주었지만, 말을 하는 남자아이는 그 신호를 무시했다. "그래서 내가 그 여자에게 내 셔츠를 주면서 말했어. '이걸 다림질해 놔.'" 모두 웃었지만, '도와준 소년'은 당황하며 불편해하는 것 같았다.

"자, 수다쟁이들. 이제 몸풀기 시작하자!" 리키 코치가 소리쳤다.

우리는 하마터면 늦을 뻔했다. 리키 코치의 지시에 따라 바로 줄넘기를 시작했다. 2분간 멈추지 않고 줄넘기를 해야 했다. 하지만 그런 게 가능할 리 없었다. 줄이 뒤통수를 때리거나 다리에 걸려서 중간에 멈출 때마다 벌칙으로 스쿼트 점프, 얼터네이트 런지 같은 끔찍한 운동을 해야 했다.

"더 오래 줄넘기를 해야 벌칙을 받는 횟수가 더 작아진다!" 리키 코치가 외쳤다.

"더 적어진다." 내가 무심코 중얼거렸다.

"뭐라고? 플레르?" 리키 코치가 손으로 귀를 모으며 물었다. 갑자기 모든 사람의 시선이 나에게 집중되는 것이 느껴졌고, 나는 얼어붙었다.

"횟수가 더 적어진다는 게 맞는 표현입니다. 횟수는 셀 수 있으니까요."

"내 말을 바로잡을 정도면 힘이 아직 남아도는구나. 쪼그려 뛰기 10회 실시! 확실히 횟수를 세라고!" 리키 코치가 으르렁거리며 말했다. 다른 아이들이 웃었다. 숨이 차서 얼굴이 붉게 달아오르지 않았다면, 아마 망신살로 그렇게 되었을 거다. 쪼그려 뛰기를 했다. 언제나 이놈의 입이 방정이다.

"솔직히 나는 네가 여기 다시 올지 몰랐어." 훈련 중간 잠시의 휴식 시간에 '도와준 소년'이 내게 말했다. "나는 댄이야."

"솔직히 나도 내가 여기 다시 올지 몰랐어. 그런데 어쩌다 보니 여기 와 있네. 나는 플레르."

"여기는 여자가 별로 없거든. 그리고 그마저도 오래 버티지는 못해." 댄이 말했다. 그의 말에 기분이 좀 좋아졌다. 알고 지낼 이름과 얼굴이 있다는 것은 좋은 일이다. 다음 훈련 파트가 시작되자, 리키 코치는 이미 몇 번이고 들었던 그 일장 연설을 또 시작했다. "복싱은 오직 링에서만 하는 거다. 너희들이 여기서 배운 것들은 체육관을 나갈 때 이곳에 두고 가라. 누구든 내 귀에 밖에서 주먹질을 했다는 소리가 들리면 보스포드 복싱 클럽과의 인연은 거기까지다. 혹 어려움을 겪고 있는 사람을 보면 비웃지도 놀리지도 마라. 가서 도와주고, 격려하고 응원해 줘라! 모두 알아들었지?"

"네, 코치님." 위아래로 펄쩍펄쩍 뛰면서 몇 아이들만 헐떡거리며 대답했다. 벌써 땀이 목을 타고 흘러 내려와 엄마의 라이크라를 적시기 시작했다.

"목소리가 작다. 알아들었지?" 그가 다시 외쳤다.

"네! 코치님!" 우리는 힘껏 소리쳤다.

금지와 약속

"걔 내보내면 안 돼!" 내가 부엌에 들어갈 때, 엄마가 나를 보고 소리쳤다. 엄마는 스토브에서 냄비를 젓고 있었다. 이안이 문이 열린 것을 보고 나를 향해 달려왔다. 자유를 향해 달려왔다. 나는 재빨리 문을 닫고 가방을 던져놓고는 무릎을 꿇고 이안을 안았다. 위안과 미안한 마음을 담아서.

"이안. 요 녀석! 너 왜 이렇게 냄새가 나니?"

"이 약 부작용이야." 엄마가 말했다. "약 먹으면 마음이 불안한가 봐. 하도 먹기 싫어해서 이렇게 매번 음식에 섞어줘야 해." 엄마가 하얀 약 가루를 스튜 냄비에 톡 털어 넣고는 저었다.

"개를 위한 의약품이라고 말해줘서 다행이네. 난 또 내가 마약 소굴에라도 들어온 줄 알았네요." 컵에 물을 따르며 힐끗 엄마가 테이블에 올려둔 건강 관련 잡지를 보았다. 〈여성의 건강〉이라는 잡지였는데 표지에 말총머리를 한 근육질의 소녀가 보였다. 혹 나도 몸을 단련하면 저렇게 보일 수 있을까? 엄마가 나를 훑어보았다.

"토요일 약속 안 잊었지?" 엄마가 물었다.

"토요일에 뭐요?"

"나 필라테스 하는 데 같이 간다고 했었잖아."

나는 신음을 냈다. 엄마에게 같이 간다고 약속한 기억은 없다. 하지만 엄마 말을 잘 듣지 않고 귀찮아서 투덜거리며 동의했을 수도 있다. 엄마가 몇 달째 필라테스 수업을 같이 듣자고 괴롭힌다. 엄마는 모녀가 함께 뭔가를 하고 싶어서라고 했지만, 그저 나를 감시하기 위한 것이 분명하다.

"필라테스요? 그거... 나이 든 사람들이 하는 것이잖아요?"

"전혀 그렇지 않아! 아마 놀랄걸. 보는 것과 달리 힘든 운동이야. 복싱보다 안전하기도 하고. 나 따라오면 내가 캐롤 선생님 소개해 줄게. 다들 캐롤 선생님 팬이란다. 얼마나 대단한지 온몸에서 아우라가 나와."

"미안해요. 엄마." 캐롤을 직접 만나 그 아우라를 느끼게 될 생각 만으로도 약간 두려웠다. "지금 생각이 났는데, 토요일은 블러썸 하는 일을 도와주기로 했어요."

엄마는 실망한 것 같았다. "제발 부탁이니, 복싱 클럽에 간다는 말만 하지 마라."

"글쎄. 어쩌면요. 어쨌든 지금은 샤워부터 해야겠어요." 나는 얼른 위층으로 피신했다.

"이따 이야기는 마저 하자. 플레르." 엄마가 내 뒤에서 소리쳤다. "알겠지?"

내가 다시 내려오니 아빠도 있었고 식탁도 차려져 있었다. 식기 선반 위의 수프 그릇에서 뜨끈한 김이 옅게 피어올랐다. 엄마가 수프를 국자로 뜨기 전에 잠깐 이야기를 나눌 수 있는지 물었다.

"복싱에 관한 얘기야." 아빠가 말했다.

"이 수프 그릇은 식기세척기에 넣어도 되나요?" 혹시 이걸로 식기세척기 논쟁에 불을 붙여 관심을 돌릴 수 있기를 희망하며 물어보았다. 그런 일은 없었다.

"엄마도 그렇지만 아빠도 네가 그렇게 위험한 스포츠에 빠진 것이 걱정된다."

"그냥 줄넘기 좀 하고 샌드백을 치다가 오는 거라고요. 나심 하메드(＊유럽 챔피언에 올랐던 영국 출신의 전설적인 복서)와 12라운드 경기를 뛰는 게 아니고요."

"위험해. 엄마가 이렇게 걱정하는 것 모르겠니? 딸을 또다시 잃고 싶지 않아." 엄마가 말했다.

"언니가 죽기라도 했어요? 더니든에서 잘살고 있잖아요?" 내가 항변했다.

"네가 만약 정말 진지하게 하는 거라면, 어쩔 수 없이 우리도 허락해 줄게." 아빠는 합리적으로 얘기한다는 듯이 말했다.

"거참 잘됐네요." 나는 화가 나 얼굴이 달아오르는 것을 느꼈다.

엄마가 끼어들었다. "다만 전제조건이 있어. 그러니까 트레이닝만 하는 거야. 뭐라고 했었지? 체력단련? 그래, 엄마는... 우리는 네가 링 위에서 싸우는 것은 원하지 않아.” 나는 잠시 지금의 논쟁에 대해서 생각했고 열을 가라앉힐 수 있었다. 엄마의 단단했던 방어벽이 아주 작게나마 열린 것을 보았기 때문이다. 엄마와 정면 대결을 피하면서도 이길 수 있는 것이다.

“엄마. 난 링에서 싸울 생각이 없어요.” 나는 차분하게 말을 이었다. “숨이 차서 샌드백도 몇 번 못 친다고요. 링에 올라가면 죽을 거예요.”

“그럼 약속하는 거지?” 엄마가 급하게 말을 이었다. “나를 보고 약속해. 절대, 절대로 링에서 싸우지 않겠다고.”

한숨이 나왔지만, 엄마를 쳐다봤다. 내 안의 일부는 엄마에게 소리치고 싶었다. 내 인생이고, 내가 무엇을 하든지 내 마음이라고. 하지만 내 안의 또 다른 일부가 그 충동을 억눌렀다. 언제나 그렇듯이. 엄마의 모든 것에 대한 병적인 염려는 도가 지나치다. 나도 안다. 엄마는 너무 걱정이 되는 거고, 나를 위한 마음에서 그런다는 것을. 그리고 엄마에게 화를 내는 것이 아무런 의미가 없다는 것도. 게다가 내가 링에 올라가는 일은 상상도 할 수 없다. 내가 화를 낼 필요가 없는지도 모른다. 블러썸이라면 “싸워! 싸워! 싸우라고!”라고 말할 테지. 하지만 핍이라면 싸울 곳을 신중히 판단하라고 하겠지.

그리고 이 상황에서는 핍이 옳다.

“엄마. 절대로 링 위에 올라가지 않아요. 약속해요.”

엄마가 고개를 끄덕이며 웃었다. 오늘은 엄마가 이겼다.

메니니스트들

"제발 배틀에 같이 좀 가자." 블러썸이 월요일에 말했다. "지난 2주간 빠졌잖아. 이번 주는 핍의 리허설 재도전도 있는 날이라고."

"봐서." 나는 아직 마음을 정하지 못했다. 한편으로는 친구들과 어울리는 것이 그리웠고, 배틀에 함께 가고 싶었다. 거기서 버는 용돈도 아쉬웠다. 하지만 이제 막 엄마 아빠에게 복싱하는 것을 허락받은 터다. 이번에 가지 않는다면, 분명 늘 그렇듯이 복싱에 대한 내 의지도 강하지 않다고 생각하실 거다.

"설마 이번 주도 복싱 가겠다는 것은 아니지?"

"그래. 아니. 사실 잘 모르겠다. 지난주는 나쁘지 않았어."

"너 좋을 대로 해. 하지만 우리가 보고 싶어 한다는 것은 잊지 마." 블러썸이 영어 수업에 들어가면서 말했다.

식스턴 선생님은 우리가 토론을 할 수 있게 장려했다. 그날의 주제를 정해서 주기적으로 토론을 이끌었는데, 유럽, 이민자 문제, 사형제도 같은 것들이었다. 하지만 주제가 무엇이든 논쟁은 항상 성별 문제로 끝난다. 그건 블러썸과 보니타만 있는 게 아니라, 거기에 윌리엄 카펠과 라이언 쿡이 같은 반에 있기 때문이다. 블러썸은 그 녀석들을 메니니스트(남성 페미니스트)들이라고 부른다. 걔들은 남자가 오히려 탄압을 받고 있다고 믿어서, 더 많은 권리를 위해서 남자들이 싸워야 한다고 주장하는 부류들이다. 이 조용한 브라이튼에 더 많은 심신 치료 센터가 필요하다고 주장하는 사람들처럼.

오늘은 라이언이 왜 여자가 남자들보다 열등한지 설명하면서 시작되었다.

"세상에서 가장 빠른 여자도 세상에서 가장 빠른 남자보다 0.5초 더 느려. 알고는 있어?" 라이언이 으스대며 말했다.

"그게 그렇게 중요해? 그 0.5초가 남자들이 여자보다 40% 더 많은 수입을 가져가는 이유라는 거야? 그 0.5초 때문에 세상 95%의 CEO가 남자인 게 설명된다는 거지? 그 0.5초 때문에 역대 수상과 고위 관료의 75%가 남자란 말이지? 이 모든 이득이 바로 너희가 0.5초 더 빠르기 때문이라는 거야?" 블러썸이 말했다.

"진화론적 관점에서 봤을 때, 가장 좋은 고기는 남자들이 먹는 게 맞는 거야." 윌리엄이 개입했다. "그래야 단백질이 생기고, 그 단백질로 근육을 만들고, 그 근육이 스피드를 만드는 거라고. 남자들이 고기를 못 먹어서 근육도 속력도 없어 봐. 그럼 동물 사냥은 못 하는 거고, 마을 전체가 쫄쫄 굶어야 해. 너는 마을 전체가 굶어도 괜찮아, 블러썸?"

"그래서 그 0.5초 때문에 사우디의 여자들은 운전을 해서는 안 되는 거냐고?" 블러썸이 말했다. "그 0.5초의 차이 때문에 말랄라(＊파키스탄의 여성인권운동가)가 총에 맞은 거야? 총알을 재빨리 피하기엔 너무 느려서? 진심으로 그 0.5초 차이가 정말 그렇게 중요해?"

"그럴지도 모르지. 그 0.5초 차이로 사냥감을 등에 메고 마을로 돌아가는지, 아니면 빈손으로 돌아갈지가 결정될 수도 있으니까. 바로 0.5초 안에는 많은 일이 벌어질 수 있어." 윌리엄이 지지 않고 말했다.

"내가 그 0.5초 안에 네 불알을 차주마!" 보니타가 대꾸했다.

"보니타! 그리고 윌리엄! 고의적으로 토론을 자극하는 행동은 그만해." 식스턴 선생님이 주의를 주었다.

"여자들은 이게 문제야." 라이언이 한숨을 쉬었다. "논리라는 게 없거든. 언제나 감정이 앞서지. 그냥 세상에는 여자보다 남자가 더 잘할 수 있는 일이 훨씬 많은 것뿐이야. 이게 팩트라고."

"내가 진짜 팩트 하나 알려줄게. 잘 들어." 블러썸이 받아치며 말했다. "지금은 2017년이고, 우리 여자들은 마음만 먹으면 하고 싶은 모든 것을 할 수 있어. 여자들이 모든 것을 책임지는 자리에 있다면, 지금처럼 세상이 개판은 아니겠지. 정말 그럴 수만 있다면, 남자들을 모든 공직에는 얼씬도 못 하게 할 거야."

"만약 그런 세상이 온다면, 그래서 모든 의회를 여자들이 차지했다고 치자고. 그럼 어떤 일이 벌어지는 줄 알아? 의회의 모든 여자들의 생리주기가 똑같아지겠지. 그럼 그날은 '펑' 하고 모두 폭발하는 거야." 라이언이 대꾸했다.

보니타는 코웃음을 쳤다.

페미니스트 주제

결국 난 복싱을 선택했고, 그러길 정말 잘했다. 트레이닝 중 뭔가 이상한 변화가 느껴졌다. 이제 트레이닝 시간을 견뎌낼 수 있게 되었다. 곧 심정지가 올 것 같은 그 죽을 맛이 사라졌다. 물론 이제 트레이닝이 힘들지 않다는 것은 절대 아니다. 여전히 힘들지만, 적어도 트레이닝 내내 토할 것 같지는 않았다. 이제는 어떻게든 1분 정도는 발에 줄이 걸리지 않고 줄넘기를 할 수 있게 되었고, 때로 줄이 빠르게 바람 소리를 낼 때는 마치 조 프레이저가 된 것만 같았다. 타이밍을 못 맞춰 줄이 내 뒤통수를 가격하기 전까지는 말이다.

몸풀기 시간이 되자 리키 코치는 언제나처럼 끔찍한 음악과 함께 엉덩이를 흔들고 무릎을 높이 들라고 말했다.

"여기서 댄스 교습도 공짜로 시켜 줄지는 몰랐지. 그렇지?" 리키 코치의 고함이 필 콜린스가 분명한 그 끔찍한 음악과 합쳐졌다.

다리 훈련이 힘들었다. 내가 힘겨워하는 것을 지켜본 리키 코치가 한마디 했다.

"힘내 봐, 플레르! 훈련이 힘들수록 실전은 쉬워진다."

"몸이 받쳐주질 않아요." 내가 거친 숨을 내쉬며 말할 때, 모두의 시선이 나를 향하고 있는 것이 느껴졌다.

"자, 모두 수분 보충시간이야. 너무 많이 마시지 말고, 너무 빨리 마시지도 마!" 리키 코치가 소리쳤다.

"더 많이 달려야 해. 그래야 다리에 힘이 붙거든. 코치님 말마따나 쉽게 얻어지는 것은 없어, 플레르." 댄이 물을 마시는 시간을 이용해 내게 조언했다.

나는 고개를 끄덕이고 물병을 집어서 목을 조금 축였다. 마음 같아서는 뚜껑을 던져버리고 물병 안으로 다이빙하고 싶었다. 댄이 다가와 말을 걸어줘서 고마웠다. 오늘 이곳의 남자아이들이 조금씩 내게 더 친근하게 대하는 것을 느꼈다. 물론 짝을 이루는 것은 자기들끼리 했지만, 일부러 나를 배제하는 것 같지는 않았다. 그냥 자연스럽게 그렇게 되었다. 가끔 내가 옆을 지나가면 하던 대화를 멈추거나 말소리를 줄였다. 마치 여자를 놀리는 농담이 그들도 불편하기라도 한 듯이.

"점점 체력이 더 좋아지는 것 같은데? 지금은 버피도 잘 따라 하는 것 같고." 댄이 말했다.

"돼지처럼 땀을 흘리는 것은 여전하지만." 내가 발밑에 고인 땀을 보며 말했다.

"걱정할 것 없어. 점점 더 쉬워질 거야. 계속 열심히 해. 스스로를 몰아붙여야 돼. 아, 그리고 〈록키〉를 봐!"

"어?"

"정말 강한 몸을 만들고 싶어? 그럼 〈록키〉를 봐!"

"영화 록키? 실베스타 스텔론 나오는?"

"그래."

"영화 보는 것이 몸 만드는 것이랑 무슨 상관인데?"

"보면 알아." 댄이 씩 웃었다.

이 모든 운동이 과연 내 몸에 좋은 것인지는 모르겠다. 하지만 배를 고프게 만드는 것은 확실하다. 월요일 영어 수업 시간 동안 배에서 계속해서 꼬르륵 소리가 멈추지 않았다. 블러썸이 놀라서 계속 쳐다봤다. "츄바카(＊스타워즈에 나오는 털북숭이 거인) 옆에 앉은 것 같네." 점심시간을 알리는 고마운 벨 소리가 울리자마자 나는 학교 식당으로 달려갔다. 그 뒤를 블러썸이 숨을 헐떡거리며 따라왔다.

"무슨 노래를 그렇게 종일 흥얼거리는 거야?" 그녀가 물었다.

"수퍼트램프(＊1970년대에 인기를 끌었던 영국의 록밴드)가 부른 '더 로지컬 송The Logical Song.'"

"뭐라고? 누구 노래라고?"

"누구가 아니라 수퍼트램프라고." 나는 접시를 받아 음식을 담으면서 말했다. "리키 코치가 프로그레시브 록의 광팬이야. 그가 트는 음악 재생 목록이 두 종류거든. 하나는 복싱과 연관성이 있는 모든 노래를 모아 놓은 것이고, 다른 하나는 프로그레시브 록 클래식 모음이야. 끔찍한데 머릿속에서 떠나지를 않아."

"복싱 클럽이 아니라 신흥종교 같다."

자리에 앉자 블러썸이 내 접시를 쳐다봤다. 접시 위로 음식이 산처럼 쌓여 있었다. 나는 치킨 너겟, 비너슈니첼, 스파게티, 당근, 스위트콘과 콩을 담았다. 롤빵, 초콜릿 무스 그리고 치즈케이크는 디저트용이었다. 나는 너무 배가 고팠지만, 내가 보기에도 좀 많아 보였다.

"저게 뭐야!" 라이언 쿡이 우리 곁을 지나가면서 음식이 가득한 내 접시를 보고는 기겁했다. 윌리엄 카펠이 그의 귀에 대고 뭔가를 속삭였다. 그래도 '저게 다 엉덩이 살로 갈 거야.'라고 하는 소리는 들을 수 있었다. 그들은 킥킥댔다.

"이게 일상에 만연한 성차별이지." 블러썸이 한숨을 쉬었다. "네가 남자였어 봐. 그럼 음식 좀 많이 먹는다고 누가 신경이나 썼겠어?"

"그래, 맞아. 하지만 요리는 우리 여자들이 하니까. 우리 책임도 있지." 내가 말했다.

"일리 있네." 블러썸이 접시에 담긴 너겟을 하나 입에 넣으며 말했다. 우리는 음식을 씹으며 서로 웃음을 터트렸다.

＊＊＊

그 좋던 분위기는 금요일 저녁 블루벨 로드 영화 클럽 모임에서 깨졌다. 내가 선택한 영화가 문제였다.

"록키?"

"그래, 록키!"

"지금 바보 같은 복싱 선수가 나오는 영화를 함께 보자는 거야?"

"이건 명작이야. 미국영화협회에 따르면 가장 잘 만든 스포츠 영화 순위 중 2위라고." 내가 DVD 케이스 뒷면의 설명을 읽으면서 말했다.

"좋아. 맘대로 하셔. 나는 공부나 할 테니까."

"시도도 한 번 안 해 보고?"

"멍청한 건달 같은 놈들이 주먹으로 서로의 머리를 때리는 영화, 나는 보고 싶지 않다." 블러썸은 그렇게 말을 뱉고는 지리학책을 확 집어서 펼쳤다.

"그건 열린 자세가 아닌데. 그리고 나는 지난주에 네가 보고 싶다던 〈후궁의 저택〉을 같이 봤잖아."

"〈후궁의 선택〉이거든? 그리고 네가 언제 봤어. 잠들어 놓고선."

"알겠어!" 나는 재생 버튼을 꾹 누르며 말했다.

"나도 알겠어!" 그녀도 대꾸하더니 책장을 넘기기 시작했다.

"책장 좀 살살 넘겨주시겠어요?" 오프닝 크레딧이 올라갈 때 내가 말했다.

"네, 그렇게 해드리죠." 그녀가 눈을 돌리며 말했다.

하지만 곧 나는 블러썸을 잊어버렸다. 록키는 정말 대단했다. 어째서 이 영화를 지금껏 보지 않은 걸까? 무엇보다 스토리 자체가 훌륭했다. 뒷골목의 삼류 복싱 선수인 록키는 시합 사이에는 사채를 수금하는 일을 하면서 근근이 먹고 사는 밑바닥 인생이다. 어느 날 그런 그에게 헤비급 세계 챔피언과 경기를 치를 수 있는 기회가 찾아온다. 처음부터 그가 이길 가능성이 없다는 것을 알면서도 늙은 코치는 록키를 훈련시키고 좋은 조언들로 이끌어 준다. 내가 가장 좋아하는 부분은 이 늙은 코치가 록키에게 하는 말이다.

"녀석이 너에게 키스를 하겠냐? 록키, 녀석은 너를 죽일 거다." 영화 속 록키의 코치는 어딘가 보스포드 복싱 클럽의 나이 든 코치 조 아저씨를 생각나게 한다.

이 영화에는 러브라인도 있다. 록키와 에이드리언이 마침내 키스를 했을 때, 내가 눈물을 훔친 것을 놀려도 좋다.

"여자 주인공은 저 남자의 어디가 좋다는 거야?" 블러썸이 못마땅한 듯 말했다.

"블러썸 씨는 공부하시는 줄 알았는데요?"

"남자 주인공이 시도 때도 없이 멧돼지 같은 소리를 내는데, 공부가 되겠니?" 그녀가 대답했다. "아니 그리고, 도대체 죄 없는 고기에는 왜 계속 주먹질인데?"

"쉿! 지금 재미있는 장면이야."

블러썸은 씩씩거리며 책을 읽는 척을 했지만, 난 그녀가 영화를 보고 있다는 것을 안다. 암, 당연히 보고 있었겠지. 록키는 최고니까! 이미 중독이 된 것 같다. 바로 나머지 시리즈도 다 봐야겠다. 블러썸이 함께 보지 않는다면, 혼자서라도.

버저가 울리면

나를 멤버로 인정한다는 신호일까?

오늘 알렉스 코치가 나를 보고 눈썹을 살짝 올렸다. 그만의 미소를 짓는 방법이다. 조던은 줄넘기에 대한 새로운 기술을 알려주었다. 전자발찌를 달고 있는 사이먼은 리키 코치의 가방에서 핸드 랩을 가져와 손을 감싸는 방법을 보여주었다. 돈은 다음 주에 가져와도 된다는 말과 함께. 무엇보다도 조 코치가 지나가면서 내 어깨를 툭 친 것이 가장 분명한 신호였다. 물론 그 전에 그들이 무례하거나 싫은 티를 낸 것은 아니지만, 대체로 내게 무관심했다.

나는 이걸 샤론 코치에게 이야기했다. "그래, 그럴 수 있어. 여기 오는 사람들 대부분 한두 번 오면 그걸로 끝이거든. 다시 볼 일 없는 거지. 그러다 보니까 이제 한 식구가 되었다는 확신이 들기 전까지는 말을 안 붙이는 거야."

우와, 내가 한 식구라고? 음... 어쩌면 그럴지도. 시간 내에 최대한 많은 버피를 해야 하는 훈련을 하고 있을 때였다. 팔과 무릎을 굽히는 동작을 하고 있을 때 버저가 울렸다. 나는 동작을 멈추고 바로 자리에서 일어났다.

"하나 더!" 리키 코치가 내게 소리쳤다. 나는 다시 엎드렸다 일어나며 한 번 더 했다. 이제 쉬는 줄 알았던 근육들이 강하게 항의하는 듯 꿈틀댔다. "버저가 울리면, 언제나 하나 더!!"

"네, 알겠습니다!" 숨을 헐떡거리며 대답했다.

"좋다!" 몸풀기 운동이 끝나면 아무런 감각이 없다. "이제 짝을 이루어 펀치 연습을 할 거다." 리키 코치가 말했다. 스테레오에서 더 끔찍한 음악이 흘러나왔다. 전부 나의 엄마 아빠 세대가 들었을 곡들이었다. 제네시스, ELO, 그리고 제롬이 제쓰로 툴이라고 알려준 플루트 연주가가 있는 그룹도 있었다. 리키 코치가 우리가 해야 할 동작을 설명해 주었다. 한 사람은 패드를 들고 다른 사람은 글러브를 끼고 서로 마주 서서 3분간의 펀칭 연습을 3회 마무리한 후, 상대방과 역할을 바꿔 진행하는 것이었다.

"질문 있나?" 리키 코치가 물었다.

"네. 도대체 저 망할 곡 선정은 누가 하는 건가요?" 늘 자제력 없는 입이 문제다.

모든 사람이 웃었다. 나에게? 아니다. 내 농담에. 자신들의 영역을 침범한 여자에게 주둥이 좀 닫으라고 말하거나 한심하다는 듯 고개를 흔들지 않았다. 그들은 웃었다. 물론 박장대소는 아니었다. 과장하고 싶지는 않다. 하지만 나는 기분이 좋아져 얼굴이 약간 붉어졌다. 적어도 리키 코치님이 입을 열기 전까지는.

"그 망할 곡 선정은 내가 한다. 영감을 주는 곡들이지." 그가 으르렁거렸다.

"취향이 다채로우세요…" 이번에는 아무도 웃지 않았다. 이번엔 선을 넘었나 보다. 분명한 선이 있음에 틀림없다.

"내 음악 취향을 생각할 시간이 있다면 팔굽혀펴기 6개를 할 시간도 있겠군. 실시!" 벌칙을 마치고 일어나 손에 맞는 냄새 나는 글러브를 찾았을 때는 조 코치를 제외한 모두가 짝을 이루었다.

"우선 3분 동안 잽만 연습하는 거다." 리키 코치가 큰 소리로 말했다. "주먹은 얼굴에서 뻗어서, 다시 얼굴로 돌아와야 한다." 조 코치가 나를 보고 웃어 보였다. 이가 보이지 않았다. 내가 조심스럽게 그의 패드에 잽을 날리기 시작하자 그는 내게 가드를 올리라고 말했다.

"더 세게 쳐야지!" 그가 소리쳤다. "내가 받아줄 테니까." 나는 그러고 싶었지만 몸풀기 운동만으로 이미 체력이 바닥 난 상태였다. "왜 이렇게 살살 쳐? 나 보기보다 강해." 나는 있는 힘을 다 짜내서 펀치를 날렸다. 레프트─라이트, 레프트─라이트, 롤 언더(*몸을 숙여 상대방의 펀치를 피하는 동작). 버저가 울렸다. 다시 펀치를 한 번 더 날렸다. 버저가 울리면 하나 더!

"이제 쉬어!" 리키 코치가 소리쳤다.

내가 달콤한 공기를 한껏 들이마시고 있을 때 조 코치가 말했다.

"아주 좋아!" 나는 숨이 차 말을 할 수 없어서 고맙다고 고개만 끄덕였다.

"이번에는 훅이다! 레프트 그리고 라이트!" 리키 코치가 외쳤다.

내가 배우기론 훅은 잽보다 약간 낮게 들어가는 펀치다. 상대방의 방어를 무력화시키고자 팔꿈치를 뻗어 측면에서 안으로 감아서 치는 펀치다. 펀치가 조의 패드를 강타하기 시작했다. "더 세게! 그래, 그렇게 계속해." 조가 말했다. 버저가 울리기까지 7년은 흐른 것 같았다. 뭔가 감이 잡히는 것 같았다. 나는 비 오듯 땀을 쏟으며 가쁜 숨을 몰아쉬었다. 도대체 복서들은 이걸 어떻게 매 라운드 할 수 있는 걸까? 펀치를 3분 동안 날리는 것보다 더 힘든 일은 세상에 없을 거다.

"다음은 어퍼컷이다! 몸을 숙이고 무릎을 굽혀. 그리고 위로 패드를 올려 쳐라!" 리키 코치가 소리쳤다.

조 코치가 얼굴을 숙인 채, 패드를 위로 올리고는 수평으로 만들었다. 버저가 울리자 나는 위로 올려 치기 시작했다. 몇 번 올려 쳤을 때, 낯선 근육들이 들고 일어나 저항하기 시작했다. 이전까지는 내게 근육이 있는 줄도 몰랐었다. 녀석들은 잠들어 있던 자신을 깨운 것에 성이 난 것 같았다.

"더 세게!" 조 코치가 얼굴이 붙을 정도로 가깝게 다가와 소리쳤다. "나를 날려버릴 기세로 쳐!" 한 번의 펀치를 날릴 때마다 온 힘을 쏟았다. 몸을 추슬러 무릎을 굽히고 적절한 위치와 자세를 잡고 위로 펀치를 날린다. 모든 것이 부자연스럽게 느껴졌다. 내가 마지막

라이트 어퍼컷을 날리려 할 때 버저가 울렸다.

"이제 쉬어!" 리키 코치가 소리쳤다. '버저가 울리면 하나 더.' 라는 리키 코치의 주의를 떠올리며, 나는 마지막 펀치에 온 힘을 실었다.

하지만 조 코치는 리키 코치의 쉬라는 외침을 듣고 패드를 바로 내려놓았다. 내 글러브가 날카롭게 솟아올라 무방비한 조의 턱을 퍽 하고 강타했다. 그는 마치 뼈가 없는 사람처럼 주저앉았다. "조!" 리키 코치가 소리치며 그의 옆으로 달려왔다. 나는 너무 놀라서 넋이 나간 채 그저 서 있었다.

"내가 쉬라고 했잖아!" 리키가 나를 비스듬히 올려보며 말했다.

"죄송해요. 버저가 울려서 마지막 하나를 한 건데..."

"그래. 버저가 울렸을 때 제대로 올렸다." 조 코치가 고개를 들지 않은 채 말했다.

"괜찮아요?" 구급상자를 들고 온 샤론 코치가 물었다. 조 코치는 샤론 코치에게 손을 내저어 물리치고 리키 코치의 도움을 받아 의자로 터벅터벅 걸어가 앉았다.

"정말 죄송해요." 나는 다시 한번 말했다. 너무 당황스러웠다.

"신경 쓰지 마라. 복싱이 신체 접촉이 있는 스포츠다 보니 이런 일이 생기기도 하지. 다음부터는 좀 더 조심해." 리키 코치의 말에 마음이 좀 놓였고, 머릿속에서 얼른 떨쳐버리고자 노력했다. 자리를 뜨면서, 다시 한번 조 코치를 살펴보았다.

"정말 괜찮으세요?"

그가 씩 웃어 보였다. "여자 때문에 별을 본 게 얼마만인지 모르겠다. 마지막으로 여자 때문에 별을 봤을 때는 분명 황홀했던 것으로 기억하는데." 블러썸이 들었으면 펄쩍 뛸 농담이었지만, 나는 그가 괜찮아 보여서 안심이 되었다.

"제2의 니콜라 아담스(＊영국 여자 복싱 국가대표 올림픽 금메달리스트)가 될 자신은 없는데요." 내가 돌아서서 가려고 할 때, 조 코치가 나의 팔목을 잡으며 말했다. "앞으로 네 별명은 킬라Killa다. 정말 끝내주는 어퍼컷이었다." 그가 끝에 "여자치고는."이라는 말을 덧붙일 줄 알았다.

그러나 그는 그러지 않았다.

고민 중

블루벨 로드 영화 클럽 시간이 돌아왔다. 블러썸이 넷플릭스에서 영화를 골라 관람할 준비를 했다. 역시나 그녀의 선택은 〈사막 위의 집〉이라는 예맨 영화였다. 러닝타임이 4시간에 육박했다. 나는 긴 한숨을 쉬고, 코코아를 만들기 시작했다. 이 음료가 부디 오프닝 크레딧이 나오는 동안 나를 재워주기를 바라면서.

"테일러 스위프트와 그 남자가 다시 결합할까?" 내가 부엌에서 소리쳤다.

"어떤 남자?"

"왜 노래에 나오는 남자 있잖아."

"뭐? 노래에서 여자가 '절대로' '다시는' '두 번 다시' 돌아가지 않을 거라고 했던 그 남자? 아니. 완전히 끝난 사이잖아."

"여자가 지나치게 거부하는 것 같지 않아? 정말 안 돌아갈 거면 뭘 굳이 그렇게 반복해서 여러 번 말할 필요가 있겠어?" 내가 말했다.

"뭘 또 얼마나 반복했다고 그래." 블러썸이 코코아를 받으며 말했다. "노래 길이가 3분 30초잖아. 그냥 분명히 밝힌 거야. 미련이 없다고."

"정말 미련이 없을까? 아직 뭔가가 남은 느낌인데…"

"그게 다 남자들이 관계를 통제하려는 수작이라고." 블러썸이 말했다.

"통제? 남자가 어떻게 관계를 통제해? 남자가 혼자 있을 시간이 필요하다고 말했을 때, 둘은 만나지 않은 지 한 달이 넘었잖아."

"뭐라고?"

"내 말은 남자가 통제하려고 그러는 것 같지는 않다고."

"플레르. 넌 정말 로맨스를 좋아해. 너는 모든 연인이 차이를 극복하고 해피엔딩으로 끝났으면 좋겠지. 아이들이 위층에서 잠들어 있는 동안에 이렇게 둘이 함께 코코아를 마시면서 말이야."

"아이들이라고? 그건 너무 빠르다." 내가 코코아를 내려놓으며 말했다.

"정말 단순한 거야. 언제나 남자가 여자를 원하는 법이지."

"아니거든? 가끔 여자가 남자를 원하는 거지." 내가 말했다.

그녀가 웃으며 내 팔을 툭 쳤다. "보고 싶었다. 이게 얼마 만에 보는 얼굴이냐?"

"학교에서 매일 보잖아."

"그런 거 말고. 요즘 통 보이지를 않잖아."

"그래서 이렇게 지금 네 옆에 있잖아. 따분함을 알려줄 네 시간짜리 영화를 함께 보려고."

"그래봤자 20분도 안 돼서 잠들 거면서." 그녀가 투덜거렸다.

"네가 3시간 30분 동안 아무 일도 일어나지 않다가 마지막 10분에 주인공이 다 죽는 그런 영화들만 고르니까 그렇지."

"제발 내일은 배틀에 좀 와주라. 제대로 네 얼굴 좀 보게." 블러썸이 조르듯 말했다.

"글쎄다. 나도 정말 그러고 싶기는 한데, 지금은 복싱에 완전히 빠져 있잖아. 지금은 복싱에 전념해야 할 때 같아서."

"그래. 네가 그럴 줄 알았어. 그런데 나는 어떤 줄 아니? 지난주는 너무 지루해서 마그넷한테 문자를 다했다니까. 내가 남친에게 문자를 했다고. 플레르."

"자꾸 죄책감 들게 할 거야?"

"친구야. 내일 하루 빼먹는다고 어떻게 되는 거 아니잖아."

"다음 주 토요일. 약속할게. 다음 주 토요일에 꼭 갈게."

사실 배틀에서 빈둥거리던 시간이 그립다. 블러썸과 핍과 함께하는 시간들도 너무 그립다.

하지만 지금은 그 어느 것보다 복싱이 하고 싶다.

엄마 아빠는 한바탕할 거리를 또 찾았다. 엄마가 낡고 오래된 정원 울타리 문을 교체해 달라고 계속 아빠를 들볶았고 아빠가 새 문을 사 왔다. 문제는 문이 어느 쪽으로 열리게 하느냐다. "나는 예전 문이 밖으로 열리는 게 싫었어. 문은 안쪽으로 열려야지. 그건 상식이잖아." 엄마가 말했다.

"안쪽으로 열리게 하면, 문이 동백나무 화분을 치게 된다고." 아빠가 지적했다.

"그럼 화분을 다른 곳으로 치우면 되잖아."

"그건 안 되지. 여기 이미 자리 잡았는데."

"오, 그럼 예전처럼 도로 쪽으로 열리게 설치하시겠다? 그러다 밖에 지나가는 차하고 부딪치면 어떡하고?"

"이제까지 그런 적이 한 번이라도 있어? 차가 한 달에 세 대쯤은 지나가려나? 여기는 런던 고속도로가 아니라고. 그냥 동네 길이라고!"

"위험하다니까." 엄마가 말했다.

아빠도 물러서려 하지 않았다. 그렇게 상황은 점점 심각해져 갔다. 나는 이 문제를 '현관문 게이트'라고 불렀다.

아무도 웃지 않았지만.

토요일에는 이 싸움을 벗어날 수 있게 되어 다행이다. 나는 체육관까지 달려가기로 했다. 마음속에 그린 풍경은 내가 언덕을 따라 가볍게 조깅을 하면 새들이 나를 향해 지저귀고 이웃 농가의 잘생긴 남자애들이 손을 흔들어주는 그런 것이었다. 하지만 현실은 전혀 그렇지 않았다. 교회를 지나갈 때쯤엔 이미 완전히 지쳐버렸다. 숨을 헐떡거리며 지나갈 때 농부인 팔머 아저씨가 고개를 끄덕여 아는 체를 해주었다. 다리는 아프고 심장이 터질 것 같았다. 노래하는 새들은 구경도 못 했다. 새라고 본 것은 길 한가운데서 여우의 사체를 뜯어먹는 까마귀 떼가 전부였다. 그래도 여기까지는 괜찮았다. 손을 흔들어 주는 농장의 잘생긴 남자들 같은 것은 없었다. 대신 클럽에서 밤새워 놀다 집에 돌아가는 십 대들이 있었다. 이들을 잔뜩 태운 작은 닛산 승용차가 옆을 지나가며 한 녀석이 머리를 내밀고 고함을 질러서 기겁하며 뒤로 물러섰다.

설상가상으로 절반쯤 왔을 때야 물을 가지고 오지 않은 것이 생각났다. "수분을 보충하는 것을 잊지 마라!" 리키 코치의 사자후가 들리는 것 같았다.

어찌어찌해서 더 이상의 악재 없이 메모리 홀에 도착했다. 그나마 운이 좋은 건 우회 도로 앞 신호가 길어서 기다리는 동안 거칠게 뛰던 심장을 좀 진정시킬 수 있었다는 것이다. 그래도 체육관에 들어갈 때는 이미 녹초가 되었다. 리키 코치가 몸풀기 운동에 힘겨워하는 나를 보고는 휴식 시간에 내게 다가왔다.

"무슨 일이야?"

"다리 힘 키운다고 여기까지 달려왔어요."

"다른 운동하는 것 있어? 주중에 말이야?" 그가 물었다. 나는 물을 벌컥벌컥 들이마시면서 고개를 저었다.

"저 친구들 보이지?" 그가 남자아이들을 가리켰다. "쟤들은 일주일에 두 번씩 나온다. 모두 매주 수요일에 나와서 운동을 해. 사이먼조차 헤이스팅스에서 보호감찰관 면담이 끝나면 매번 여기까지 달려와서 훈련을 해. 아는 거지. 주기적인 훈련이 얼마나 중요한지. 알겠지? 일주일에 한 번으론 턱도 없다."

"수요일은 안 돼요. 데이트하는 요일이거든요." 아마도 수요일은 조지가 숨을 거두는 순간까지 데이트하는 날로 남을지도 모른다.

"그럼 다른 날은 어때? 화요일 밤은? 와서 체력을 쌓을 심장 강화 운동 같은 것을 해봐라." 리키 코치가 말했다.

"노력해 볼게요." 대답하면서 머릿속은 이를 위해 바꿔야 할 일정들로 복잡해졌다. 핍과 블러썸과 어울릴 시간이 있을 수 있을까. 자리로 돌아가던 리키 코치가 걸음을 멈추고 돌아보았다.

"아침은 먹었니?"

"네. 먹었어요."

"뭘 먹었지?"

나는 기억을 더듬으며 어깨를 으쓱했다. "토스트, 바나나 한 개, 커피 한잔이요."

그가 고개를 저었다. "그런 걸론 안 된다. 자동차 기름 떨어지면 뭘 넣지?"

"저는 차 없는데요."

"연료를 넣잖아!" 그가 꾹 참으며 말했다. "복싱을 제대로 하고 싶으면 배와 근육에 먼저 연료부터 채워."

"뭘 먹어야 하는데요?"

"넌 단백질이 필요해. 칼로리가 높은."

"훼이단백질 보충제 같은 거 말이죠?" 엄마의 건강 잡지들에서 본 것을 떠올리며 물었다. "구기자 열매, 껍질 없는 닭가슴살, 현미 같은 거?" 그가 나를 제정신이냐는 듯 쳐다봤다.

"계란과 베이컨은 들어본 적 없니? 어렵게 생각할 필요가 없어, 플레르. 제대로 된 음식 좀 먹고 체중을 늘려라."

데이트하는 밤

이번 수요일 데이트 장소는 헤이스팅스 근처에 새로 생긴 힙스터 레스토랑이었다. 멀지 않은 곳에 도축장이 있었다. 힙스터(＊유행이나 익숙함을 거부하고 자신만의 개성을 추구하는 사람을 말함)들만의 음식이 있다는 것을 몰랐는데, 막상 와 보니 평범한 음식을 있는 척하며 다른 이름으로 포장한 것에 불과했다. 힙스터들이 이렇게 베이컨을 좋아하는 줄 몰랐다. 온갖 종류의 베이컨이 들어간 요리들이 있었다. 베이컨을 올린 맥앤치즈, 집에서 만든 피클을 곁들인 베이컨으로 감싼 미트로프, 24시간 숙성한 블루 비프 베이컨 버거. 베이컨 잼을 곁들인 딱딱한 껍질이 있는 사워도우. 재미있는 것은 정작 여기에 평범한 베이컨은 없다. 메이플 시럽을 입히고, 히코리로 훈연한 핸드 컷 백 베이컨 등이었다.

물론 돼지고기도 평범할 리 없다. 자연 방목하고 손으로 직접 먹이를 먹이며 키웠고, 주기적으로 마사지를 받으며 매일같이 '벨 앤 세바스찬'(*6인조로 구성된 영국의 록밴드)의 테마곡들을 축음기로 듣고 자란 돼지들의 고기였던 것이었다. 물론 후식으로는 메이플 베이컨 도넛이 나온다.

또한 많은 내장이 재료로 사용되는 것 같다. 라드로, 크루도, 석쇠에 구운 골수, 해기스 앤 스위트브레드. 대부분의 음식은 미사여구로 꾸며진 설명이 덧붙여 있었다. 메뉴를 읽는 것만으로도 속이 메슥거렸다. 조지는 당연히 진지하게 메뉴를 살피고 있었다. 엄청난 수염을 기른 남자가 다가왔다. 조지는 나에겐 다이어트 콜라를, 자신은 펩스트 블루리본 맥주를 주문했다. 맥주는 모든 힙스터가 주로 마시는 것이 분명했다. 우리가 주문을 하는 동안 조지는 맥주를 마셨다.

"힙스터 유행이 오래갈 것 같지는 않아. 메뉴를 보니까 몇 년 안에 모든 힙스터들이 동맥경화로 죽어서 씨가 마르겠는데?" 내가 말했다.

"이거 왜 이래. 그 많던 모험심이 다 어디로 간 거야?" 그가 대답했다

"히코리로 훈제한 날고기를 도넛에 채워 넣어 먹는 것은 모험이 아니라고. 암을 유발하는 거지." 내가 말했다.

"가끔은 뭔가 색다른 것을 시도할 필요가 있는 거라고." 조지가 말할 때 수염을 기른 웨이터가 다시 다가와 빵 메뉴를 보고 싶은지 물었다.

"그냥 어떤 것이 있는지 말해 주실래요?" 내가 물었다.

"사워도우, 집시 브레드, 아르굴라 스톤 베이크드, 토틸라 브레드, 양귀비 씨앗 꽈배기 빵, 장작불에 구운 브리오슈, 글레이즈 아티상이 있습니다."

"베이컨으로 만든 빵은 없나요?"

"네? 그런 것은 없습니다."

"아, 없군요. 괜찮아요. 그럼 쓸개 빵은 있나요?"

"그런 건 처음 들어봅니다."

"샌프란시스코에서는 엄청 유명한데요. 됐어요. 그럼 저희는 그냥 바게트 빵으로 주세요."

조지는 베이컨을 곁들인 송어 요리를 주문했다. 나는 폴렌타를 곁들인 삼겹살을 주문했다. "너무 고칼로리 음식인데, 너무 무리하는 것 아니야?" 조지가 말했다.

"나 지금 무지 배고프거든. 최근에 운동을 열심히 해서 그런 것 같아." 내가 말했다.

"운동을 좀 줄이는 게 좋겠어." 그가 말했다. 나는 눈을 깜박이며 그를 쳐다보았다. 운동을 줄이라는 말을 들어본 것은 세상에서 내가 처음일 거다. "그냥 운동이 더 필요 없어 보여서 하는 말이야. 지금도 보기 좋아. 온몸을 근육으로 만들고... 싶은 것은 아니지?"

"최근에 우리 엄마랑 통화한 적 있지?" 내가 물었다.

"건강과 체형에 신경 쓰는 것은 좋은 일이야 분명. 하지만 너무 지나치게 하는 것은 위험해. 그 소식 못 들었어? 신입생 남자 하나가

운동에 중독되어서 종일 운동만 했는데 끝이 좋지 않았어."

"어떻게 되었는데?"

"불법 약물 소지 혐의로 지금 감옥에 있어."

"거봐. 내가 뭐라고 그랬어. 사관학교 동기들하고 모여서 약하는 것 아니냐고 했지?" 내가 의기양양하게 말했다.

그가 고개를 저으며 말했다. "잠깐, 첫째로 우리는 그런 거 안 해. 사관학교의 동기들은 그런 친구들이 아니야. 둘째로, 그 녀석이 가지고 있던 것은 스테로이드제야. 보디빌더들이 사용하는 것 있잖아?"

"음..." 나는 의심하는듯한 소리를 냈다.

"아무튼. 내 사관학교 동기들이 어떤 친구들인지 직접 볼 기회가 곧 있을 거야. 내가 올해 무도회에 너를 초대할 생각이니까."

"뭐? 학교 무도회에?" 순간 긴장으로 몸이 굳어졌다.

"아, 그리고 올 때 드레스 입고 와야 하는데, 괜찮지?"

"당연히 괜찮지. 그런데 끝나고 집에는 어떻게 오지? 아니면 그냥 거기서... 밤을 보내?"

"그건 생각 좀 해보자." 조지가 얼굴을 조금 붉히며 말했다. "지금 플래너에 적어둬. 7월 19일이야."

"날짜 얘기가 나와서 하는 말인데, 우리 데이트하는 날을 화요일로 바꾸는 거 어때? 아니면 목요일도 좋고. 수요일 저녁에 있는 복싱 트레이닝에 나가고 싶어서..."

그가 지금 들은 말을 믿을 수 없다는 듯 나를 쳐다보았다. 마치 내가 살아 있는 하이에나를 사냥해서 아직 뛰고 있는 심장에 베이컨 잼을 발라 먹자고 제안이라도 한 듯이.

"데이트 요일을 바꾸자고? 나와의 데이트를 좋아하는 줄 알았는데." 그가 조용히 말했다.

"데이트는 정말 좋아. 오늘도 포함해서. 그러니까 그 데이트를 다른 요일로 바꾸면 좋겠다는 것뿐이야. 나는 금요일이나 토요일도 괜찮아. 그럼 급하게 호브로 안 돌아가도 되잖아."

마침 웨이터가 주문한 음식을 가지고 왔다. 긴 턱수염이 삼겹살에 거의 닿을 뻔했다.

"한 번 생각해 볼게." 조지가 가라앉은 목소리로 말했다. 그의 기분을 상하게 할 생각은 없었다. 사실 왜 이게 그렇게 문제가 되는지도 나는 잘 모르겠다. 그저 조지가 전통을 중시하고, 안정된 일과를 바꾸고 싶어 하지 않는 것이라고 짐작할 뿐이다. 나는 포크로 붉은 피클을 찍어서 들어 올렸다.

"조지, 아까 나한테 한 말 기억하지? 때로 인생은 뭔가 색다른 것을 시도할 필요가 있어." 그가 생각에 잠긴 채 나를 보았고, 나는 피클을 하나 입에 집어넣고 씹기 시작했다. 그리고 곧 뱉어냈다.

"이게 뭐냐. 정말 더럽게 맛없네."

여자는 때릴 수 없다고?

조지가 데이트 날짜를 변경할 것인가를 두고 고민하는 동안 나는 나대로 내가 할 수 있는 일을 해야겠다는 결심을 했다. 내가 먹은 탄수화물을 다 태우려면, 따로 다른 운동을 할 필요가 있다. 리키 코치의 말처럼 일주일에 하루로는 부족하다. 준비운동이 끝나면 녹초가 돼서 펀치를 날릴 힘도 없다면 이게 다 무슨 소용이겠는가? 학교까지 조깅하는 것이 익숙해지자 주중에 다른 운동을 하는 것이 크게 부담스럽지는 않았다. 뭔가 특별한 운동을 해봐야겠다는 생각이 들었다.

"아빠. 한 바퀴 돌까요?" 목요일에 일을 끝내고 돌아온 아빠에게 물었다.

"오, 플레르. 미안한데 지금 차를 다시 몰고 싶지는 않구나." 아빠가 한숨을 쉬며 말했다.

"차로 말고요. 자전거로 같이 한 바퀴 돌고 올까요?"

내가 엄마 아빠에게 새 식기세척기라도 선물한 것처럼 아빠는 나를 쳐다보았다.

"어, 좋지!" 아빠가 조금은 바보 같은 미소를 지으며 고개를 끄덕였다. 그러고는 재빨리 집으로 들어가서 사이클 전용 유니폼과 선글라스로 무장하고 화려하게 등장했다.

"아빠 선글라스 쓰니까 피터 안드레(＊1973년생 영국 가수) 같아요." 내가 말했다.

"고맙다." 아빠의 얼굴이 환해졌다.

"잠깐만요. 제가 피터 안드레 라고 했나요? 잘못 말했어요. 피터 카팔디(＊1958년생 영국 영화배우) 닮았어요."

"아..."

우리는 차고로 갔다. 아빠는 행여 그 사이 내가 마음을 바꿀까 봐거의 달려갔다. 15분 후 우리는 길로 나왔다. 물론 나는 아빠처럼 프로 선수 같은 복장은 아니었다. 몸에 꽉 끼는 배기 라이크라를 입고 숨을 헐떡거리며 가까스로 아빠의 뒤를 따라가고 있었다. 그래도 어쨌든 우리는 함께 자전거를 타고 있었다. 아빠와 딸이 함께! 별일 아닌 걸로 유난 떤다고 할지도 모르겠지만 내게는 소중한 순간이었다. 첫날 우리는 그렇게 멀리 가지는 못했다. 많은 이야기를 서로 나누지도 못했다. 숨이 턱 밑까지 올라온 내가 말을 거는 것은 무리였고, 아빠가 거의 500야드 정도 앞서갔기 때문에 그럴 기회도 없었다. 하지만 아빠는 나와 함께해서 기분이 좋은 것 같았다. 그리고 나도 그렇게 싫지만은 않았다.

＊＊＊

"이 펀치 좀 봐!" 핍에게 폰을 보여주며 말했다. 핍이 곁눈질로 쳐다봤다. 니콜라 아담스가 미켈라 월시의 머리를 강타하는 장면이었다. 우리는 도서관에 있었다. 원래는 이곳에서 그룹 스터디로 복습을 해야 하지만, 다들 유튜브를 보고 있었다. 블러썸만 빼고. 그녀는 나오미 클라인의 책 여백에 뭔가를 적고 있었다. 핸드폰 작은 화면 속 미켈라 월시의 다리는 힘이 풀려서 겨우 쓰러지지 않고 버티고 있었다. 아담스는 이 기회를 놓치지 않고 물러나는 상대방을 몰아붙였다. 라운드 종료를 알리는 벨이 울리기 전까지 두 번의 펀치가 더 들어갔다.

"이게 말이 돼? 이 파워 좀 봐!" 블러썸은 관심 없는 척했지만, 여자 복서가 가부장적 사회에서 엄청난 것을 해내고 있다는 이야기가 그녀의 구미에 맞지 않을 리 없다.

그녀를 슬쩍 봤더니 매우 불편하게 엉덩이를 발목으로 받친 채 무릎을 꿇고 앉아 있었다. 블러썸은 평소에도 절대 바닥에 그냥 앉는 법이 없었다. 가부좌 자세 혹은 일본식으로 무릎을 꿇고 앉았다. 요가 동작처럼 발을 목에 두르고 팔을 땅에 짚는 자세를 하기도 한다.

"니콜라 아담스는 전혀 복서 같은 얼굴이 아니더라고. 저번에 TV

144

프로그램에 나온 것을 본 적이 있어. 아주 예쁘고 매력적이었어. 나는 복서라면 심각한 얼굴로 웃지도 않고, 동물 사체나 주먹으로 치고 다니는 사람들이라고 생각했었거든." 핍이 말했다.

"맞아. 아주 사랑스럽지. 나도 인터뷰를 봤는데 얼굴에서 미소가 떠나지 않더라. 당연히 고기 같은 것을 쳐대지도 않고. 그녀가 내 새로운 영웅이야. 2012년과 2016년 올림픽에선 금메달을 목에 걸었어." 이 말이 나왔을 때 블러썸이 쳐다봤다.

"올림픽에 여자 복싱이 있다고?" 블러썸이 물었다.

"이런 금붕어 기억 같으니라고. 진짜 기억 안 나?" 내가 한숨을 쉬며 설명했다. "세 가지 체급이 있어. 플라이웨이트, 라이트웨이트 그리고 미들웨이트. 여자 아마추어 경기에는 더 많은 체급이 있고." 토요일 체육관에서 체중을 재었는데, 타릭이 나는 라이트웨이트에 속한다고 했다. "타릭 말로는, 웰터웨이트 급으로 몸을 키우는 게 좋겠다는데, 그러려면 7킬로그램을 늘려야 해. 엄청 많이 먹어야겠지."

"잠깐." 블러썸이 방금 들은 정보를 처리하기 위해서 눈을 감았다. "그러니까 남자가 너한테 살을 더 찌우는 게 좋겠다고 했다고? 임신시킨 것도 아닌데?"

"야!" 얼굴이 빨개졌다. 그녀의 말에 갑자기 타릭과의 어떤 이미지가 머릿속에 떠올랐다. 기분이 나쁘지는 않았다. 머릿속에서 타릭을 떨쳐내고 말했다. "여자 복싱은 실제 있다고. 전국에 수많은 복싱 클럽이 있고 수천 명의 여자들이 그 회원이고."

"정말?"

"정말이라니까. 물론 대부분은 스파링까지 하지 않아. 왜 있잖아. 운동으로 하는 것들. 복서사이즈같은 거."

블러썸이 씩 웃더니 눈썹을 치켜올리며 물었다. "여성들만을 위한 건가?"

"그래, 네 말이 맞아. 하지만 스파링을 하는 여자들도 많아."

블러썸이 손을 뻗어 내 핸드폰을 집어 들었다. "이 여자가 니콜라 아담스야?"

"응."

"흑인이네?"

"그래. 보시다시피."

"하지만 그거... 정말 대단한 거잖아. 여자고 흑인인데... 이 모든 것을 해내다니."

나는 니콜라 아담스가 동성애자라는 사실을 알려줄까 생각했다. 아마도 블러썸은 좋아서 기절하겠지. 마침 경기 후 니콜라 아담스가 클레어 볼딩(*영국BBC TV 사회자이자 스포츠 전문 기자)과 인터뷰를 하고 있었다. 나는 그녀의 목소리를 들을 수 있게 볼륨을 조금 올렸다.

"우와. 정말 상호교차성 페미니스트(*인종, 계층, 젠더를 모두 포용하는 페미니스트) 그 자체인데!" 블러썸이 감탄했다.

"그렇지. 온갖 난관을 극복한 거야. 그녀는 흑인에 여자에... 그리고 요크셔 출신이지."

"직업으로 복싱을 하는 거야?"

"이제 막 프로로 전향했어. 영국에는 몇 명의 여성 프로 선수가 있거든." 내가 대답했다.

"얼마나 있는데?"

나는 망설이다 대답했다. "네 명."

"네 명이라고?" 그녀는 내 말을 되뇌며 다시 물었다. "그럼 남자 프로 선수는 몇 명인데?"

"136명." 나는 마지못해 대답했고, 블러썸은 '그럼 그렇지.' 하는 표정으로 고개를 끄덕였다. 마치 복싱이 가부장적이라는 또 다른 증거라도 찾은 것이 즐거운 듯.

"136 대 4라, 아주 공평한 균형이네." 블러썸이 말했다.

나는 순간 그 어느 때보다 더 강한 자신감을 느끼며 나도 모르게 내뱉었다.

"누가 알아? 내가 그걸 136 대 5로 만들지."

제 **2** 장

코너에 몰리다

일상의 규칙

새로운 일상의 규칙이 자리 잡는 몇 주가 순식간에 지나갔다. 물론 일요일은 이전처럼 점심 모임이 있었고 부모님끼리 혹은 블러썸과 조지가 논쟁을 했다. 나는 되도록 논쟁을 피해 점심 식사에 집중했다. 최근 식욕이 부쩍 늘었다. 앉은 자리에서 치킨, 으깬 감자, 콩, 당근, 스위트콘과 그레이비 두세 접시를 해치웠다. 블러썸은 조지에게 포크를 흔들며, 군대를 해체해서 그 돈으로 풍력 발전 단지를 지어야 한다며 열변을 토하고 있었다.

점심 식사 시간 내내 조지는 내가 먹는 것을 힐끔 훔쳐보며 먹는 양에 놀란 것이 분명했다. 하지만 근육은 많은 양의 칼로리를 태운다. 배에 연료를 채우는 것, 단지 그것뿐이다. 그리고 기분이 나쁘지 않다.

월요일과 화요일은 수업이 끝나면 집으로 직행해 책을 꺼내 들고 복습을 했다. 수요일은 물론 아직까지는 데이트하는 날이다. 최근에 갔던 레스토랑이 조금 실망스러워서 나름의 재미를 찾아야 했다. 목요일 저녁은 아빠와 자전거를 탔다. 매번 점점 더 먼 곳까지 갔고 시간도 점점 길어져 어떤 때는 밤 9시 30분까지도 밖에 있곤 했다. 자전거 타는 실력이 빠르게 느는 것이 놀라웠다. 처음에는 배저 힐 Badger Hill 을 오르는 게 너무 힘들었는데, 3주가 지난 지금은 높은 기어를 유지한 채 가뿐히 올라간다. 그리고 몇 번이고 아빠를 따라붙었다. 언덕에서 따라붙으면 내리막길에서 아빠가 쏜살같이 달려 나가 거리를 벌리곤 했다. 분명 아빠의 체중이 유리하게 작용했을 것이다. 평지에서 아빠는 보통 12피트가량 앞서 달리며 나를 자극했다. 자전거를 함께 타면서 아빠와 딱히 많은 대화를 한 기억은 없다. 그저 가끔씩 멈춰 아빠는 물과 스낵을 먹고, 나는 숨을 헐떡이며 담아온 물을 벌컥벌컥 마셨다.

한번은 내가 사이클링을 매우 진지하게 한다고 느꼈는지 아빠가 나를 사이클 전문점에 데리고 갔다. 한 번도 가본 적 없는 그곳에는 믿을 수 없는 광경이 펼쳐졌다.

"저 자전거는 얼마예요?" 내가 가리킨 자전거는 바로 그 옆에 있는 자전거랑 똑같이 생겼는데, 무려 6,000파운드가 더 비쌌다.

"그건 탄소 섬유로 만든 거야." 아빠는 별것 아니라는 것처럼 어깨를 올리며 말했다. 1년 수입이 6,000파운드가 안 되는 사람들도 많은데.

"이 헬멧은 얼마죠?" 내가 가리킨 헬멧은 진열대 위의 다른 헬멧과 똑같아 보였지만 799파운드라는 가격표가 붙어 있었다.

"그건 이탈리아제야." 아빠가 말했다.

"파스타도 이탈리아제지만 799파운드나 하는 건 못 봤는데요. 오카도(＊영국의 온라인 마켓)에서도 그렇게는 안 할걸요."

"플레르, 그만해라. 우리가 볼 것은 헬멧이 아니야."

아빠는 라이크라 몇 벌과 방수용 코트를 사주셨다.

"비 올 때는 자전거 안 타요." 말은 그렇게 했지만, 라이크라를 사주신 건 기뻤다. 복싱 연습 때 입을 수 있으니까. 또 사이클용 선글라스도 사주셨다. 내가 봐도 멋졌다. 가격표를 보고 눈이 커졌다. 너무 비쌌다. 이탈리아제 헬멧에 비할 바는 아니었지만 꽤 고가였다. 한 가지는 확실한 것 같다. 복싱이 사이클링보다 훨씬 돈이 덜 든다.

그런데 이게 끝이 아니었다. 우리는 SKY 로고가 붙은 터무니없이 비싼 물통과 그것을 자전거에 부착할 수 있는 금속 케이스와 또 고가의 펑크 수리 키트, 에너지 드링크제, 생존 전문가로 유명한 베어 그릴스도 카메라 앞에서 먹는 척만 할 것 같은 엄청나게 비싼 단백질 바 한 팩을 구매했다. 그리고 튜브형 로션도 하나 사주셨다.

"이게 뭐예요?" 내가 물었다

"있잖아... 자전거를 오래 타면... 서로 마찰이 생기거든."

"기어들이 서로?"

"자전거가 아니라. 네 몸에 쓰는 거야. 피부마찰 같은 것 때문에." 아빠가 시선을 피하며 말했다.

"어디요? 무릎 뒤쪽에요?"

"음. 거기도 쓰면 좋지."

갑자기 아빠가 무슨 말을 하는지 알 것 같았다. "이거 혹시... 거기다?" 얼굴이 붉어진 아빠는 아무 말도 못 하고 고개만 끄덕였다. "이거 아빠도 써요?"

"그래. 여자하고는 조금 다른 부위인데... 너도 그 비슷한 위치 어딘가에 바르면 될 거야."

나는 아빠를 잠시 바라보다 말했다. "아빠 고마워요. 아빠 말대로 잘 쓸게요. 하지만 이제 이런 대화는 서로 절대, 절대로 하지 말아요. 이 비슷한 것도."

"동의한다." 아빠는 아빠로서의 의무를 잘 마무리해서 안도하는 것 같았다. 당분간 아빠에게 그런 부담은 없을 것이다. 내 결혼식에서 나와 함께 걷기 전까지는 말이다. 이런 고비도 넘겼으니 그때도 무리 없이 잘하시겠지. 끝으로 아빠가 사준 것은 특수 페달이었다. 발을 고정해주는 역할을 하는 것으로 이게 나의 사이클링 능력을 향상시킨다고 한다. "운동하려고 힘들게 타는 것 아닌가요? 근데 운동을 쉽게 하려고 비싼 돈 주고 이런 걸 산다고요? 쉽게 타고 싶으면 자전거가 아니라 차를 타야죠." 아빠는 내 말을 못 들은 척하며 클립이 달린 신발을 집어 들었다. 거기 붙은 가격표가 나를 또 한 번 놀라게 했다.

"이 가격표, 진짜예요?"

금요일 밤엔 블러썸과 함께 영화를 보러 만났다. 복싱으로 배틀에 자주 가지 못하게 되면서 핍을 볼 기회가 없었다. 블러썸에 따르면 주말에 핍도 이런저런 핑계를 대며 배틀에 잘 안 온다고 한다. 그녀는 도대체 핍이 그 시간에 뭘 하는지 엄청 궁금해했다. 7월 초 금요일에 핍을 집으로 초대해 함께 영화를 봤다. 그런데 중간에 블러썸이 남자친구 마그넷과 그가 속한 사회 운동 단체에 무슨 일이 생겼다며 먼저 가 버렸다. 그래서 핍과 둘이 남게 되었다.

넷플릭스에 복싱 영화가 그렇게 많다는 것을 처음 알았다. 우리는 복싱 영화들을 연달아 보았다. 먼저 〈록키 2〉를 봤다. 이어서 〈밀리언 달러 베이비〉, 〈분노의 주먹〉을 보았다. 〈정글의 혈투〉도 보았는데 보다 보니 영화가 아니라 다큐멘터리였다. 알리와 조 프레이저의 복싱 경기에 관한 것이었다. 알리의 복싱화는 정말 멋졌다.

이 모든 영화에는 공통점이 하나 있다. 어느 시점에 영화의 주인공은 코너에 몰린다는 것이다. 모든 불운이 한 번에 들이닥친다. 세상 모든 것이 그들을 등진 것 같다. 하지만 바로 그때 그들은 이 모든 악조건 속에서도 기적처럼 승리를 손에 넣는다. 〈밀리언 달러 베이비〉만 빼고. 힐러리 스웽크가 연기한 주인공은 놀라운 성공을 거두지만 결국 목뼈가 부러져 죽고 만다. 여자가 주인공인 유일한 복싱 영화에서 감독은 주인공을 죽여 버렸다.

엔딩 크레딧이 올라갈 때 핍을 슬쩍 보니 너무나도 조용했다. 잠이 들었나 보다 생각했는데 그는 잠든 게 아니라 울고 있었다.

"오, 핍." 나는 핍을 안아주려고 몸을 기울였다.

"미안해. 나도 내가 왜 이렇게 우는 건지 모르겠어. 그냥 기분이 우울해. 전투 리허설에서 난 여전히 엉망이야. 정말 꼼짝 않고 자리를 지키려고 해도 노르만 애들이 밀고 올라오면 미칠 듯이 무서워. 정신 차리고 보면 나는 숲에 있고 사람들이 내 이름을 부르며 괜찮다고 나오라고 해."

"내가 내일 같이 가줄까?" 내가 물었다.

"복싱하러 가야 하잖아."

"하루쯤 빠져도 괜찮아. 오두막에서 네가 노르만 녀석들을 혼내주는 것을 봐줄게."

"그거 좋다." 핍이 웃으며 고개를 끄덕였다.

불쌍한 핍. 일단 코너에 몰리면 빠져나가는 것은 어렵다. 영화랑 달리 실제 세상에서는 아무리 노력해도 좀처럼 위기에서 벗어날 수 없다.

배틀

나는 핍과의 약속을 지키러 다음 날 배틀에 갔다. 굳이 복싱 클럽에 못 간 실망감을 감추려 노력하지는 않았다. 특히 오두막에서 전투가 시작되기를 기다리며 블러썸과 노닥거리고 있을 때는 더욱 그랬다.

"화장실에 갔다 와야겠어. 내 검과 방패 좀 맡아줘. 시간이 좀 걸릴 수도 있어. 전투 시작 전에는 늘 이렇게 긴장이 된다니까." 핍이 말했다.

"알았어." 내가 말했다.

"가넷 씨한테 들키면 안 돼." 핍은 신경 쓰이는지 주위를 살피며 말했다. "원래 민간인은 무기를 못 만지게 되어 있거든. 하지만 너무 무거워서 도저히 화장실까지 못 가지고 가겠어."

블러썸이 방패를 들어 보려고 했다. "우와. 꽤 무겁다. 핍, 너 보기보다 힘 좋다." 핍은 우리를 오두막에 두고 몰래 빠져나갔다. 종일 부슬비가 내렸고 눈에 띄는 관광객도 많지 않았다. 블러썸은 흐느적 거리며 유령 역할을 한두 차례 했다. 나도 고추 스푼 하나를 새로 깎 아내기 시작했다. 잠시 햇볕이 비춰 밝아지는가 싶었는데 이내 또다 시 시커먼 구름이 하늘을 덮고 사나운 빗줄기가 진흙 위로 후두두 쏟 아져 내렸다. 오두막 여기저기로 비가 샜다. 그나마 윔플을 쓰고 있 어서 다행이었다. 추위 때문인지 몸이 떨렸다.

"거봐. 복싱 안 하고 여기 오기를 잘했지?" 블러썸이 말했다.

"음..." 지금쯤 복싱 클럽에서는 무슨 훈련을 하고 있을까? 다음 주에 복싱 클럽을 가면 어떤 기분일까? 훈련은 하루만 빠져도 체력 관리에 큰 영향을 준다. 그래서 리키 코치는 훈련을 빠진 그다음 날 에는 배로 힘든 훈련을 시키곤 한다. 벌을 주는 것처럼. 발소리가 점 점 가까이 들리더니 비를 피할 곳을 찾아온 듯한 두 사람이 급하게 문으로 들어왔다.

"어서 오세요. 귀족 여러... 이런 제장. 너희 둘 말고!" 블러썸이 말했다. 눈이 어두운 실내에 적응하자 두 사람은 눈을 가늘게 뜨고 우리를 봤다. 그 둘은 크게 웃음을 터트렸다. 그래, 그 망할 메니니 스트들이었다. 라이언이 주머니에서 핸드폰을 획 하고 꺼내 우리 둘 의 사진을 찍었다. 우리는 손가락 욕을 날렸다.

"바이외 태피스트리(＊11세기 노르만인의 잉글랜드 정복을 묘사한 거대 한 자수 작품)에서 봤던 여성들인데?" 라이언이 말했다.

"숙녀 여러분, 정말... 멋집니다!" 윌리엄이 소리쳤다. "진짜 끝내

준다. 아주 잘 어울려!"

"그만 좀 꺼져주시지." 블러썸이 한숨을 쉬었다.

"이 모습이 우리가 그렇게 오랫동안 말해왔던 그 모습이잖아." 입이 귀에 걸린 윌리엄이 신나서 말했다. "사내들은 밖에서 나라의 운명을 걸고 싸우고, 너희 여자들은 여기서 청소하고, 요리하고... 나무를 깎고." 녀석이 내가 손에 들고 있는 것을 다시 쳐다보며 말했다.

"우리는 원하면 언제든지 싸울 수 있어. 안 그래, 플레르?" 블러썸이 말했다.

"당연하지. 저 노르만 녀석들은 한 주먹감이지." 내가 대답했다.

"숙녀 여러분. 뭐로 싸우시게요? 냄비를 던지실 생각이신지요?" 라이언이 놀리며 말했다.

"이건 어때?" 블러썸이 몸을 숙여 핍의 검을 들어 올렸다. 너무 높이 쳐들어서 검이 볏짚으로 만든 천장을 쳐서 흙과 거미들이 바닥에 떨어졌다. 무거운 검이 버거워 보였지만 그녀의 의지와 플래카드를 흔들며 단련된 근육이 빛을 발했다.

메니니스트들이 움찔하며 한 걸음 물러섰다. "야! 조심해. 그거 날카로운 것 같은데." 윌리엄이 소리쳤다.

"뭐해. 플레르! 이 침략자들을 쫓아내자고!" 블러썸이 고개로 방패를 가리키며 말했다. 나는 어깨를 으쓱하고는 방패를 집었다. 방패는 무거웠다. 정말 무거웠다. 하지만 복싱 클럽에 쏟았던 훈련의 시간들이 효과가 있었다. 나는 방패를 번쩍 들고는 블러썸 옆에 섰다. 내게는 검이 없었지만, 나무로 만든 고추가 있었다. 점점 긴장하는 녀석들을 향해 그것을 내밀었다.

"앞으로 나가자!" 블러썸이 말했다.

"플레르가 방패 들고, 참 잘도 걷겠다. 겨우 들고 있으면서." 윌리엄이 말했다.

"세상에서 과소평가 받는 여성이 하나 더 있지." 블러썸이 눈을 가늘게 뜨며 말했다. "매력적이지만 스스로를 꾸미지 않고 겸손한. 그래서 조롱받는 여자지. 할 말은 하는 여자. 비록 그래서 수백만 표를 잃는다고 해도. 그래서 그녀의 평생의 꿈을 이루지 못할지라도."

"수잔 보일을 말하는 거야." 내가 거들었다.

"힐러리 클린턴!!" 블러썸이 정정했다.

"힐러리 클린턴은 패배자야!" 라이언이 비웃었다. 난 갑자기 화가 머리까지 치솟았다. 나는 방패를 번쩍 들어 올렸다. 어깨가 저렸지만 힘차게 소리쳤다.

"진짜 패배자는 바로 너희들이야!!" 나무 고추를 휘두르며 내가 앞으로 치고 나갔다. 블러썸이 검을 휘두르며 뒤뚱뒤뚱 따라왔다. 놀라서 눈이 커진 적들은 뒤돌아 도망치기 시작했다. 우리는 빗속으로 뛰쳐나가 중앙 홀까지 녀석들을 좇아갔다. 몇몇 어리둥절한 관광객은 우리가 분기탱천해서 적을 좇는 것을 보고 웃었다. 대부분 이것도 쇼의 일부라고 생각했을 것이다.

물론, 이건 쇼가 아니었고 우리는 심각했다. 우리는 기념품 상점까지 녀석들을 좇아갔고 녀석들은 안으로 피신했다. 우리는 밖에서 걸음을 멈췄다. 지금 우리의 모습을 많은 사람이 보는 것은 좋지 않다. 헤이스팅스 전투에 관해 다양한 해석에 있다 해도, 잉글리시 헤리티지 입장에서 나무 고추를 들고 관광객을 추격하는 것은 선을 넘는 것일 테니까.

"이런 젠장, 가넷 씨다!" 블러썸이 목소리를 낮추며 말했다.

나는 걸음을 멈추고 돌아보았다. 가넷 씨가 다실에서 걸어 내려오고 있었다. 아직 우리를 보지는 못했다. "빨리! 이쪽으로." 나는 블러썸을 다급히 불러 간이 공중화장실이 있는 곳으로 갔다. 간이 화장실 칸 세 개 중 둘은 사용 중이었지만 가운데 한 곳은 비어 있었다. 가넷 씨와 마주치기 전에 우리 둘은 가까스로 몸과 무기들을 구겨 넣고는 문을 닫아 위기를 모면했다.

침략자 메니니스트 녀석들을 격퇴한 승리감에 도취된 우리는 핍의 두 번째 전투를 보기 위해 적당한 곳에 자리를 잡았다. 핍이 힘겹게 검과 방패를 끌면서 수비진인 방패 벽의 정해진 자신의 자리로 갔다. 우리는 한 번 더 노르만 병사들이 언덕을 향해 진격하는 것을 보았다. 그리고 또 한 번 더 핍이 겁에 질려 비명을 지르면서 나무들이 있는 숲으로 달려가는 것을 보았다. 우리는 언젠가부터 그곳을 핍의 숲이라 불렀다.

나중에 주차장으로 걸어가면서 우리는 핍을 위로했다.

"괜찮아. 다른 병사들도 무서워서 숲으로 달아났을 거야." 내가 말했다.

"아니야. 도망간 사람은 아무도 없어. 그래서 '색슨의 방패 벽'인

거잖아. 아무도 자신의 자리에서 물러서지 않는 난공불락의 방패 수비진이라고. 나는 버텼어야 했어. 아무래도 나는 색슨과는 맞지 않나 봐." 핍이 말했다.

"어차피 모의 전투야, 핍. 진짜도 아니잖아." 차를 타기 전 블러썸이 핍에게 상기시켰다. 이제 비는 대부분 멈췄고 지역에 따라 간간이 내렸다.

"너도 알지? 이 전투에서 네 머리통이 두 쪽 날 일은 없다는 것 말이야."

"그냥 나는 색슨에 맞지 않는 것 같아." 핍이 침울하게 말하며 차에 몸을 넣었다. "나한테 안 맞아." 우리는 핍의 기분을 풀어주려고 치코스로 향했다. 그곳에서 핍이 가넷 씨 흉내를 냈다. 얼마나 웃었는지 코에서 콜라를 뿜을 뻔했다. 조지와 저녁을 함께하며 어른인 척하는 데이트도 좋지만, 가끔은 이렇게 내 또래 친구들과 어울리며 마음 편히 웃고 떠들고 바보 같은 농담을 하는 것이 너무 즐겁다.

팀의 일원

"어이, 킬라? 너 임신했냐?" 체육관에서 사이먼이 귀청이 떨어지게 크게 소리쳤다. 나는 버피를 300번 한 직후라 거친 숨을 내쉬며 쉬고 있었다.

"무슨 헛소리야? 아니거든!"

"나는 네가 양수 터진 줄 알았다." 발아래를 보니 바닥이 운동하다 흘린 땀으로 흥건했다. 모두가 웃었다.

"그러는 네 바닥은 왜 그 모양인데?" 내가 녀석의 바닥에 고인 땀 웅덩이를 가리키며 물었다. "골반이 변변치 않나 본데. 요실금이냐?" 모두들 또 한 번 웃었고 사이먼은 내게 살짝 윙크를 했다.

"지금은 빌어먹을 생물학 시간이 아니다!" 벨이 울리자 리키 코치가 우리를 향해 소리쳤다. "얼터네이트 런지 2분간 실시!"

훈련은 아직도 너무 힘들어 신물이 날 지경이다. "훈련은 쉬워지지 않는다. 스스로를 더 강해지도록 밀어붙여라!" 리키 코치의 말이 맞다. 훈련이 끝날 때마다 난 기진맥진해지지만, 확실히 복싱, 사이클링, 러닝을 하고서 체력이 더 좋아졌다. 그리고 몸에서도 변화가 느껴진다. 근육이 붙어 이제 팔과 어깨가 구분이 된다. 배는 들어가고 어렴풋이 식스팩도 보인다. 리키 코치가 시키는 윗몸일으키기 덕분일 게다. ("너희들이 필요한 것은 복근이지 똥배가 아니다!") 가장 좋아진 것은 펀치였다. 이제 제법 힘이 실려 들어갔다. 리키 코치가 수도 없이 시킨 펀치 연습 중 하나는 이렇다. 일단 두 사람씩 한 조가 되어 서로 마주 보고 선다. 한쪽이 파트너의 패드를 펀치하면서 뒤로 물러난다. 그렇게 뒷벽에 다다르면 이번에는 반대로 앞으로 나아가면서 패드를 쳤다.

나의 파트너는 보통 '도움이 되는' 댄이나 조 코치였다. 아마 그 둘이 가장 키가 작아서였을 것이다. 훈련을 거듭할수록 "힘이 좋아!", "좋은 펀치!", "우와!" 같은 반응이 늘어났다. 핵심은 몸을 감아서 펀치에 얼마나 무게를 실을 수 있느냐이다.

나의 가장 큰 문제는 역시 가드였다. 펀치는 자신이 있었다. 특히 라이트 훅이 좋다. 조 코치가 발견했듯이 어퍼컷도 강력했다. 하지만 이런 펀치를 시도하면 자연스레 가드가 내려갔다. 글러브를 올려 얼굴을 붙이는 일은 통 익숙해지지 않았다. 내가 가드를 내릴 때마다 파트너는 패드로 왼쪽 관자놀이를 툭 치며 나의 실수를 알렸다. 미칠 것 같았다. 이 습관을 고치려고 집에 오면 거울 앞에 서서 몇 시간이고 연습을 했다. 근육이 기억하도록 같은 동작을 계속 반복했다.

시간이 날 때마다 리키 코치는 내게 도움이 될 만한 기술들을 가르쳐 주었다.

"모든 것은 풋워크에서 시작되는 거야. 일단 풋워크를 제대로 익히면 나머지는 저절로 해결된다."

"가드를 내리는 것도 고쳐질까요?"

"그래, 그것도! 수요일에도 나오렴. 그때 더 많이 가르쳐 줄 수 있을 거다. 수요일은 사람이 더 작거든."

"사람이 더 적다." 나도 모르게 또 문법을 지적했다.

"그게 맞니? 알았다. 그럼 내게 말대답 좀 '적게' 하고, 그 대신 팔굽혀펴기를 더 많이 하는 게 좋겠다. 실시!" 나는 한숨을 쉬며 몸을 숙이고 바닥에 엎드렸다. 언제쯤 입을 닫고 있는 법을 배울 수 있을까? 그래도 농담을 주고받을 수 있다는 것에 기분이 좋았다. 더 이상 불편하거나 어색하지 않았다. 팀의 일원으로서. 그건 다른 팀원들도 마찬가지인 것 같다. 다들 나에게 익숙해지고 있다. 상식이 부족한 조던은 나를 스티븐 프라이와 마리엘라 프로스트럽을 섞어 놓은 사람쯤으로 생각하는 것 같다(척척박사라고). 나에게 원하지 않는 앱을 핸드폰에서 제거하는 방법부터 첫 데이트에 여자에게 어떤 말을 해 줘야 하는지 등 별의별 것을 다 물어봤다. 가장 마음에 드는 변화는 조 코치가 붙여준 별명 '킬라'가 진짜 내 별명이 되어버린 것이다. 이제는 모두들 나를 킬라라고 부른다. 내 성격을 생각하면 좀 아이러니하지만, 그 별명이 마음에 든다.

알렉스 코치와 미트 트레이닝도 했다. 그는 말이 별로 없지만, 의사소통은 눈썹으로 충분했다. 그가 오른쪽 눈썹을 씰룩거리면 나는 패드를 쳤고, 왼쪽을 씰룩거리면 동작을 멈췄다. 간혹 그의 양 눈썹이 동시에 씰룩거릴 때는 내 펀치가 마음에 들었다는 뜻이다. 타릭도 많은 도움이 되었다. 지나가며 가볍게 잘한다고 힘내라고 말해주거나 조언을 해주곤 했다. 그는 내게 더 많이 먹을 필요가 있다고 말을 했는데, 어느 토요일에 내게 웨이 단백질 보충제 한 통을 선물해 줬다.

"너희 시리아 남자들은 숙녀를 어떻게 대접해야 하는지 잘 안다니까." 내가 말했다.

"밀크셰이크와 함께 먹어. 근육을 키우는 데 좋아."

집으로 가져가서 내 생애 첫 단백질 셰이크를 만들었다. 그것을 잠시 바라보며 생각했다. 내가 너무 진지하게 복싱을 생각하고 있는 것일까. 그리고 한 모금 마셔 보았다.

"우웩! 끔찍한 맛이네." 나는 꿀을 찾으러 갔다.

여자들의 외출

6월은 시험이 있는 달이다. 그리 대단한 시험은 아니다. 단지 A1 레벨. 하지만 어떤 시험이든 식은땀이 났다. 집중할 필요가 있었다. 잠시 아빠와 자전거 타는 것을 중단했고, 데이트도 당분간 하지 않기로 해서 링곤베리 무스를 곁들인 껍질 벗긴 아르메니아 아티초크도 당분간 먹을 수 없다. 그래도 토요일 복싱 트레이닝은 지속했다. 나도 스트레스 풀 곳이 필요했고 기껏 관리하면서 키운 몸의 근육들을 잃고 싶지 않았기 때문이다. 그리고 사실 운동으로 좋아진 체력은 시험에도 도움이 되었다. 보통 시험기간에는 금방 지쳐 버렸고, 한 달 내내 잠도 몇 시간 자지 못해 피곤했다. 하지만 지금은 훨씬 더 쌩쌩한 것을 느낀다.

7월 첫 번째 토요일에 복싱 훈련이 끝나자 엄마는 내가 무도회에 입고 갈 드레스를 사려고 나를 브라이튼에 데려갔다.

"오늘은 우리 여자들끼리만 함께하는 날이야. 파티복 쇼핑의 날!" 엄마가 말했다.

"브라이튼에 파티복을 파는 곳이 있겠어요? 드레스들이 있기나 할까?"

내가 잘못 생각했다. 브라이튼에는 파티복을 파는 곳들이 있었고, 엄마는 그곳을 귀신같이 찾아냈다. 브라이튼에 사람들이 옷을 사러 갈 때는 대부분 둘 중 하나다. 레인스에 가서 빈티지처럼 특이하고 독특한 것을 찾거나, 아니면 큰 백화점으로 간다.

엄마가 나를 데리고 간 곳은 그 어느 곳도 아니었다. 끔찍한 상점들이 이어져 있는 거리였다. 그곳에선 끔찍한 드레스를 팔았다. 그렇다, 파티복! 게다가 저렴하지도 않았다.

"진짜로 이 가격?" 엄마가 입어 보라고 준 끔찍한 청록색 옷에 붙은 가격을 보고 숨이 막혔다. "전 세계 시폰 품귀 현상이라도 있나 보죠?"

"이것도 한번 보렴." 엄마가 커다란 솜사탕을 손에 쥐여주었다. 아니 솜사탕처럼 생긴 드레스를. "특별한 날에는 특별한 드레스를 입어야지."

나는 가격표를 확인하고 말했다. "엄마 차라리 이걸 돈으로 줘요. 그럼 내가 끝내주는 옷을 사 올게. 그리고 남는 돈으로 이탈리아제 사이클 헬멧을 사도 충분하겠어요."

판매원이 돌아왔고 엄마는 내게 한 바퀴 돌아보게 했다. 그 둘이 함께 내 모습을 살펴보았다. 두 사람 모두 입술을 오므렸다. 나도 따라서 입술을 오므렸다. 드레스는 정말 흉측했고 나는 진짜로 더 이상 관심이 없었다. 나도 엄마나 조지를 위해서 노력해야 한다는 것은 안다. 하지만 왠지 내가 사기꾼이 된 것 같았다. 이렇게 차려입은 것은 내가 아니다.

우리는 그곳에 2시간이나 있었으나 결국 옷을 사지 못했다. 점심 식사를 위해 엄마가 데려간 곳은 해안에 있는 레스토랑이었다. 내가 크리놀린 스타일의 버섯같이 생긴 의상을 입기를 완강히 거부한 직후였는데도 말이다. 나는 메뉴 중 가장 비싼 음식을 시켜 엄마를 곤란하게 만들려고 했다.

"오늘 랍스터는 못 먹어." 엄마가 단호하게 말했다.

"엄마랑 나누어 먹어도요?"

엄마가 한숨을 쉬었다.

"옷을 고르지 못해서 미안해요, 엄마. 그리고 이곳에 데려와 줘서 고마워요. 그런데 드레스가 어울리는 사람이 아닌 걸 어떡하겠어요."

엄마는 고개를 저으면서 말했다. "너를 위해서 이러는 거야. 플레르. 너도 알잖아. 무도회에서 다른 여자애들은 비싸고 아름다운 드레스를 입고 나타날 거야. 때로 마음에 안 내켜도 다른 사람들이 하는 대로 따라가기도 해야지. 그게 바로 어른이 되는 거야."

"어른이 된다는 것은 스스로 선택할 수 있어야 하는 것 아닌가요?"

"만약 그렇다면, 너는 지금 랍스터를 먹고 있겠지."

134 대 0, 아니 1!

오늘 기적이 일어났다. 내가 득점을 했다. 은유적인 표현이 아니다. 실제로 골을 넣었다! 그것도 하키에서. 시합 전 늘 그렇듯 한나가 내게 뒤로 가서 수비를 하라고 했다. "만약 너한테 공이 가면 드리블해서 상대방을 제칠 생각하지 마. 그냥 골대 반대편으로 최대한 멀리 쳐내기만 해. 그럼 우리가 가서 받을게." 한나가 말했다. 물론 여기서 '우리'는 나를 제외한 하키를 제대로 할 줄 아는 사람을 뜻한다.

다행인 것은 한나, 조지 그리고 소피 모두 하키를 꽤 잘해서 내가 할 게 별로 없다는 점이다. 골키퍼인 에밀리와 수다를 떠는 것이 거의 전부다. 골키퍼인 그녀는 온몸을 패드로 둘러싸고 헬멧을 써서 마치 미쉐린 맨(*미쉐린 타이어의 마스코트)과 대화를 하는 것 같았다. 그녀에게 요즘 복싱을 하고 있다고 말하자 그녀는 내가 나중에 링 위에서 실제로 싸우게 되는 거냐고 물었다.

"아니. 스파링도 못 해볼걸. 사실 잘 못 하거든. 복싱을 제대로 하려면 정말 체력이 좋아야 해." 엄마가 허락할 리 없기 때문이라고 말하고 싶지는 않았다. 링 위에 서지 못할 변명은 얼마든지 만들 수 있다.

"그렇지 않아도 네가 다른 운동을 하지 않나 생각했었어. 체력이 좋아진 것 같아서. 지금도 제대로 다리에 힘을 주고 서 있잖아. 예전에 못 그랬잖아." 에밀리가 말했다.

"진짜?" 나는 몸을 돌리며 물었다. 허리와 등이 곧게 서 있다는 것을 스스로도 느낄 수 있었다.

"그래. 예전에는 늘 구부정하게 다녔거든. 그런데 지금은 몸을 똑바로 곧게 세우고 서 있잖아. 전보다 훨씬 당당해진 것 같아."

"고마워." 나는 환하게 웃으며 말했다.

"이제 앞을 봐! 데스티니가 온다!" 에밀리가 말했다. 그건 은유적인 표현이 아니었다. 돌아보니 데스티니 애벗이 능숙하게 볼을 다루면서 우리를 향해 다가오고 있었다. 에밀리가 무심코 던진 칭찬 때문인지, 아니면 그동안의 트레이닝과 좋아진 체력 때문인지 모르지만, 나는 그녀를 향해 달려갔다. 평소의 나였다면 그 자리에서 기다렸겠지. 그리고 마지막 순간 몸을 피하면서 길을 내주었을 것이다. 하지만 오늘은 달랐다. 오늘 나는 멈추지 않았다.

데스티니는 내가 막아선 것에 적잖이 놀란 것 같았다. 그녀는 경로를 바꾸려 볼을 쳤다. 하지만 볼을 칠 때 힘을 과하게 주었는지 균형을 잃었다. 나는 재빨리 볼에 스틱을 뻗었다. 놀랍게도 공이 스틱에 닿아서 방향이 바뀌었다. 데스티니는 여전히 빠른 속도로 나를 향해 오고 있었다. 내 발이 움직였다. 리키 코치로부터 몸에 익힌 것들이 생각났다.

레프트, 레프트, 앞으로 그리고 라이트.

빠르게 데스티니를 피하면서 공을 향해 달려가 잡아냈다. 데스티니가 몸을 돌려 다시 뒤에서 쫓아왔다. 하지만 아직 패스할 사람을 찾지 못했고 앞에는 세 명의 녹색 유니폼들이 감싸고 있었다. 빠져나갈 곳이 보이지 않았다. 그때 앞의 셋 중 한 명이 다른 두 명보다 먼저 치고 나와 나에게 달려왔다. 나는 볼을 멀리 보내기 위해 크게 스윙 자세를 취했다. 앞으로 달려오는 상대방은 멈춰서 블로킹을 할 준비를 했다. 그러나 나는 스윙을 하는 대신 오른쪽으로 볼을 가볍게 터치하면서 그녀를 제쳤다. 그녀가 황급히 몸을 돌려 쫓아오려고 했지만 비틀거렸고 나는 거리를 벌렸다. 수비수 한 명을 더 제친 것이다.

"패스해!" 한나가 멀리서 소리쳤다. 앞에 있던 상대 선수 두 명이 더 가까이 다가왔다. 내게 생각할 시간은 없었다. 나는 멈춰서 한나가 있는 방향으로 있는 힘껏 공을 쳤다. 하지만 공이 제대로 맞지 않았다. 공은 옆이 아닌 앞쪽으로 빗맞아 날아갔다. 제기랄.

"달려!" 한나가 나를 향해 소리쳤다.

"달려, 플레르!" 소피도 외쳤다. 아직 공을 다시 잡을 기회가 있었다. 공을 잡으러 달려갈 때 커다란 체격의 상대가 공을 향해 달려오는 것이 보였다. 몸이 오싹해졌다. 바로 보니타였다. 내가 그녀를 이길 리 없다. 혹 동시에 도달하더라도 나는 나가떨어질 게 분명하다. 내게 더 달릴 이유가 사라졌다. 지금은 분명 포기해야 할 순간이다.

하지만 이상하게도 나는 포기하지 않았다. 나는 계속해서 달렸고 곧 생각지도 못한 일이 벌어졌다. 내가 상상도 못 할 속도를 내고 있다.

"달려, 달려! 플레르!" 한나가 소리쳤다. "공을 따내!"

나는 보니타보다 먼저 공을 잡아 컨트롤했다. 그때 70킬로그램이 넘는 체중의 보니타가 나와 충돌했다. 온몸에 충격이 전달되며 나는 비틀거렸다. 하지만 다리가 버티고 있었다. 지금까지 반복한 스쿼트 스러스트가 제값을 했다. 보니타가 아직 균형을 잡지 못한 틈을 타서 나는 공을 가지고 앞으로 나아갔다. 이제 내 앞에 있는 것은 골키퍼밖에 없다. 상대방 골대에 이렇게 가깝게 온 적은 없었다. 이상한 기분이다. 패스해 줄 사람을 찾았다. 우리 편 두 명이 달려오고 있었지만, 너무 멀리 있었다.

"슛이야, 슛해!!" 한나가 소리쳤다.

나는 그렇게 했다. 자리를 잡고 힘껏 공을 쳤다. 당황한 골키퍼의 다리 사이로 공이 들어갔다. '탁' 하는 소리와 함께 골이 들어갔을 때 그 누구보다 놀란 사람은 바로 나 자신이었다. 아닌가? 어쩌면 다른 사람들이 더 놀랐는지도 모르겠다. 잠시 경기장이 조용해졌다. 플레르가 골을 넣었다는 사실을 머리로 받아들이기까지 사람들은 시간이 필요했다. 우리 팀에서 먼저 함성이 터져 나왔다. 모두 내게로 달려와서는 등을 두드렸다. 한나는 너무 기쁜 나머지 나를 힘껏 안고 번쩍 들어 올렸다. 생각해 보면 골을 넣기까지 나는 꽤 멋졌다. 3, 4분 동안 나는 스틱을 흔들며 펄쩍 뛰고 소리를 질렀다. 아니 5분쯤. 나는 보니타 옆을 지나가며 혹시 그녀가 축하의 말을 건네지 않을까 생각했다. 그러나 보니타는 끝내 아무 말도 하지 않았다. 그녀는 붉으락푸르락한 얼굴로 나를 옆으로 밀치고 지나갔다.

구조적 메니니즘

골을 넣은 기쁨은 얼마 가지 못했다. 금요일은 완전히 기분을 망친 날이었다. 블러썸도 오지 않았는데, '사회 및 건강교육' 수업 시간에 바보 같은 토론을 해야 했다. 메니니스트의 대장 격인 윌리엄 카펠과 라이언 쿡이 또 단골 메뉴를 가지고 나왔다. 남녀는 서로 다른 일에 적합하도록 신체적으로 다르게 설계되었고 따라서 영원히 평등해질 수 없다는 논리였다. "이건 생물학의 기본 중의 기본이라고!" 라이언이 말했다.

"여자들은 우리의 애들을 낳기 위해 태어난 거지." 윌리엄이 덧붙였다.

"퍽이나 너희들을 위해 그럴 여자가 있겠다." 보니타가 콧방귀를 꼈다. 나는 '사회 및 건강교육' 수업이 싫다. 특히 블러썸이 빠졌을 때는 더욱 싫다. 보니타와 메니니스트만의 논쟁이 되어 버리니까.

보니타는 화가 머리끝까지 나서 남자가 할 수 있는 일이라면 여자도 다 할 수 있다고 열변을 토했다. 적어도 일부 여자는.

"남자들도 어떤 사람은 스포츠를 잘하고 어떤 사람은 못하잖아. 여자도 마찬가지야. 스포츠를 잘하는 여자도 있고 못하는 여자도 있는 거야." 그녀가 나를 쳐다봤다. 나는 못 본 체했다. 나는 이런 상황에서 목소리를 높여 생각을 표현하지 않는다. 블러썸이라면 녀석들을 제압해버렸겠지. 보니타는 상대도 안 될 정도로 녀석들을 가루로 만들어 버렸을 거다. 그러나 지금은 녀석들의 헛소리를 듣고 있을 수밖에. 이 머저리들이 뭐라고 떠들던 그게 나랑 무슨 상관인가? 싸울 가치도 없다.

집으로 가는 길에 테스코 밖에서 블러썸과 마주쳤다.

"오늘 같이 영화 보는 것 맞지? 블루벨 로드 영화 클럽." 내가 물었다.

"로맨틱 코미디겠지?" 블러썸이 물었다.

"아마도." 내가 말했다.

그녀가 어깨를 으쓱했다. "그럼 그러지 뭐."

"오늘 네가 '사회 및 건강교육' 수업에 왔으면 볼만했을 텐데. 메니니스트 녀석들이 아주 난리였어. 끔찍했다. 남자가 신체적으로 여자보다 뛰어나다는 그 주장을 또 한바탕 늘어놓더라." 내가 말했다.

블러썸이 콧방귀를 뀌며 말했다. "왜 항상 남자들 중에서도 제일 못난 놈들이 남성이 우월하다고 설치는 거지?"

"네가 실망할 것 같은데. 너였으면 그 녀석들을 씹어 먹었겠지만 나는 그냥 거기 앉아서 아무 말도 안 했어." 내가 말했다.

"걱정하지 마. 내가 적당한 때를 봐서 그놈들이 방심할 때 명줄을 끊어 놓을 테니까."

"그래도 나도 뭔가 말했었어야 했는데... 내가 형편없는 페미니스트라고 생각하지?"

"당연히 아니지. 그렇게 생각 안 해."

"아니, 사실 형편없지 뭐. 기억나? 구조적 페미니즘에 관해 이야기할 때 나는 그게 무슨 말인지 몰라서 나오미 클라인의 집에 관한 에세이를 썼잖아. 사실 처음에는 나오미 클라인이 누군지 조차도 몰랐어."

"그래. 여성 그룹 리틀믹스의 금발머리 여자애라고 생각했었지." 블러썸이 입술을 깨물며 말했다.

"맞아." 나는 인정했다.

"너는 형편없는 페미니스트가 아니야. 최소한 너는 뭔가를 하려고 하잖아." 그녀가 나를 안심시켰다.

블러썸이 두 시간 후 우리 집에 도착했다. 〈록키 4〉가 TV에 이미 준비된 것을 보고 그녀가 기겁했다.

"〈록키 4〉라고? 록키는 〈록키 3〉를 끝으로 은퇴했던 거 아니야?" 블러썸이 비명을 질렀다.

"너는 너무 순진해."

"도대체 록키는 몇 편까지 있는 거야?"

"아주 많이."

"그래서? 지금 또 록키 영화를 보겠다고? 로맨틱 코미디는 없어?"

"너 로맨틱 코미디 싫어하는 것 아니었어?" 내가 차를 타면서 물었다. "리즈 위더스푼의 영화 같은 것은 가부장적 구조를 구축하는 벽돌 같은 거라면서?"

"이런..." 블러썸은 매우 실망한 표정으로 말했다. "그녀들은 21세기를 살아가는 젊은 여성으로서 스스로 권한을 부여하고 주도적으로 삶을 긍정하는 표현들을 할 수 있다고."

"그건 록키도 그렇지."

"그래도 4편이잖아. 나는 2편은 아예 보지도 못했다고." 블러썸이 투덜댔다.

"전편들은 안 봐도 상관없어." 내가 말했다.

"왜? 다 똑같은 내용이라서?" 그녀가 소파에 자리 잡으며 물었다.

"감히 나의 록키를." 내가 발끈했다. "내 말은 록키 시리즈는 각각 완결성을 갖는 걸작이라고. 보고 재미없으면 언제든지 영화 건너뛰고 대신 공부를 하면 되잖아. 안 그래?"

"알았다, 알았어. 보자고. 록키." 블러썸이 한숨을 내쉬며 재생 버튼을 눌렀다.

와우! 이번 작품은 진심 와우! 이제까지 봤던 록키 시리즈 중 단연 최고다. 록키의 이번 상대는 러시아의 이반 드라고다. 그는 실험

실에서 양육되고 훈련받았다. 오직 한 가지 목적을 위해서. 그건 미국의 영웅 록키 발보아를 이기는 것이다. 하지만 인간을 복싱 기계로 만들고자 하는 노력은 결국 허사로 돌아갔다. 최첨단 인체공학 기계들로 익힌 드라고의 펀치는 필라델피아 냉동 창고에서 고깃덩어리를 때리면서 단련한 록키의 펀치만큼 강하지 않았다. 과학자들이 치밀하게 계산한 영양제와 약물은 정통 이탈리아식을 흉내 낸 미국식 파스타 소스만도 못했다. 세상의 그 어떤 정밀한 골격 근육 훈련 시스템도 박물관 계단을 뛰어 올라가 주먹을 치켜들고 쉰 목소리로 내지르는 함성을 이길 수는 없었다.

나는 영화를 보면서 슬쩍 블러썸을 훔쳐봤다. 블러썸은 처음에는 시큰둥한 표정으로 가끔씩 손에 쥔 핸드폰을 들여다봤지만, 영화가 진행될수록 점점 빠져들고 있었다. 아폴로 크리드가 죽었을 때는 핸드폰을 내려놓았다. 록키가 생애 마지막 싸움을 위해 필사의 훈련을 할 때는 차가 식고 있는지도 몰랐다. 마침내 드라고가 링 위에 무릎을 꿇고 패배했을 때, 평화주의자이자 국제주의자인 그녀는 자리를 박차고 일어나면서 소리쳤다. "그렇지! 맛이 어때? 드라고!"

나는 만족하며 고개를 끄덕였다. 그럼 그렇지. 아무도 록키의 매력에 저항할 수 없다.

결국 중요한 것은 뜨거운 심장, 열정이다. 록키는 그렇게 이긴 것이다. 인간의 욕망 그리고 사랑이 로봇같이 감정 없는 러시아 과학을 패배시킨 거다. 러시아 과학자들이 드라고에게 이식할 수 없었던 것이 있다. 그건 사랑이다. 아드리안을 향한 록키의 사랑! (아드리안이라는 이름은 이 강인한 여자에게는 좀 밍밍하고 부적절한 이름이다.)

그날 밤 꿈을 꿨다. 보니타와 카라 델레바인을 조금씩 닮은 러시아 여성 복서와의 대결이었다. 꿈은 이상하게 전개되었고 혼란스러웠다. 어느 순간 그녀가 클린치를 하더니 갑자기 나에게 키스를 하려고 했기 때문이다. 하지만 결국 내가 그녀를 무찔렀다.

선택을 위한 판단

"그 여자가 왜 길을 건넜는지 알아?" 토요일 트레이닝이 시작되기 전에 조던이 시끌벅적한 남자아이들에게 물었다. 그는 나를 등지고 있었고, 나머지 남자아이들이 나를 발견하고 그에게 눈으로 신호를 계속 보냈다. 댄은 침을 미친 듯이 삼켰다.

"그게 뭐가 중요하겠어?" 조던이 계속 말을 이었다. "중요한 질문은 그녀가 어떻게 부엌에서 나올 수 있었냐는 거야."

아무도 웃지 않았다. 침묵이 이어졌다.

"플레르가 내 뒤에 있는 거지? 그렇지?" 조던이 기어들어 가는 목소리로 아이들에게 물었다.

그는 나를 향해 돌아섰다. "미안해. 킬라. 그냥 농담 좀 한 거야."

내가 가볍게 웃으며 말했다. "여자를 부엌에 가둬두는 것은 좋은 생각이 아닌 것 같아. 부엌은 칼이 있는 곳이잖아."

모두가 내 농담에 웃음을 터트렸다.

"그건 그렇고, 이 끔찍한 음악이 뭐지?" 내가 스트레칭을 하면서 물었다.

리키 코치가 깜짝 놀란 표정으로 나를 쳐다봤다. "이거? 비틀스의 노래잖아. 세계에서 가장 성공한 밴드 노래를 모른다고? 지금 존 레넌이 부르고 있잖아."

"노래를 들으니 왜 총을 맞았는지 알만하네요." 내가 말했다.

"언어 불량! 그런 이유로 팔굽혀 펴기 20번 실시!" 팔굽혀펴기를 하러 몸을 숙일 때 코치가 웃음을 가까스로 참고 있는 모습이 보였다.

"오늘 훈련 내용 좋았다." 손에서 핸드 랩을 풀고 있을 때 리키 코치가 다가와 한마디 했다. 나는 숨이 가빴고, 뜨거워진 몸에선 땀이 증발하며 김이 났다. 하지만 기분은 좋았다. 리키 코치는 칭찬에 인색했지만, 그의 말처럼 나는 오늘 정말 열심히 했다. 그가 가려고 돌아섰을 때 나는 말했다.

"코치님!"

"왜?"

"제가 얼마 전에 니콜라 아담스가 경기하는 모습을 보았는데요." 그건 사실이다. 난 그녀의 경기 영상을 정말 많이 보았다. 물론 영화 〈록키〉만큼은 아니지만. 그리고 〈밀리언 달러 베이비〉도.

"니콜라 아담스! 아주 멋진 선수지. 그렇지?"

"맞아요. 그리고 힐러리 스웽크(＊영화 밀리언 달러 베이비의 주인공 역의 여배우)도요."

"응?"

"어쨌든, 그러니까 제가 드리고 싶은 말은요... 그냥 궁금해서요. 아직 생각은 없지만, 아니 아직 확신이 드는 것은 아니지만... 혹시 저도 스파링을 한번 해보면 어떨까요?"

리키 코치가 눈을 가늘게 떴다.

"네가 스파링을?"

"네. 안 될 이유가 있나요? 제가 여자라서요?"

"아니. 그래서 아니라. 음... 아직은 좀 일러."

"제 팔에 알통 생긴 것 안 보이세요?" 나는 믿기지 않는 표정으로 물었다.

"맞아. 전보다 훨씬 몸이 강해졌어. 하지만 스파링을 하기엔 아직 일러."

내가 거칠게 숨을 뱉으며 말했다. "혹시 제가 비틀스 싫어한다고 그러시는 건 아니죠?"

"그런 이유 때문은 아니야. 아직 넌 몸도 다 준비되지 않았고, 체중도 더 불려야 해. 그리고 너에게 적당한 스파링 상대를 찾는 것도 그렇고."

나는 잠시 보니타와 그 망할 메니니스트 녀석들을 생각했다. 강해지고 싶었다. 더는 무기력해지고 싶지 않았다. 나도 뭔가 어려운 것을 해낼 수 있다는 것을 스스로에게 보여주고 싶었다. 남들이 하지 못할 그런 것.

"그래요? 그럼 지금부터 뭘 하면 되는데요?"

"더 많은 훈련이 필요하지. 지금보다 더 많은."

"뭐라고요? 저는 지금 자전거도 타고, 조깅도 하고, 웨이트 트레이닝도 하는데요."

"그걸로는 부족해. 오늘 같은 훈련을 일주일에 한 번은 더 해야 해. 기술적인 면도 더 닦아야 하고. 패드 치는 연습도 더 해야 하고. 수요일에 오거라."

"수요일은 데이트 날로 고정이라고요."

그는 어깨를 으쓱하며 말했다.

"그렇다면 네가 결정해야겠지. 너에게 더 중요한 게 무엇인지 말이야. 복싱과 데이트 중에서."

조각난 파르메산 치즈

시험이 끝나고 조지와 데이트가 있는 밤, 그는 나를 '피리어드'라는 레스토랑에 데려갔다. 사실 그건 내가 농담 삼아 부르는 별칭인데(*period는 마침표라는 뜻이 있다.) 조지는 내가 그렇게 부르는 것을 싫어했다. 그곳의 실제 이름은 '도트Dot'였다. 레스토랑 간판에는 말 그대로 커다란 점 하나가 찍혀 있었다. 지나치게 현대적인 이곳은 스쿼시 경기장과 볼보 정비소 사이인 B3576 지역에 있었다. 나는 메뉴를 읽으면서 이 레스토랑이 범상치 않은 곳임을 깨달았다. 메뉴와 요리의 설명들이 정상에서 벗어나 매우 이상했다. 조각난 파르메산 치즈, 으깬 회향, 멍든 소고기, 갈기갈기 찢은 허브. 심지어 채식주의자를 위한 메뉴에는 분열한 렌틸콩, 불안한 시금치가 있었다. 그야말로 나는 도대체 주방에서 무슨 일이 벌어지는지 불안했다.

"멍든 소고기라..." 조지가 생각에 잠긴 듯 말했다. "이건 스테이크 같네. 그밖에 납작하게 만든 즉석 닭, 걸쭉한 병아리콩 카레, 휘저은 달걀…"

"스테이크를 시켜줘." 내가 말했다.

"망치로 얻어맞은 돼지고기, 갈아버린 돼지고기, 뒤틀어 버린 돼지고기…"

"왜 계속 말하는 거야? 스테이크를 먹자고." 내가 말했다.

"무도회 갈 드레스 아직 못 정했어?" 조지가 메뉴판을 옆으로 치우면서 물었다.

"아직." 나는 그날 기억에 얼굴을 찡그렸다.

"어머님이 너를 브라이튼에 데려다주셨다며. 신용카드도 주면서."

"그랬지."

"그런데 아무것도 안 사고 그냥 온 거야?"

"아니. 사긴 샀어. 12온스 프로 전용 스파링 글러브."

"그게 다야?"

"아니, 마우스 가드도 하나 샀어." 나는 조지의 눈치를 보며 대답했다.

웨이터가 조심스럽게 다가와 주문을 받아도 되겠는지 물었다. 나는 웨이터가 메뉴를 받아 적을 주문지도 들고 오지 않은 것에 약간 심통이 났다.

"마드무아젤(아가씨)?" 그가 말했다.

"마담(부인)이에요." 내가 도도하게 대답했다. "우리는 3주 전에 그르노블에서 결혼했어요." 웨이터가 나의 손을 흘끗 보았다.

"결혼반지를 제 강아지 이안 빌이 실수로 삼켜 버렸지 뭐예요." 내가 말을 덧붙였다. "반지가 다시 나오기만을 기다리고 있어요."

"개 이름이 이안 빌인 것은 사실입니다." 조지가 미안한 듯 말했다.

웨이터가 옆에서 인내하며 기다렸다.

"아무튼 저는 애피타이저로 가루가 된 병아리콩으로 부탁해요." 내가 말했다.

"후무스를 말씀하시는 거죠?"

"네, 맞아요. 그리고 셰프에게 이 녀석들을 확실하게 아작 내달라고 해주시겠어요. 병아리콩들을 제대로 능멸해주세요."

"네, 마담." 그의 목소리에서 조금 짜증이 났다는 것을 알 수 있었다. 어떤 이유에서인지 모르지만, 이 마을에서는 수요일 저녁 근무 시간이 즐거운 사람은 아무도 없는 것 같았다. 조지가 불안하게 쳐다봤다. 아마도 내가 또 웨이터를 당황하게 만들까 봐 걱정하는 듯했다. 아니면 자기가 당황하게 될 것을 더 걱정하던지.

"메인 코스는 스테이크를 주세요."

"멍든 소고기를 말씀하시는 거죠?"

"맞아요. 기왕이면 흠씬 두들겨 패주면 좋겠어요. 소고기가 정신이 번쩍 들게요."

"네. 마담." 웨이터는 그렇게 말하고는 내 주문이 끝난 것에 안도하면서 조지를 바라보았다. "선생님은 무엇을 드시겠습니까?"

조지는 잠깐 망설였다.

"저는 분쇄된 어린 완두콩으로 하겠습니다." 조지가 대답했다.

웨이터는 잠시 혼란스러워했다. "콩 수프를 말씀하시는 건가요?" 그가 물었다.

"네. 하지만 이 조그만 녀석들을 제대로 압살해 주세요." 조지가 나를 똑바로 바라보며 주문을 이어갔다. "필요하다면 깔고 앉으셔도 괜찮습니다." 나는 웃음을 참느라고 애썼다. 우리 게임의 불문율은 진지하게 하는 것이다. 먼저 웃는 사람이 지는 것이다. 웃음을 참느라 배에 살짝 경련이 왔다. 내가 이래서 이 남자를 좋아한다.

"메인 메뉴는 어느 것으로 하시겠습니까. 선생님?" 웨이터가 물었다.

"저도 소고기로 주세요."

"멍든 소고기 말씀이죠?"

"멍이 들고 두들겨 맞은 걸로." 조지가 메뉴판을 웨이터에게 건네며 말했다. "가지고 있는 걸 죄다 사용해서 두들겨 패주세요."

"그래서, 시험 준비는 어떻게 되어 가?" 웨이터가 자리를 뜨자마자 조지가 웃으며 말했다.

"놀랍게도 아주 잘 되고 있어." 내가 말했다. "블러썸과 일시적으로 금요일 밤 스터디 모임을 멈추기로 했거든. 그래서 실제로 그 시간에 공부를 하는 중이야. 록키 영화들은 시험 끝나고도 볼 수 있으니까. 그랬더니 효과가 있더라고."

"그거 반가운 소식이네." 그가 말했다.

"스케줄을 바꾸는 이야기가 나온 김에 하는 말인데... 뭐 좀 의논해도 될까?" 내가 물었다.

"그럼! 얼마든지."

나는 망설여졌다. 실제 조지가 어떻게 받아들일지 자신이 없었다.

"뭔데 그래? 애 그만 태우고 말해줘." 그가 물었다.

"음. 있잖아." 나는 빠르게 생각했다. "어쩌면 너는 싫어할지도 모르는데... 혹시 지금부터 데이트하는 날을 목요일로 바꾸는 것을 다시 한번 고려해 보는 것은 어떻겠어?"

조지가 얼굴을 찌푸리고 나를 바라보았다. "하지만 수요일이 우리 데이트하는 날이잖아. 그 이야긴 이미 끝난 것 아니었어?"

"아니. 우리 이 이야기 확실하게 한 적이 없잖아. 나는 제안을 했고, 너는 시간을 가지고 생각한다면서 미루기만 했잖아. 하지만 복싱은 내게 아주 중요해. 그리고 조금 있으면 어차피 방학이잖아. 지금이 스케줄을 조정할 최적의 타이밍인 것 같은데."

"이렇게 하는 이유가 체육관에 가서 샌드백을 치기 위해서야?" 그가 핸드폰을 확인하며 물었다.

"기본적으로는 그런 거지. 그런데 그건 내게 아주 중요해." 그가 나를 쳐다보았다. 내가 너무 단호하게 말해서 좀 놀란 것 같았다.

이때 웨이터가 학대받은 애피타이저를 가지고 왔다. "생각해 보자." 잠시 후 조지가 말했다.

"먼저 내 스케줄을 점검해 보고 어떻게 하면 좋을지 볼게." 그러더니 조지는 아무 말도 하지 않았다. 분명 마음이 상한 것 같았다. 갑자기 미안해졌다. 말을 꺼내기 전까지만 해도 즐거운 시간을 보내고 있었고, 음식을 가격하는 농담에도 함께 응해 주었다. 나는 가루가 된 병아리콩을 맛보면서 잠시 생각했다. 그에게 말할까? 방금 그 말은 없었던 걸로 하자고. 사실 대수롭지 않은 일이라고. 수요일에 계속 데이트를 해도 나는 좋다고.

하지만 결국 말하지 않았다. 그러길 잘했다고 생각한다. 내 생각을 확실히 고수해야 할 때였다.

나의 요정 친구

커튼을 젖히고 탈의실 밖으로 걸어 나왔을 때 나는 여우 사냥 대회의 여우가 된 것처럼 불안했다. 나는 무도회 때를 생각해 립스틱을 바르고 머리를 올린 상태였다. 드레스는 소매에 레이스가 달린 검은색 드레스였다. 드레스만 벌써 일곱 번째 입어보고 있다. 나에게 딱 맞는 것을 찾아주겠다며 핍이 계속 새 옷을 가져왔다.

핍이 고개를 저었다. "아니다 그건. 이탈리아 과부 같아 보여." 나도 안다. 평소 핍이 입고 다니는 패션 센스를 생각하면 옷 사는 걸 도와달라고 부탁한 내가 미친 거다. 오늘만 해도 그렇다. 녀석이 입고 나온 꼴을 보면, 우선 헐렁한 후드가 달린 긴 레인코트를 입었다. 흡사 해리포터의 디멘터를 연상시킨다. 핍은 자신과 어울리지 않는 옷만 골라 입는다. 저렇게 옷을 못 입는 사람도 찾기 힘들 거다. 하지만 내가 브라이튼 나이트클럽에 자주 가 본 것은 아니니까 어쩌면 거기서는 디멘터 스타일이 가장 핫한 유행일지 모르는 일이다. 어쨌든 핍이 다른 사람의 옷을 골라줄 때는 전문가의 아우라가 넘쳐난다. 그가 내뿜는 그 자신감에 누구나 설득 당하게 된다. 그래도 지금 내가 입은 지중해식 상복은 확실히 아닌 것 같다. 핍은 또 다른 드레스를 내게 건넸다. 이번에는 옅은 푸른색의 새틴이었다. 나는 한숨을 쉬고 탈의실로 들어갔다.

"안녕? 엘사!" 내가 옷을 갈아입고 나오자 블러썸이 씩 웃으며 말했다. "혹시 내 친구 플레르 못 봤어요?" 나는 거울 속 내 모습을 보고 '끙' 하고 앓는 신음을 뱉었다.

"왜 좀 예쁘게 보이려고 할 때, 자신이 얼마나 못생겼는지 깨닫게 되는 거지?" 내가 말했다.

"그렇게 끔찍하지는 않아. 그냥 약간... 이상할 뿐이야." 핍이 말했다.

"됐다, 됐어. 내가 평소 드레스를 입을 때는 신경도 안 썼거든. 내가 어떻게 보일지는 생각도 안 해봤어. 그런데 좀 예쁘게 보이려고 신경을 쓰자마자 더 이상해지고 어색하잖아. 어깨는 구부정하게 움츠리고, 지금은 어떻게 걸어야 할지도 모르겠어. 손을 어디다 둬야 할지도 모르겠고. 난 진짜 무도회와는 관련 없는 사람인 게 분명해."

"말도 안 되는 소리! 세상 모든 여자는 무도회에서 가장 빛나는 법이야. 너에게 딱 맞는 옷을 아직 못 찾았을 뿐이야." 핍의 얼굴이 갑자기 밝아지더니 손가락을 튕겼다. "아, 좋은 생각이 났어. '빈티지 빅키'에 가면 맞는 옷이 있을 거야."

"거기에는 코르셋하고 홀터밖에 없잖아. 지금 해군 장교들 무도회에 빅토리아 시대의 매춘부처럼 하고 가란 말이야?" 내가 말했다.

"나를 믿어 봐." 핍이 장담했다.

그의 말이 맞았다. '빈티지 빅키'에는 다른 곳에선 보기 힘든 온갖 신기하고 진귀한 것들로 가득했다. 옷뿐만이 아니라 과거의 물건들도 다양했다. 한쪽에는 레코드플레이어, 타이타닉에서 본 듯한 옛 트렁크 가방, 빛바랜 스티커가 붙어 있는 여행 가방이 있었다. 또 다른 쪽에는 다양한 액세서리들이 옛날 주전자들과 함께 뒤섞여 있었고, 오래된 싱어 재봉틀 옆에는 여자 머리 장식품들이 쌓여있었다. 방 전체가 단추들로 가득 차 있는 곳도 있었다. 핍이 자신이 아끼는 블루머들을 찾은 곳도 알려주었다. 작은 찬장 같은 방이었는데 그 뒤로 옛 스포츠용품들이 있는 것이 보였다. 오래된 테니스 라켓들, 보트에서 쓰이는 노, 앤티크 크로켓 세트도 있었는데 바로 그 밑에는 많은 잡다한 신발들이 놓여 있었다. 힐끔 보고 지나가는데 뭔가 내 눈을 사로잡았다. 나는 무릎을 꿇고 그 물건을 꺼냈다. 일종의 부츠였다. 리키 코치가 신는 것 같이 목이 높고 끈을 꽉 조일 수 있는 부츠! 검은색과 크림색의 틀림없는 복싱화다. 나는 나머지 한쪽도 뒤져서 찾아내고 사이즈가 맞는지 확인해 보았다. 딱 맞지는 않았지만, 이 정도면 신기에 충분했다.

바로 그때 핍이 나를 부르는 소리가 들렸다. 드디어 나를 위한 드레스를 찾은 것이다. 레이스 장식이 최소화된 크림색의 심플한 드레스. 나는 옷을 입고 거울에 비친 내 모습을 바라보았다. 전형적인 드

레스는 아니었지만 나에게 딱 맞았다. 그러나 드레스보다 더 눈이
가는 곳은 드러난 어깨와 팔이었다. 단단하고 건강해 보였다. 그리
고 분명 예전보다 체격이 더 좋아졌다. 그건 체중계가 확인해 주었
다. 2킬로그램이 더 붙었는데 지금의 모습이 나에게 더 맞아 보였다.
나는 자세를 취하고 허리를 돌리며 섀도 펀치를 몇 번 날려 보았다.

피팅룸에서 나왔을 때 핍이 고개를 끄덕이며 다가와 그루트처럼
감싸듯 안아주며 말했다.

"여배우 같다."

핍의 어깨 너머로 블러썸이 미소를 짓고 있었다.

그녀가 온다

내가 얼마나 줄넘기를 싫어하는지 말했었나? 체력이 점점 붙으면서 대부분의 훈련이 더 쉬워지고 덜 끔찍해졌다. 하지만 줄넘기는 통 나아질 기미가 없다. 어릴 때는 곧잘 하고 좋아하기도 했었는데 지금은 벌을 받는 기분일 뿐이다. 내가 가장 무서워하는 말이 "자! 줄넘기 가지고 집합!"이 됐다.

"복서들은 왜 줄넘기를 많이 하는 거야?" 토요일에 내가 타릭에게 물었다.

"복서에게 가장 중요한 것은 강한 몸을 만드는 거야. 두 번째로 중요한 것이 강한 다리를 가지는 거고."

"그럼 규율은? 리키 코치는 항상 규율이 중요하다고 하잖아?" 내가 물었다.

"물론 규율도 중요하지. 하지만 강한 몸과 다리가 가장 중요해.

너는 멋진 다리를 가졌어."

"어… 고마워." 그가 나를 보고 웃었다. 내가 강한 다리를 가졌다는 뜻이었겠지.

확실히 나의 다리는 더 강해졌다. 그동안 열심히 훈련에 임했다. 아직 방학까지는 일주일이 남았지만, 시험이 끝나서 여유가 생겼다. 나는 매일 아침 달렸고 웨이트트레이닝을 했다. 그리고 닭고기를 먹었다. 그것도 아주 많이.

"안녕하세요. 샤론 코치님!" 토요일에 큰 종이 상자를 들고 나타난 그녀에게 나는 인사를 했다. "잘 지내셨죠?"

"응. 뭐 그럭저럭." 그녀가 한숨을 쉬었다. "그나저나 사람이 너무 없어서 걱정이야. 이대로 계속 사람이 안 늘면 정말 체육관 문을 닫아야 할지도 모르겠어."

"뭐라고요? 그건 안 되죠. 우리는 어떻게 하고요."

"손익분기점도 못 넘기고 있어." 샤론 코치가 설명했다.

"강습료를 좀 올리면 안 되나요?" 내가 물었다.

그녀는 고개를 저었다. "지금도 제대로 못 내는 애들이 수두룩해. 이 지역이 돈 있는 곳이 아니잖아. 그리고 사실 리키 코치가 몇 명은 돈도 안 받고 그냥 가르치고 있어." 어떤 상황인지 감이 왔다. 리키 코치가 나타나 내게 말을 걸어서 이 이야기는 거기서 멈췄다. 조 코치가 병원에 입원을 해서 나는 스파링을 뛸 수 없게 됐다는 얘기였다.

"이런… 조 코치님에게 무슨 일이 생겼나요?"

196

"발바닥에 있던 티눈을 제거할 거야. 몇 주는 못 나올 거다."

"그럼 대신 저와 스파링할 사람이 없을까요?"

리키 코치는 고개를 저었다. "다들 너무 어리거나 너무 크거나 아니면 너무 강해. 그리고 무엇보다 경험이 너무 없어. 녀석들은 자신을 통제하지 못 해."

"그게 왜 문제가 되는지 저는 잘 모르겠어요." 내가 말했다.

"녀석들은 링 위에 오르면 적당히 하지 못 할 거라는 거야." 리키 코치가 말했다.

"누가 적당히 하라고 했나요? 제가 알아서 할 수 있다고요." 내가 발끈했다.

"안전에 관한 문제다. 남자든 여자든 플라이급을 헤비급과 붙일 수는 없다. 절대로 저 녀석들과 너를 같은 링에 세우는 일은 없을 거다." 리키 코치가 링 위를 가리켰다. 크리스가 제롬 주위를 빙빙 돌고 있었다. 마치 리키 코치의 말이 무슨 뜻인지 보여주듯이 크리스가 가드를 내리자 제롬은 크리스의 얼굴 측면을 강타하며 그의 몸을 로프까지 날려버렸다.

* * *

이제 방학까지 5일밖에 남지 않았다. 시간이 없었다. 나는 전단지를 만들어 다음 날 아침부터 부지런히 학교의 모든 게시판에 붙였다. 게시물을 붙이기 전에 허가를 받아야 했지만 그렇게 하는 사람은 아무도 없다. 온갖 광고물 중에는 기 치료를 홍보하는 전단지도, 데스메탈 기타리스트들의 공연 광고도 있었다.

나는 커다란 니콜라 아담스 사진 아래 다음과 같은 문구를 덧붙였다.

곧 수업할 시간이 되었다. 마지막 한 장을 붙였을 때 뒤에 몇 명의 사람들이 모여 있었다.

"너무 성차별적인 것 아니야? 남자들은 어쩌라고?" 라이언 쿡이 물었다.

"시끄러워, 라이언! 지금 너 상대해 줄 기분 아니거든." 내가 한

숨을 쉬었다.

"지금 나의 말할 권리를 무시하는 거야? 나는 내 생각을 말하는 거야." 라이언이 말했다.

"남자들도 환영해. 하지만 이번 신입 회원 모집은 여자들을 대상으로 한 것뿐이야. 지금은 여자 회원 숫자가 너무 적어서." 내가 말했다.

"남자들을 공격해도 괜찮다는 말처럼 들리는데?" 라이언이 고개를 가로저으며 말했다. "오늘날 남자는 너희 여자들에게 억압받는 유일한 소수이지."

피 냄새를 맡는 상어처럼 백인 남성 우월주의자의 냄새를 맡은 블러썸이 나타났다. 먹잇감을 집어삼킬 듯 입을 크게 벌리고.

"좋아. 하나씩 따져 보자. 우선 남자들은 억압을 받는 소수가 아니야." 블러썸이 그를 손가락으로 푹푹 찌르며 말했다. "둘째, 소수 집단 우대정책은 성불균형을 해소하기 위한 정당한 전술이야. 네가 하고 싶어 하는 것을 막는 사람은 아무도 없어. 플레르는 그저 그 성불균형의 뿌리에 있는 가부장제를 허물기 위한 작은 노력을 하는 것이고."

"그래, 바로 그거야. 일단은 내가 스파링할 상대가 없어서이긴 하지만." 내가 말했다.

"그러거나 말거나." 라이언은 자리를 황급히 떴다. 블러썸이 득의양양하게 팔짱을 끼었다. 역시 블러썸은 대단하다. 사람들이 흩어지자 나는 끝까지 남아 있는 한 사람을 발견했다. 뒤에서 이 모든 것을 지켜보고 있었던 한 사람, 바로 보니타였다.

자자 빙크스

조지와 무도회에 가는 날이 마침내 왔다. 흥분한 건지 아니면 너무 긴장한 건지 모르겠다. 어쩌면 둘 다일지도. 앞머리를 내려서 정돈하고 거울 앞에 섰다. 안도의 한숨이 나왔다. 이게 다 핍 덕분이다. 적어도 드레스는 괜찮았다. 평소답지 않게 꾸몄지만 내가 선택한 신발 덕분에 거울에 비친 나도 여전히 나 같았다.

조지는 나를 보자마자 만족한 미소를 보였다. 나도 미소로 답했다. 우리는 서둘러 메인 홀로 향했다. 조지는 나를 미로와 같은 테이블을 지나쳐 제복을 입은 남자들과 화려한 파티복을 입은 여자들이 있는 곳으로 안내했다. 우리가 테이블에 앉자 모두가 쳐다보고 있어서 나는 놀라 눈을 깜박였다.

"여기 타락한 녀석들이 바로 내 동료들이야." 조지가 다소 들떠서 말했다. 반면 나는 주위를 둘러보고 좀 긴장했다. 조지의 친구들 때문이 아니라 그들의 여자 친구들 때문이었다. 다섯 명 모두 하나같이 금발이었다. 그뿐만이 아니다. 그녀들도 모두 나처럼 앞머리를 내렸다. 마치 영화 〈존 말코비치 되기〉의 한 장면 같았다. 그녀들이 똑같은 모습으로 내게 미소를 지으며 손을 흔들었다. 나도 소심하게 손을 흔들었다.

"여기는 팻지와 해티야." 조지가 우리의 왼쪽 커플을 가리키며 말했다. "그리고 저쪽은 빅 할과 몰리, 험피와 캐즈, 그리고 자자 빙크스와 에바, 이쪽 두 사람은 피트와 살이야." 조지가 가리키며 소개를 해줄 때마다 그들도 손을 흔들었다.

"그리고 여러분, 여기는 내 여자 친구 플레르!"

"안녕, 플레르!" 모두 합창하듯 환영했다. 나는 아직 이 이상한 소개방식에 어안이 벙벙했다.

"드레스가 예쁘네요." 살이 말했다.

"고마워요. 그런데 신발도 한 번 봐줘요." 내가 드레스를 조금 들어 올려 멋진 복싱화를 드러냈다.

"우와!" 살이 탄성을 냈다.

"정말 색다르네요!" 팻지도 말을 거들었다.

조지는 너무 놀라서 눈이 빠질 듯 커졌다. "너 도대체 뭘 신고 온 거야?" 낮은 소리로 내게 물었다.

"빈티지 복싱화야. 보스포드에서 유행이야." 내가 말했다.

"음... 정말... 멋진 것 같아요." 살이 말했다.

아무래도 조지는 그렇게 생각하지 않는 것 같아 나는 얼른 화제를 돌렸다.

"자자 빙크스(＊영화 스타워즈에 등장하는 캐릭터)라는 사람이 있었지?" 조지가 고개를 끄덕이며 불쌍한 자자의 입술을 가리켰는데, 실제로 조금 앞으로 튀어나와 보였다.

"그런데 왜 피트라는 사람만 별명이 없어?"

"피트가 그 친구 별명이야." 조지가 말했다.

"제 실제 이름은 데이브인데요. 이름이 재미없고 식상하다고 별명도 재미없는 걸로 지어준 거죠." 피트가 말했다.

"그럼 네 별명은 뭐야?" 조지에게 물었다.

"웰리." 그가 부끄러워하면서 말했다.(＊부유함을 뜻하는 well에서 지어진 별명이다) 하지만 나는 그가 더 부끄러워해야 한다고 생각했다. "내가 다른 사람들에게 좀 후해서."

"그럴 줄 알았어." 내가 말했다. 조지가 험피와 피트 사이의 자리로 날 안내했다. 그들은 아무 말 없이 미소를 지어 보였다. 와인도 있었지만 난 물을 마셨다. 아직 식전이기도 했고, 아직 미성년자라는 것도 좀 걸렸기 때문이다. 어쨌든 나는 훈련 중이기도 하니까.

남자들은 모두 꽤 마셨다. 조지가 그렇게 많이 마시는 것을 본 적이 없었다. 여자들은 와인을 새초롬하게 홀짝거렸다. 약간 이상한 자리 배치였다. 남자들은 뒤로 등을 붙이고 테이블을 넘어 농담과 다소 거친 험담을 큰소리로 해댔고, 반면 여자들은 몸을 앞으로 기울여 작은 소리로 담소를 나눴다. 나는 할 말도 별로 없어서 덩치 큰 두 남자 틈에 끼어버린 것 같았다. 나는 말없이 다른 사람들의 말을 들으며 속으로 빨리 음식이 나오기만을 기다렸다.

애피타이저가 나왔을 때 조금 실망했다. 메뉴 때문이 아니었다. 염소 치즈와 볕에 말린 토마토 타르트는 마음에 들었다. 문제는 크기였다. 너무 작았다. 다른 여자들이 한 입 물기도 전에 나는 음식을 한 입에 삼켰다. 꽃모양 장식용 무를 마저 먹으면 이상하게 쳐다볼까?

험피가 트럼퍼라고 불리는 장교에 대해 큰 소리로 말하기 시작했다. 나는 트럼퍼라는 이름이 실명인지 별명인지도 알 길이 없었다. 여기 오기 전에 미리 좀 먹어둘 걸 그랬다. 분명 다른 여자들도 그랬을 거다. 나는 그들을 살펴봤다. 한둘이 타르트를 한두 입 먹더니 그대로 뒀다. 살과 몰리는 음식을 건들지도 않았다. 살과 눈이 마주쳤다.

"배 안 고파요?" 내가 물었다.

그녀가 고개를 저었다. "저는 밀가루를 못 먹어요. 달걀에도 민감하고요."

"이런, 안 되었네요." 혹시 그녀가 밀가루도 잘 먹고 달걀을 좋아하는 나, 플레르에게 타르트를 주지 않을까 기대했지만, 그녀는 그러지 않았다. 여자들의 대화를 듣다 보니 다들 나보다 연상이었고 남자들과 비슷한 나이였다. 모두 브라이튼에 있는 대학에 다니고 있었고 화제도 주로 교수들에 관한 것이었다. 거기에 비하면 나는 아직 고등학교에 다니는 애송이였다. 나는 거기 앉아서 이야기를 듣다가 그냥 무도 먹어 버렸다.

드디어 메인 코스가 나왔다. 역시 맛있어 보였고 역시 양이 너무 적었다. 파르마 햄으로 감싼 작은 닭가슴살에 삶은 감자와 당근 그리고 또 장식용 무가 곁들어져 있었다. 크림소스를 포함해도 잘해야 400칼로리 정도 될 것 같았다. 나는 20번 이상씩 꼭꼭 씹으며 최대한 천천히 먹으려고 노력했지만, 접시를 비웠을 때 식사를 끝낸 사람은 아무도 없었다. 조지가 입을 꾹 다물고 나를 뚫어지게 쳐다보고 있었다. 나도 조지를 째려봤다. '나 보고 뭐라고 하지 마! 배고픈 걸 어떻게 해 그럼?'

살은 음식에 별로 손을 대지 않았다. 야채만 조금 먹고 닭고기는 그대로였다. "혹시 닭고기도 민감해요?" 내가 물었다. 농담으로 던진 거였는데 냉소적으로 들렸을 수도 있다는 것을 깨달았다. 살이 나의 빈 접시를 보았다.

"제 것 드시겠어요?" 그녀가 물었다. 나의 이성은 거절해야만 한다고 말하고 있었지만, 혹시 모르는 일이지 않나? 해군에는 '먹다 남은 파르마 햄으로 감싼 닭가슴살은 반드시 왼쪽으로 넘겨야 한다.'라는 불문율이 있을지도. 하지만 그녀가 내게 접시를 건넸을 때 나는 고개를 빠르게 끄덕이며 접시의 음식을 긁어 담았다. 내 양쪽에 있는 남자들이 모두 재미있다는 듯 바라보았다. 나를 쳐다보는 조지의 눈이 이글거리는 게 느껴졌다.

그 이후 조금은 사람답게 행동했지만 여전히 속으론 디저트는 양이 많은 것이 나오기를 빌었다. 셔벗 같은 것보다는 토피 푸딩 같은 것 말이다. 남자들의 화제는 럭비로 옮겨 갔다. 알고 보니 피트는 웨일스 출신이었는데 올해 중요한 경기에서 웨일스 팀이 잉글랜드 팀에게 패배했다. 잉글랜드 출신들은 아주 짓궂게 그를 놀려댔다. 겉으론 웃으며 넘겼지만 자신을 태피(*Taffy, 웨일스 사람을 무시하는 말)라고 부르는 것이 기분이 좋을 리가 없었을 것이다.

여자들은 브라이튼에서 좋은 셰어하우스를 찾기가 얼마나 어려운지 이야기했다. 내가 낄 수 있는 주제가 아니었다. 〈록키 4〉 편을 봤냐고 물어봐도 될까?

예고 없이 디저트가 나왔다. 원했던 토피 푸딩이었지만 역시나 너무 양이 적었다. 나는 눈살을 찌푸리고 3초 안에 먹어 치웠다. 눈이 나도 모르게 살에게로 향했다. 그녀는 두어 번 떠먹더니 '이것도 먹을래요?' 하는 표정을 지었다. 나는 고개를 끄덕였다. 볼수록 괜찮은 여자였다.

"플레르! 정말 그거 먹을 생각이야?" 살이 내게 접시를 건넬 때 조지가 말했다.

조지 말이 맞다. 이것까지 먹으면 정말 속이 꽉 찰지도 모른다. 기다렸다가 나중에 호텔에 갔을 때 조지가 룸서비스로 치즈 토스터를 가져다줄 때를 기다리는 것이 현명한 선택일 거다. 하지만 이 좋은 음식을 그냥 버리는 것도 너무 어리석은 일이다. 그리고 무엇보다도 나는 지금 배가 고프다! 게다가 조지와 나는 저녁을 먹을 때마다 서로를 당황하게 만들곤 했다. 우리끼리 통하는 장난으로. 그래서 나는 살에게서 접시를 받아서 한 스푼 가득 떴다. 그리고 보란 듯이 사람들이 지켜보는 가운데 한 입 가득 밀어 넣었다.

하지만 곧 내 실수를 깨달았다. 한 입에 먹기에는 너무 많이 떴다. 하지만 이제 와서 돌이킬 수는 없었다. 나는 씹고 또 씹었는데, 입 속의 토피가 갑자기 끈적이며 달라붙는 느낌이 들었다. 모두 나를 지켜봤다. 럭비 이야기를 하지 않았다. 호브에 집세가 오른 문제 따위는 잊힌 지 오래다. 어디 가서 또 이런 진귀한 구경을 하겠는가? 아주 긴 시간이 걸렸지만 나는 결국 입안에 있던 푸딩을 다 삼켰다. 나는 테이블에 스푼을 쾅하고 내려놓으며 두 손을 올려 승리의 만세를 했다. 니콜라 아담스처럼! 살은 박수를 쳤고, 자자 빙크스는 자신도 모르게 고개를 끄덕이며 경외를 표시했지만, 나머지는 모두 입을 벌리고 쳐다만 보았다. 조지만 빼고. 그는 와인 잔을 만지작거리며 고개를 돌리고 있었다. 나는 깊게 한숨을 쉬었다. 오늘 밤, 지금까지 내 기대대로 되는 것은 단 하나도 없다.

저녁 식사 시간이 끝나고 스윙밴드에 맞춰 춤을 추는 시간이 있었다. 대부분의 남자는 스텝을 조금 밟을 줄 아는 것 같았고, 여자들도 꽤 능숙했다. 물론 나는 춤에 대해서 아는 것이 하나도 없었지만, 조지가 나의 오른손을 잡고 팔을 내 허리에 두르고는 춤을 이끌었다.

"그냥 나만 따라와." 그가 나를 확 잡아당겨서 댄스플로어로 이끌었다. 나는 발을 어떻게 해야 할지 몰라 강아지처럼 그를 졸졸 따라가기 바빴다. 조지는 이내 답답해하며 말했다. "내 발동작을 잘 보고 따라서 해봐. 리듬도 느껴 보고."

나는 리키 코치가 보여줬던 풋워크가 생각났다. 조지와 잠시 사이가 벌어졌을 때, 내가 익힌 복싱의 스텝을 밟기 시작했다. 앞으로, 뒤로, 두 걸음 밟고 회전해서 라이트 잽, 레프트 잽... 조지가 멈췄다. "지금 뭐 하는 거야?" 그가 물었다.

"나비처럼 날아 벌처럼 쏘는 춤이야." 나는 한 바퀴 돌아서 허공에 대고 펀치를 날렸다.

나는 스윙댄스 내내 자리에 앉아 있었다. 조지는 다른 여자들과 제독의 부인과 교대로 춤을 추었다. 살이 다가와 내 옆에 잠시 앉았다. "괜찮아요?" 그녀가 물었다.

"조지가 화가 많이 난 거 같네요. 내가 너무 많이 먹었잖아요. 부츠에 대한 자신감도 사라졌어요." 내가 말했다.

"조지가 그럴 리 없어요. 나도 당신처럼 뭐든 잘 소화할 수 있으면 좋겠어요. 그런데도 날씬하잖아요. 비결이 뭐예요?" 그녀가 물었다.

"훈련 중이거든요. 사실은 체중을 늘리려고 노력 중이에요." 나는 그녀에게 복싱에 관해서 이야기를 해줬다. 그녀는 처음에는 꽤 놀란 것 같더니 이내 고개를 끄덕였다.

"잘 되었으면 좋겠어요."

"조지는 그렇게 생각 안 할걸요." 내가 말했다.

"네. 아마도 그럴 것 같네요." 살이 말했다. "솔직히 조지도 데이브와 다를 게 없거든요. 사실 여기 있는 남자들은 다 똑같아요. 모든 것이 확실해야 하죠. 모든 것이 통제되어 있어야 하고. 변화를 좋아하지 않아요. 분명 많이 먹고 주먹질하는 여자를 좋아하지는 않을 거예요."

"실제로 누구를 때려본 적은 없어요. 아, 80대 노인 빼고요. 하지만 그건 사고였어요." 내가 설명했다. 살과 나는 잠시 이런저런 이야기를 했다. 알고 보니 그녀도 어렸을 때 주짓수를 배운 적이 있었다. 우리는 서로의 경험담을 나누었다. 조지가 다시 나타났다. 스윙밴드의 시간이 끝나고 DJ의 음악이 시작되었다.

"다시 한번 해볼까?" 그가 물었다. 조지는 기분이 좋아 보였고 나는 그를 따라 무대로 다시 나갔다. 익숙하고 대중적인 곡이 흘러나왔다. 이번에는 음악에 맞춰 나도 좀 더 편하게 몸을 흔들 수 있었다. 복싱의 스텝을 군데군데 섞었더니 더욱 자신감이 붙었다. 음악에 맞춰 환호하면서 우리는 무리를 지어 춤을 췄다. 남자들은 여자의 팔을 잡고는 빙글빙글 돌렸다. 나도 눈을 감고 음악과 리듬에 빠져들었다. 복싱 클럽에서 그랬던 것처럼. 앞으로, 앞으로, 뒤로, 뒤로, 피벗하고 잽 날리고, 덕킹 롤, 덕킹 롤, 가드를 올리고...

그때 자자 빙크스가 내 앞에 나타나 나에게 주먹을 날렸다. 나는 쏜살같이 그의 손을 주먹으로 쳐내고 뒤로 물러섰다. 그 순간 누군가의 발에 걸려서 바닥에 크게 넘어졌다. 조지가 달려와 나를 일으켜 세웠다.

"방금 왜 그런 거야?" 그가 물었다.

"자기방어! 그가 나를 주먹으로 치려고 했어!" 나는 항변했다.

"너를 때리려고 한 게 아니야. 손을 잡으려고 그랬던 거지. 잡아서 돌려주려고."

"아!" 자자 빙크스가 나를 수상하게 쳐다보며 손목을 열심히 문지르고 있었다. 내가 좀 세게 치기는 했다. "미안해요." 나는 그에게 말했다. 조지가 고개를 저으며 나를 째려봤다. 하지만 나는 속으로 기뻤다.

내가 가드를 올린 것이다.

홈런

조지와 나는 호텔 앞에 서 있었다. "들어갈까?" 내가 먼저 말을 꺼냈다. 속이 불편했다. 바에서 샀던 두 번째 스카치 에그는 먹지 말 걸 그랬다.

"그러자." 조지가 나의 눈을 보며 대답했다. 무도회를 마치고 돌아오는 택시 안에서 조지는 말이 없었다. 뭔가 하고 싶은 말이 있다는 것을 알았다. 그리고 왠지 그게 무슨 말인지도 알 것 같았다. 오늘은 처음으로 둘이 밤을 함께 보내는 날이다. 부모님도 없고 지켜야 할 규정도 없다. 오직 우리뿐이다. 그리고 나는 조지를 신뢰한다. 나는 그를 완전히 믿는다.

방에 들어가서 나는 조명 밝기를 어둡게 하고 소형냉장고를 바라보았다. 조지는 침대 옆에 긴장한 듯 우두커니 서 있었다.

"냉장고에 와인이 좀 있을 것 같은데. 아니면 맥주라도." 내가 말했다.

"나는 괜찮아. 저기, 여기 침대에 잠깐 앉아 봐." 조지가 말했다.

"서두를 것 없어." 나는 갑자기 긴장이 됐다. "샤워하는 게 어때?"

"플레르." 그가 나의 손을 부드럽게 잡고는 침대에 앉게 했다.

"그동안 많이 생각해 봤어. 아주 많이. 우리에 대해서." 그의 숨결에서 와인 냄새가 좀 났지만 나쁘지 않았다. 나는 그가 내게 다가와 키스를 해줬으면 했다. "우리의 미래에 대해서도 생각해 봤어."

"그만 말해." 내가 그에게 몸을 가까이 기울이며 말했다. "뭘 원하는지 나도 알아."

"아니. 지금 하는 말은... 정말 중요한 거야, 플레르." 그가 나의 말을 가로막았다. "내 생각에 우리... 그러니까... 우리 헤어지는 게 좋겠어."

잠시 정적이 흘렀다.

"뭐라고?"

"우리 그만 헤어지자, 플레르." 그가 이번에는 더욱 확실하게 말했다.

"이 복싱화 때문이야?" 나는 그가 농담하는 거로 생각하고 물었다. 하지만 그는 진지했다.

머릿속에 〈록키 3〉의 한 장면이 떠올랐다. 영화가 막바지에 이르렀을 때 슬로우 모션으로 전개되는 부분이 나온다. 록키가 거인처럼 서 있고 상대였던 Mr. T가 무너져 그 앞에 무릎을 꿇는다. 록키를 바라보는 그의 표정은 방금 일어난 일이 믿기지 않는 모양이다. 하지만 사실은 간단하다. 록키가 그의 얼굴에 강한 펀치를 적중시켰다. 복서라면 전혀 놀랄 일이 아니지만 예상하지 않았을 때 맞는 펀치가 가장 충격을 주는 법이다. 나는 예상하지 못한 펀치를 맞은 것이다.

그 이후의 일은 잘 기억나지 않는다. 그 이후 조지와 내가 무슨 말을 서로 했는지. 그저 우리는 아주 오랜 시간을 이야기했고 점점 목소리가 커졌다. 급기야 옆방에서 누군가 벽을 쿵쿵 두드렸다.

"내가 복싱을 해서 이러는 거지, 그렇지?" 나는 여러 번 똑같은 질문을 했다. "내가 너무 많이 먹어서?" 그는 아니라고 했지만 내가 살이 남긴 음식을 재빨리 입에 넣었을 때 그의 표정이 어땠는지 기억한다. 오늘 저녁 테이블에서 그가 평소처럼 나의 장난을 받아주지 않았을 때 진작 눈치를 챘었어야 했다. 이미 우리는 끝났다는 것을. 그가 먼저 떠났을 때, 시계는 새벽 2시 47분을 가리켰다. 나는 꼼짝도 하지 않았다. 조지는 계속 내가 괜찮은지 물었다. 나는 계속 괜찮다고 대답했다. 하지만 그도 나도 안다. 내가 괜찮을 리 없다는 것을.

***

다음 날 아침, 나는 첫 기차를 탔다. 그가 문자를 보냈다. 미안하다는 말과 함께 내가 괜찮은지 묻고 있었다. 답장을 하기 위해 수백 번을 쓰고 지웠다. 매번 다시 쓸 때마다 글은 점점 길어졌다. 하지만 결국 내가 그에게 보낸 답변은 단지 두 마디였다.

"괜찮아, 고마워."

블러썸도 문자를 보냈다. 무도회가 어땠느냐는 그녀의 물음에 일요일에 보자고 했다. 지금은 아무 말도 하고 싶지 않다. 역에서부터 걸어와 부엌문을 통해 슬그머니 집에 들어갔다. 이안 빌이 나를 보고는 꼬리를 흔들었지만 일어나지는 않았다. 녀석도 귀찮은 거지. 엄마가 나오셔서 나를 보았다. 그러곤 다가와 말없이 안아주었다.

"조지와 헤어졌어요." 눈물이 나왔다. 머릿속으로는 헤어지는 게 옳다는 것을 알고 있었다. 하지만 살다 보면 아무리 옳은 일도 잘못된 것처럼 느껴질 때가 있다. 벌써 그가 그리웠다. 그의 얼굴이, 그의 목소리가. 그리고 내가 바보 같은 일을 벌일 때 화가 나서 나를 바라보던 그의 모습마저도. 우리의 데이트 날과 함께했던 엉뚱한 장난들도 그립다. 나의 모든 단점에도 나를 좋아해 주는 사람이 있다는 그 느낌도. 하지만 그 모든 것은 나의 착각이었다. 그는 나를 있는 그대로의 나로서 좋아한 것이 아니었다. 그의 삶에서 비어 있는 여자친구 자리에 내가 딱 들어맞는 사람이라고 생각했기 때문에 나를 만난 것이다.

그리고 오늘 드러났다. 내가 그 빈자리에 딱 들어맞는 존재가 아니라는 것이. 나는 그에게 잘못된 조각인 거다. 안과 밖이 다른.

낚시와 사이클링

"그러고 보니 주말에 이렇게 멀리 나와 본 적이 없었네. 주말에는 늘 조지가 호브에 있었으니까." 그다음 날 내가 엄마에게 말했다.

"오, 플레르. 나도 네가 힘든 거 안다. 하지만 바다에 널린 게 물고기잖아." 엄마가 부드럽게 말하며, 손을 흔들어 거무튀튀한 영국 해협을 가리켰다.

"그만큼 똥 덩어리들도 가득하겠죠." 내가 말했다. 엄마 말에 따르면 우리는 그랜드 호텔에서 점심을 먹고 있는 중이다. 물론 차분한 식사를 하기에 적절한 식당은 아니었다. 바닷가 둔치가 한쪽에 보이는 작은 식당이었고, 바로 옆 테이블에는 분위기를 망치는 다섯 명의 가족이 식사를 하고 있었다. 아이들 중 한 명이 내게 콩을 던졌지만 나는 별로 신경 쓰지 않았다.

"그럼, 우리 와인 한잔할까?" 엄마가 최대한 밝은 목소리로 말했다.

"난 트레이닝 중이라 안 돼요."

"트레이닝? 뭐 하러?"

나는 입을 열었으나 아무 말도 할 수 없었다. 좋은 질문이다. 나는 뭐 하러 트레이닝을 하는 걸까? 도대체 무슨 의미가 있어서?

"아무것도 아니에요." 내가 말했다.

"자, 그럼 메뉴를 한 번 볼까. 오! 포티드 쉬림프가 좋겠다."

나는 정말 뭐를 고르고 싶은 기분이 아니었다. 머리가 너무 어지러웠다. 지난밤 서로에게 한 말의 단편들 그리고 소리쳤던 순간들. 그가 메시지를 보내지 않았을까 핸드폰을 꺼내 확인하고 싶은 충동을 참고 또 참았다.

"너는 뭐 먹을래?" 엄마가 물었다.

리키 코치는 네 가지 다른 단백질 보충을 위해 구이요리를 권했었다. 하지만 어제 저녁 식사의 장면이 머릿속에 떠올랐다. 내가 모든 것을 먹어 치울 때 와인을 홀짝거리며 새 모이만큼 먹던 다른 여자들이. 지난 몇 달 만에 처음으로 배가 고프지 않았다.

"샐러드가 좋겠어요." 내가 조용히 말했다.

그날 어떻게 되었냐며 블러썸이 하루 종일 문자를 보냈다. 자초지종을 말해 주러 그녀의 집에 들렀다.

"나쁜 새끼. 정말 남자들은 다 그 모양이야."

나는 어깨를 으쓱했다. "사실 조지는 모든 것을 다 고려하고 배려

한 거야. 늘 그렇듯이 어른스럽게 생각한 거지. 그리고 사실 나도 은연중에 알고 있었던 것 같아. 결국 이렇게 될 거라는 거. 우린 너무 다르잖아."

"그래도 여전히 나쁜 새끼야. 너 그렇게 좋다고 할 때는 언제고, 이렇게 변하니?" 블러썸이 말했다.

"아니야. 변한 것은 나야. 조지가 고백한 여자는 복싱을 하지 않았으니까."

"네가 뭘 해도 되고 뭘 해서는 안 되는지를 그 자식이 결정할 수는 없는 거야, 플레르." 블러썸이 지적했다.

"그건 네 말이 맞아. 하지만 그런 내 모습이 마음에 들지 않는다면 떠나는 것도 그 사람 자유잖아. 그리고 사실 조지 말도 일리가 있어. 내가 하는 짓이 제정신은 아니잖아. 단백질 보충제를 마셔대고, 샌드백을 치고, 복싱화를 신고 무도회에 가고…"

"플레르. 나는 멍청한 남자 하나 때문에 네가 복싱을 포기하지 않았으면 해! 록키라면 절대 여기서 포기하지 않았을 거야."

"무슨 소리야. 록키는 시리즈마다 매번 포기하는데."

"하지만 록키는 결국 마음을 바꾸잖아. 그리고 항상 마지막 시합을 위해 다시 돌아온다고." 블러썸이 지적했다.

"글쎄다. 어쩌면 지금 나는 포기 쪽으로 마음을 바꾸고 있는지도. 그런데 갑자기 왜 그래? 넌 좋아할 줄 알았는데? 그렇게 복싱 그만두라고 고사를 지내고선."

"뭐, 너도 록키도 마음을 바꾸는데 나라고 그러지 말라는 법 있니? 나는 이제 알겠어. 네가 복싱을 얼마나 좋아하는지." 그녀가 말했다.

"바로 그 복싱 때문에 내가 차였다고!" 내가 말했다.

"아니야. 복싱 덕분에 너는 자신이 진짜 어떤 사람인지 알게 된 거야. 조지도 네가 어떤 사람인지 알게 된 거고. 조지가 그런 네가 싫다면, 그런 사람하고는 헤어지는 게 더 낫다고 생각해." 블러썸이 말했다.

"솔직히 모르겠어. 이게 진짜 나인지." 블러썸이 내가 모르는 대답을 알고 있을 것 같지는 않았다. "내가 알던 내가 아닌 것 같아."

"그럼 어때? 왜 네가 꼭 이전의 너여야만 하는데? 너는 네가 원하는 무엇이든 되면 되는 거야. 그게 복싱 선수라도!" 블러썸이 나를 안아주며 말했다.

남자한테 차여서 좋은 점도 있다. 더 이상 일요일 점심을 집에서 먹을 필요가 없어졌다. 그래서 우리는 배틀에 갔다. 마침 전쟁터에서 특별한 이벤트가 진행 중이어서 우리도 참여할 수 있었다. 블러썸과 나도 깃발을 들 수 있었다. 해럴드와 하랄 3세 사이에 있었던 스탬퍼드 브리지 전투 1,050주년을 기념하기 위한 것이었다. 해럴드는 이 전투에서 승리하고 노르만 군대를 맞으러 바로 남하하게 된다. 역사적으로 중요한 날이다. 그리고 해럴드 팀에게 즐거운 시간이기도 하다.

우리는 깃발을 자랑스럽게 치켜들었다. 블러썸과 나는 튼튼한 어깨를 가지고 있다. 남자들이 깃발이 버거워서 시시때때로 깃발을 내리고 쉬는 것을 보는 것이 속으로 즐거웠다. 우리는 이벤트가 끝날 때까지 단 한 번도 깃발을 내리지 않았다. 핍도 검을 휘두르며 다른 병사들과 함께 행진했다. 블러썸과 나는 걸으면서 잡담을 했다. 오늘은 그녀가 내 말을 주로 들어주었다.

"조지랑 있으면 뭔가 편하고 안도가 되었어." 내가 말했다. "그거 알아? 조지는 나보다 많이 어른스러워서 항상 모든 것을 알아서 해줬어. 난 단 한 번도 그에게서 아주 작은 위협조차도 느껴본 적이 없었어."

"그건 그냥 남자친구라면 당연한 최소한의 자격요건이야. 너를 위협하지 않았다는 게 점수 받을 일은 아니지." 블러썸이 말했다.

우리는 마침 환호하는 관광객들 옆을 지나고 있었다. 그들을 향해 깃발을 흔들었다.

"그런 뜻이 아니야. 아마 내가 설명을 잘하지 못했나 보다. 내 말은... 세상에는 뭔가 조금 위험하다고 느끼는 남자들도 있다는 거지. 그런 거 있잖아. 함께 있으면 스릴이 있는... 왜냐하면, 예측 불가능하기 때문에 말이야. 그래서 조금 무섭기도 하고... 동시에 조금 섹시하게 느껴지는 그런 남자."

"음... 조지에게서는 그런 것을 못 느꼈었어?"

"전혀."

"그럼 도대체 누구인 거지? 네가 두려우면서도 섹시하게 느끼는 남자가?"

"오, 없어. 그런 사람."

"분명 있잖아. 그렇지 않다면 네가 이런 이야기를 꺼낼 리 없잖아."

"정말 없어." 거짓말이다. 아무리 블러썸이 눈치가 빨라도 내 마음까지 읽을 수는 없을 거라는 생각에 마음이 놓였다.

변하지 않는 것

　　우리는 금요일 영화의 날을 취소하고 핍과 브라이튼에 가기로 했다. 그가 종종 찾는다는 코스플레이 클럽이었다. 그날은 '시간 여행의 밤'이라는 주제였고 핍은 우리도 코스튬을 입어야 한다고 우겼다. 어떤 시대의 어떤 의상도 괜찮았다.

　　"그 지겨운 색슨족 의상만 아니라면 나는 괜찮아." 블러썸이 말했다.

　　"우리가 색슨족 의상을 입을 일은 없을 거야." 핍이 말했다.

　　"핍. 너는 뭐로 변신할 계획이야?" 내가 물었다.

　　"곧 알게 될 거야." 핍의 눈에서 빛이 났다. "시간이 좀 걸릴지도 몰라. 너희들 깜짝 놀랄 거야."

　　목요일에 핍은 우리를 '빈티지 빅키'에 데려가서는 적절한 의상을 고르게 했다. 이제 빅토리아 시대의 매춘부로 변장할 시간이다. 나는 주름진 보디스가 달린 긴 벨벳 드레스를 샀다. 블러썸은 제1차 세계대전의 보병이 되기로 했다. 핍이 나를 위해 지팡이와 탑 햇을 찾아주었다. 블러썸은 챙이 있는 모자를 쓰고 플라스틱으로 그럴듯하게 만든 라이플을 들었다.

우리는 산 의상들을 입어 보려 핍의 집으로 갔다. 핍이 자신이 먼저 의상을 입고 보여주기로 약속했다. 그가 거실로 안내하자 핍의 할머니가 반기며 차를 내오시겠다고 자리를 뜨셨다. 핍의 할머니는 어여쁘셨지만 유행에 민감한 분은 아니었다. 어딘가 '미세스 다웃파이어'와 닮은 것도 같다.

"그러면 여기서 기다리고 있어. 그리고 눈을 감고 있어. 내가 좀… 준비할 것이 있으니까." 핍이 말했다.

우리가 기다리는 동안 블러썸은 소파 끝자락에 엉덩이를 살짝 걸치고 다리를 길게 양옆으로 뻗었다. 그녀는 상당히 들떠서 어느 순간 소파에서 미끄러져서 떨어졌다. 핍의 할머니가 가끔씩 거실로 오셔서 말을 걸었다.

"너희들이 핍의 친구들이구나."

"안녕하세요. 하우드 할머니." 우리가 대답했다.

"너희들을 전에 본 적이 있다."

"네, 사실 저희는 할머니를 이미 여러 번 뵈었어요." 블러썸이 말했다.

할머니가 잠시 서서 우리를 향해 환하게 웃으셨다. 우리도 미소로 답했다.

"차를 가져 오마." 할머니가 또 말씀하셨다.

"네 생각에는 뭐가 나올 것 같아?" 할머니가 부엌으로 사라지자 블러썸이 물었다.

"글쎄. 얼 그레이? 아니면 아삼?"

"차 말고. 핍 의상 말이야."

"글쎄다." 내가 한숨을 쉬었다. "이렇게 기다리게 해놓고 별거 없기만 해봐라."

"이제 눈을 감아!" 핍이 문밖에서 소리쳤다. 부엌에서 찻잔들이 부딪치는 소리가 들렸다. 나는 눈을 감고 기다렸다. 핍이 들어올 때 철커덩거리는 소리가 들렸다. "아마 너희들이 기대했던 모습이 아닐 거야. 좋아! 이제 눈을 떠도 돼."

눈을 떴을 때 숨이 멎는 줄 알았다. 핍은 완전히 변신했다. 핍은 홀쭉한 몸에 헐렁한 옷을 주로 입는 겁 많은 키다리 청년이었다. 그러나 지금 내 앞에는 세상에서 가장 반짝이는 갑옷을 입은 기사가 서 있었다. 사슬 갑옷에 번쩍이는 흉갑과 정강이 보호대를 착용했다. 손에는 긴 검도 들고 있었다. 하지만 가장 눈을 사로잡은 것은 익숙한 원뿔 모양의 노르만 투구였다. 최근에 '빈티지 빅키'에서 봤던 바로 그 투구였다. 나는 내 눈을 의심했다.

"너 그거 노르만 갑옷이잖아?" 블러썸이 숨이 넘어갈 듯한 목소리로 물었다.

그가 고개를 끄덕였다. "그래, 맞아. 나는 노르만이니까." 핍이 차분하게 말했다. 그리고 천천히 몸을 돌렸다.

"하지만... 넌... 핍... 너는 노르만이 아니잖아? 너는 색슨이라고. 우리와 똑같은..." 나는 믿기지 않았다.

핍은 대답하지 않고 계속 몸을 돌리면서 우리에게 갑옷을 보여주었다.

"그래. 뭐... 놀랍긴 하네." 블러썸이 먼저 말을 꺼냈다. "멋지다. 플레르, 안 그래?"

나는 고개를 저었다. 아직도 뭐가 어떻게 된 일인지 이해할 수 없었다. 핍이 불안한 표정으로 나를 쳐다봤다.

"미안해. 먼저 말해주지 못해서. 하지만 너희들이 어떻게 받아들일지 겁이 나서." 핍이 말했다.

"너는 노르만일 수 없어." 마음이 진정되지 않았다. "너는 색슨이야. 우리도 색슨이고!"

"나는 둘 다야." 핍이 말했다.

"둘 다일 수 없어!" 내가 소리쳤다. "그런 헛소리가 어디에 있어. 너는 색슨이거나 아니면 노르만이야. 둘 중 하나밖에 없어."

"플레르, 그건 너무 단순한 이진법적 사고다. 핍! 너는 네가 되고 싶은 무엇이든 될 수 있어." 블러썸이 말했다.

"미안해, 플레르. 네가 화를 낼 줄 알고 있었어. 하지만 아주 오랫동안 느낀 거야. 나는 색슨에 전혀 맞지 않아. 지난번 재연 연습 때 확실히 느꼈어. 나는 더 이상 방패 벽의 일부가 되고 싶지 않아. 거기에 있는 것이 전혀 즐겁지 않다고." 핍이 단호한 목소리로 말했다.

나는 숨을 깊이 들이마셨다. 그리고 자리에서 일어나 핍에게 다가갔다. 그가 쓰고 있는 투구를 쳐서 벗겨 버리고 싶은 충동을 억눌렀다. 갑옷을 입고 있어도 그가 떨고 있다는 것을 알았다. 나는 그의 눈을 보았다. 그 안에 내가 알던 내 친구 핍을 찾아보려고. 그리고 내가 알던 핍은 거기 그대로 있었다. 아무것도 변한 것은 없었다. 나는 침을 꿀꺽 삼키고 몸을 앞으로 기울여 그를 꼭 안았다. 몸에 닿은 갑옷이 차가웠지만 흉갑에 뺨을 기댔다. 내가 틀렸고 블러썸이 옳다. 세상에는 두 종류의 사람만 있는 것이 아니다. 단 두 개의 학파만 있는 것도 아니다.

"미안해. 내가 잘못했어. 너는 네가 되고 싶은 무엇이든 될 수 있어. 네가 어떤 것을 선택하더라도 내 친구 핍인 것은 변하지 않을 테니까."

우리는 근사해 보였다. 의상을 입은 채 많은 장신구들과 함께 핍의 조그만 차에 몸을 밀어 넣느라고 고생을 좀 했다. 노르만 기사로 변신한 핍의 운전은 평소보다 더 정신없었다. 변한 것이 없다면 느려터진 속도였다. 우리 차 뒤로 여러 차들이 줄지어 따라왔다. 길이 좁고 핍의 차가 좌우로 비틀거렸기 때문에 뒤차들이 추월할 수 없었다. 차가 좌우로 흔들릴 때마다 블러썸과 나는 뒷좌석에서 함성과 비명을 질렀다. 우리의 코스튬이 우리를 지켜줄 것으로 믿으면서.

클럽 밖에서 45분이나 줄을 서서 기다려야 했지만 괜찮았다. 길에서 기발하고 색다른 브라이튼 사람들의 코스튬을 보는 재미가 쏠쏠했다. 그중엔 빅토리아 시대의 뱀파이어나 에드워드 시대의 굴뚝

청소부로 분장한 사람도 있었다. 군 예복을 차려입은 어떤 괴짜는 축음기를 끈으로 묶어 등에 고정했는데 거기서 행진곡이 끊임없이 흘러나오고 있었다.

안으로 들어오자 진짜 별세계가 펼쳐졌다. 거대한 무선 비행선이 무대 위에서 천천히 떠다녔고, 어떤 여자는 나팔총을 들고 다니며 연신 총구에서 커다란 비누 거품을 쏘아댔다. 원시인, 빅토리아풍으로 차려입은 유령사냥꾼들, 미래에서 온 로봇, 온갖 공룡들, 탐험가 모자를 쓴 많은 사람과 수많은 앤 불린 왕비들이 돌아다니고 있었다. 무대 위에선 금관밴드와 일렉트로닉 퓨전 음악이 연주되고 있었다.

"정말 멋지지 않니?" 핍이 눈을 반짝이며 우리에게 물었다.

정말 끝내주게 멋졌다. 그리고 미쳤다. 모든 사람이 우스꽝스럽고 정신 나가 보였다. 하지만 그게 핵심이었다. 이곳에서는 아무리 이상한 의상을 입어도 아무도 신경 쓰지 않는다. 모두가 이상하기에 누구도 어떤 기준에 맞출 필요가 없으니까. 꼭 옛날 의상을 입을 필요는 없었다. 스타워즈의 스톰트루퍼로 분장한 사람도 적지 않았고, 좀비도 한 명 보았다. 전혀 문제 될 게 없었다. 이곳에서는 누구나 환영받는다. 과거, 현재 아니면 미래든. 게이, 레즈비언, 양성애자, 트랜스젠더, 퀴어, 간성, 무성, 시스젠더, 스팀펑크, 스톰트루퍼, 좀비, 색슨 그리고 노르만. 그 밖에 또 뭐가 있든지 간에.

"정말 놀랍다!" 나는 블러썸의 귀에다 소리쳤다. "왜 진작 와보지 않았을까?" 블러썸이 빙그레 웃었다. 우리는 다른 괴짜들과 합류하러 무대로 향했다. 내가 춤을 못 추는 것도 상관없었다. 기억해야 할 스텝도 없었다. 우리는 그냥 미친 듯이 되는 대로 뛰고 흔들었다. 차르의 병사들과 제1차 세계대전의 파일럿들과 부딪치면서. 나중에는 가수 '프로페서 엘리멘탈'이 등장해 그의 원숭이 집사와 커다란 바지로 웃음을 터트렸다. 모든 것이 끝났을 때 나는 시간이 너무 짧게 느껴졌다. 핍이 친구들로부터 뒤풀이 모임이 있다는 얘기를 들었다. 잠시 참석하고 싶은 충동도 들었지만 내일 아침에 복싱 클럽에 가야 한다는 사실이 기억났다.

"너희들은 따라가. 난 아빠보고 데리러 오라고 할게." 내가 말했다.

"무슨 소리! 우리는 함께해야지. 나도 지쳐서 뻗기 직전이야." 핍이 말했다.

그런 말을 들으니 기뻤다. 우리는 핍이 차를 주차해 놓은 곳으로 길을 따라 걸었다. 늦은 밤이지만 브라이튼이 완전히 잠드는 경우는 없었다. 거리에는 돌아다니는 사람들이 항상 있었다. "등에 타디스(*드라마 '닥터 후'의 시간 이동 장치)를 달고 다니는 녀석 봤지? 아이디어 죽이지 않니?" 함께 걸으면서 핍이 말했다.

"나는 비행선이 신기하더라. 특히 샹들리에하고 부딪쳤을 때 정말 재밌었는데." 블러썸도 한마디 했다.

나도 만족한 표정으로 내 생각을 말하려는 순간 누군가 우리를 향해 소리쳤다. "야, 변태 새끼들!"

"술 취한 것 같아. 그냥 무시하자." 핍이 조용히 말했다.

"야, 안 들려? 변태 새끼들!" 또 한 번 누군가 소리치더니 우리를 향해 달려오는 발소리가 들렸다. 브라이튼은 좋은 곳이긴 하지만 바보들도 많다. 나는 몸을 돌렸다. 네 명의 남자아이들이었다. 녀석들은 걸음을 멈추고 우리를 위아래로 훑어보았다. 순간 나는 내 드레스가 좀 더 길었으면 좋았겠다고 생각했다.

"어이 금발! 얼마면 돼?" 한 녀석이 내 다리를 쳐다보며 말했다.

"총 좀 구경하자." 다른 한 녀석은 블러썸에게 시비를 걸었다. 또 다른 녀석이 귀에 뭐라고 속삭이고는 둘 다 낄낄대며 웃어댔다.

"어서 와, 플레르. 그냥 계속 가자." 핍이 나의 소매를 잡아당기며 말했다.

"나 저 드레스 마음에 드는데." 한 녀석이 나를 가리키며 말했다. 검은색 재킷을 입은 녀석이었는데 머리를 꾸미는 데도 많은 시간을 들였을 것 같았다. 녀석들은 아무리 봐도 열다섯 살 이상은 되어 보이지 않았다.

"그래. 너한테 잘 어울리겠다. 원래 너 같은 얼간이도 입을 수 있게 디자인되었거든." 내가 대답했다. 몸에서 힘이 느껴졌다. 나는 약하지 않다. 이 멍청한 녀석들이 우리의 밤을 망치게 둘 순 없다.

우두머리로 보이는 녀석이 비웃으며 앞으로 다가왔다. 나는 본능적으로 지팡이를 들었지만, 녀석이 그것을 낚아채 높이 들어 올리며 내 머리를 내려치려는 듯이 위협했다. 순간 시간이 천천히 흘렀다. 녀석의 다른 팔이 핸드폰을 손에 쥐고 내려져 있는 것이 내 눈에 들어왔다. 녀석의 왼쪽은 완전히 무방비 상태였다. 찰나의 순간 나는 망설였다.

블러썸이 꽥 소리를 질렀다. 그다음 내가 아는 것은 녀석이 바닥에 뻗어서 콜록거리며 숨을 제대로 못 쉬고 있었다는 것이다. 내가 명치를 가격했기 때문에 잠시 일어날 수 없을 것이다. 나머지 놈들을 쳐다보면서 나는 흥분되었다. 나는 스텝을 밟으며 자세를 잡았다. 주먹을 쥐고는 위로 올렸다. 녀석들은 나를 유심히 봤다. 나는 눈썹을 치켜올렸다. 녀석들 중 한 명이 앞으로 나섰다. 온몸이 긴장되었다. 세 명을 한꺼번에 상대할 수는 없다. 하지만 그 녀석은 내눈을 피하더니 몸을 숙여 바닥에 누운 친구를 부축했다.

"자, 그만 가자." 그가 다른 녀석들에게 말했다. 그들은 다친 친구를 끌면서 사라졌다.

"봤냐!!" 블러썸이 녀석들의 뒤에 대고 소리쳤다. "여자는 주먹도 못 휘두를 거라고 생각했지? 잘못 생각한 거라고!"

"그만해. 블러썸." 아드레날린이 온몸에 퍼지는지 몸이 떨리기 시작했다. "빨리 여기를 벗어나자."

펀치 드렁크

"쾅! 깨버리고! 박살 내고! 네가 녀석을 갈겨버렸어! 한 방 먹였다고!" 블러썸이 뒷좌석에서 흥분하며 소리쳤다.

"블러썸. 그럴 일이 아니라고. 내가 사람을 쳤잖아."

"그건 정당방위지, 플레르. 안 그러냐? 핍?"

"당연하지! 나도 다 봤어." 핍이 확고하게 말했다.

그렇게 간단하게 생각해도 되는 일일까? 아직도 마음이 진정되지 않아 멍했다. 떨리고 무서웠다. 하지만 동시에 흥분이 되었다. 녀석이 맞을 짓을 했다 하더라도 나는 사람을 때리는 것을 좋아하지 않는다. 하지만 뭔가 강해졌다는 그 느낌이 좋았다. 이전에는 느껴보지 못한 감정이었다. 도대체 그런 펀치는 어디서 나온 것일까? 체육관에서 크고 묵직한 샌드백을 칠 때 내 펀치는 약하고 의미 없게 느껴졌다. 하지만 거리에서 펀치를 휘둘렀던 그 순간, 나는 원더우먼,

230

포이즌 아이비, 블랙 위도우에 빙의된 것 같았다.

핍의 차에 앉아 있었지만, 마음과 몸은 붕 떠 있었다. 블러썸은 뒷좌석에서 사람들에게 방금 벌어진 일을 문자로 알려주느라 정신이 없었다. 학교 친구들한테 알린 것은 아니고, 남자친구와 그의 사회주의자 친구들에게만 보냈다. 하지만 보스포드는 작은 마을이고 곧 소문이 날 것이다. 잠자리에 들기 전 트위터를 확인했더니 43개의 알림이 들어와 있었다. 그게 전부 브라이튼에서 벌어진 일 때문이었다. 이야기는 전달되면서 점점 살이 붙었다. 어떤 사람은 내가 강간범들의 공격을 받았는데 물리친 거로 생각했다. 나는 단연코 화제의 중심에 있었다. 다들 "플레르 워터스가 사람을 쳤다고? 그게 말이 돼?"라며 떠들어댔다. 뉴질랜드에 있는 베리티 언니도 나 때문에 깜짝 놀랐다며 문자를 보냈다. 심지어 조지로부터 괜찮은지 묻는 트위터 쪽지도 받았다.

토요일 아침 한 통의 전화가 잠을 깨웠다. 나는 흐릿한 눈으로 시간을 보았다. 도대체 누가 내게 토요일 아침 7시 53분에 전화를 하지? 이 시간에 일어나 있는 사람도 있나? 토요일 오전은 한밤중과 똑같은 것이다. 모르는 번호였지만 그냥 받았다.

"여보세요?"

"플레르. 나다."

"아, 리키 코치님!"

"어젯밤 너 주먹을 썼더구나."

"들으셨어요?"

"그래, 들었다."

코치님의 목소리에 담긴 의미를 짐작하느라 머리가 분주히 돌아갔다. 아마도 내 활약상에 깊은 인상을 받으신 걸까? 하지만 뭔가 딱 들어맞지 않는 느낌이었다.

"코치님이 무슨 생각하시는 줄 알아요." 내가 말했다.

"무슨 생각?"

"이젠 남자애들하고 스파링을 붙여도 되겠다 싶으시죠?"

"내 생각은 그게 아니다." 그가 나직이 말했다.

"네? 그럼?"

"더 이상 체육관에 나오지 마라."

나는 침대에서 벌떡 일어났다. 심장이 덜컥 내려앉았다. 방금 내가 무슨 말을 들은 거지?

"너도 규칙을 알 거다." 그는 계속 말을 이었다. "체육관에서 배운 것은 체육관에서만 사용한다. 밖에서 절대로 주먹을 쓰지 않는다."

"하지만 이건 다르잖아요. 위험한 상황에서 자기 자신도 못 지키면, 복싱은 뭐 하러 배우는데요?"

"너는 가라테를 배우는 게 아니야. 복싱은 스포츠고 주먹은 링에서만 쓰는 거다. 네가 때린 그 아이, 크게 다칠 수도 있었어." 그가 말했다. "만에 하나 그 녀석이 넘어지면서 머리라도 깨졌으면 어쩔 뻔했냐?"

"그런 일은 없었다고요!"

"내가 직접 봤어!" 그가 단호하게 말했다. "그 일을 내 눈으로 다 봤다, 플레르. 미안하지만 다른 수가 없구나. 다시는 체육관에 오지 마라!" 그가 전화를 끊었다.

현명한 대안

"좋은 쪽으로 생각하렴." 아침 식사를 하면서 엄마가 말했다. "이제 엄마랑 같이 필라테스 할 수 있게 된 거잖니?"

"참 좋네요." 나는 냉소적으로 말했다. 엄마 딴에는 내가 복싱을 못 하게 된 기쁨을 드러내지 않으려고 엄청난 노력을 하고 있었다.

"캐롤에게 전화해서 물어봐야겠다. 오늘 저녁 타임에 너도 함께 넣어줄 수 있는지 말이야."

"너무 신나네요." 내가 말했다. 엄마는 전화기를 찾으러 갔다. 나는 식탁에 앉아서 콘플레이크를 깨작거리며 창밖을 바라보았다.

나는 여전히 납득이 되지 않는다. 자신을 지키려고 복싱 기술을 사용하는 것이 뭐가 잘못된 거지? 내가 나이트클럽에서 난동을 피운 것도 아니고 말이다. 잠재적인 위기의 순간, 나는 나 자신과 친구들을 지켜냈다. 몇 분 후 엄마가 돌아왔다.

"캐롤이 오늘 저녁에 참석해도 좋단다." 엄마가 미친 사람처럼 웃었다.

"좋은 소식이네요." 내가 대답했다. 나는 콘플레이크가 담긴 그릇을 한쪽으로 치우고 머리를 나무 식탁에 '쿵' 하고 박았다.

"그러지 말고. 플레르. 한 번 같이 가보자. 혹시 알아? 네 마음에 쏙 들지." 엄마가 말했다.

나는 엄마를 바라보고 억지로 미소를 지어 보였다. 엄마의 잘못은 아니다. 엄마도 최선을 다하고 있는 거니까.

"고마워요. 엄마."

"그리고 하나 더!" 엄마가 밝은 목소리로 덧붙였다. "이렇게 하면 적어도 너의 라이크라를 낭비할 일은 없는 거잖아."

필라테스 수업에 와서 처음 알았다. 세상에 얼마나 다양하고 많은 종류의 라이크라가 있는지. 그야말로 이곳은 흔들리는 중년 여성들의 살에 딱 달라붙어 있는 라이크라로 가득 찬 들판이었다. 엄마가 '아우라가 감싸고 있는' 캐롤 선생님을 소개시켜 주었다. 그리고 친구들과 수다를 떨기 위해서 엄마는 자리를 피했다. 약간 이상한 볼리비아 팬파이프 음악이 계속 흘러나왔다.

"만나서 반갑다." 캐롤 선생님이 말했다. 그녀는 머리를 한쪽으로 기울이고 나를 뚫어지게 바라보았는데, 그녀의 푸른 눈은 나의 영혼을 삼킬 듯 활활 타고 있었다. 그 모습에 갑자기 몸이 굳어졌다. "엄마로부터 네 이야기를 많이 들었어."

"엄마가요?"

"그래. 엄마가 그러는데, 요즘 스트레스가 아주 심하다며."

"엄마가 그렇게 말했어요?" 내가 놀라며 물었다.

"최근에 천생연분과도 헤어졌다며?"

"뭐... 천생연분까지는 아닌 것 같지만... 네, 그랬죠."

"그리고 잘 풀리지 않는 일이 있어서 스트레스를 받고 있다고?"

"엄마가 내가 그렇대요?"

"필라테스를 하면 그 모든 스트레스를 풀어버릴 수 있단다. 이건 단지 신체적 단련만이 아니라 너의 삶에 대한 총체적 접근을 하기 때문이지."

"필라테스는 코어 근육을 키우는 데도 그만이라던데요. 그렇죠?" 나는 내 감정 문제에 대한 그녀의 지나친 관심을 돌려놓으려고 했다.

"그럼. 물론이지." 그녀는 얼굴을 내 얼굴에 아주 가깝게 붙였다. 그녀가 손으로 나의 복부를 지그시 눌렀다. 나도 모르게 몸이 떨렸다. "너의 코어도." 그러곤 그녀는 가버렸다. 방금 무슨 일이 있었던 거지?

엄마가 다시 돌아왔다.

"어때, 선생님 근사하지?" 엄마가 눈을 빛내며 물었다.

"나쁘지 않네요. 음악도 그랬으면 좋겠지만요."

생각보다 필라테스는 나쁘지 않았다. 천천히 몸을 움직이면서 불편하고 이상한 자세를 취하게 했다. 그럴 때면 모두 삐걱대며 얕은 신음을 내서 마치 노예선에 타고 있는 것 같았다. 중간에 누가 방귀를 뀌기도 했다. 하지만 캐롤 선생님은 아랑곳하지 않고 계속 우리의 코어가 강해지고 있으며 아우라가 정화되는 중이라고 말했다. 솔직히 조금은 사이비 교주와 순진한 신도들 같았다.

필라테스가 싫은 것은 아니다.

단지 복싱만큼 좋지 않을 뿐이다.

열일곱 번째 생일

이번 열일곱 번째 생일은 가장 우울한 날이 되겠지. 하기야 내 생일은 늘 시끌벅적한 적이 없었으니까. 방학 한가운데 태어났다는 것은 제대로 축하받기는 글렀다는 것이다. 다들 자기 스케줄이 있을 테니까. 이미 기분이 바닥이지만, 우울한 생일을 맞는 것이 아무렇지도 않은 것은 아니다. 엄마가 내 기분을 풀어주려고 애썼지만 별 소용이 없었다.

"내일이 무슨 날이게?" 아침 식사를 할 때 엄마가 물었다.

"금요일이요." 내가 대답했다.

"아니, 날짜 말이야."

"8월 14일이요."

"그게 무슨 뜻일까?"

"이 우유 유통기한이 훨씬 지났다는 뜻이죠." 내가 우유를 가리키며 말했다.

"아니. 그런 거 말고. 내일이 뭔가 특별한 거 없어?"

나는 핸드폰을 꺼내 달력을 살펴보았다. "그러네요. 내일은 세계 왼손잡이의 날이네요." 나는 입 안의 음식물을 다 씹지도 않고 대답했다.

"그리고 내 딸의 열일곱 번째 생일이기도 하지!" 엄마가 대답했다.

"그게 뭐요." 내가 그게 뭐 대수냐는 시늉을 했다.

"플레르, 솔직히 엄마는 너를 위해서 최선을 다하고 있어. 진짜 노력하고 있다고." 엄마가 한숨을 내뱉었다.

이후에, 내 기분을 돌려놓으려 애쓴 사람은 블러썸이었다. 그녀는 내게 그의 남자친구와 그의 사회주의자 친구들과 함께 거리 행진을 하러 가자고 했다. 남녀 간 임금 차이에 대한 부당성을 알리는 시위였다. "같이 가자. 플레르!" 그녀가 말했다. "네가 안 가면 마그넷이랑 걸어야 한다고. 너 설마 나를 그렇게 내버려 두지는 않을 거지? 그렇지?"

"걔는 네 남자친구잖아?" 내가 말했다.

"그러니까."

"실망시켜서 미안해, 친구. 그런데 지금은 정말 아무것도 하고 싶지 않아. 그냥 누워서 책이나 볼래."

그녀가 잠시 아무 말 없다가 억지로 웃어 보였다. "알겠어, 플레르. 그래도 내일은 볼 수 있는 거지?" 그녀가 말했다.

"그래. 아마도."

나도 내가 바보처럼 굴고 있다는 것을 안다. 하지만 지금은 너무 비참하다. 엄마와 블러썸이 밝은 척하며 기분을 풀어주려고 애쓰는 모습을 보고 싶지 않다. 마치 청개구리처럼 사람들이 내게 어떤 생각이나 느낌을 주려고 노력할수록 나는 더 거부하게 된다. 확실히 축하받을 기분은 아니었다. 대신 아침 일찍 일어나 자전거에 올라탔다. 그 순간 나도 내가 원하는 게 무엇인지 알 수 없었다. 그저 잠시 이 모든 것에서 벗어나 혼자 있고 싶었다. 바람도 없고 따뜻한 날이었다. 나는 입을 꼭 다물어야 했다. 안 그러면 수많은 벌레가 입에 들어올 테니까. 뭐 그것도 단백질을 보충하는 방법일 수 있겠지만.

출발할 때의 기분은 좋지 않았다. 화도 나고 우울하기도 했다. 조지에 대해서, 엄마에 대해서, 그리고 복싱 클럽에서 쫓겨난 것에 대해서 생각했다. 기어를 높여 언덕을 올랐다. 허벅지에 힘을 주며 스스로를 밀어 올렸다. 그렇게 몇 마일을 달리자 근육은 풀어지고 숨이 가빴다. 하지만 점차 무거웠던 기분도 풀리기 시작했다. 숨을 깊게 들이쉬고 마음을 가라앉혔다. 4시간도 안 돼서 50마일을 달렸다. 다시 돌아갈 때 몸은 녹초가 되었지만, 정신은 점점 또렷해졌다. 앞으로 내가 무엇을 해야 하는지.

내일 체육관에 돌아갈 거다. 그리고 내 자리를 되찾기 위해 싸울 거다. 여기서 포기할 수는 없다. 내일 아침, 내가 행진할 곳은 바로 체육관이다. 거기서 리키 코치에게 다시 들여보내 달라고 요구할 거다.

또한 내가 바로 잡아야 할 것들도 있었다. 정오가 되기 전 집에 돌아왔을 때 길가에 핍이 주차하고 있는 게 보였다. 조수석에는 블러썸도 앉아 있었다. 그녀는 대시보드가 생명줄인 양 움켜쥐고 있었다. 내가 자전거에서 내릴 때 친구들도 차 밖으로 나와 잔디에 섰다.

"얼마나 멀리까지 갔던 거야?" 블러썸이 물었다. 핍이 테니스공을 멀리 던져 주자 이안이 쌕쌕거리며 달려갔다.

"50마일쯤."

"우와! 너 정말 대단하다."

"아니, 대단하지 않아." 나는 헬멧을 풀면서 그녀를 쳐다보았다. "나는 정말 형편없는 사람이야. 나쁜 친구고 못된 딸이고 끔찍한 페미니스트야."

그녀가 눈을 크게 떴다. "무슨 소리야. 네가 한 말 중 맞는 말이 하나도 없다! 왜 네가 끔찍한 페미니스트라고 생각하는 건데?"

"나는 너처럼 행진을 하는 것도 아니고 시위에 나가 본 적도 없어. 도움이 되기는커녕 실없는 농담만 해대잖아. 트위터에 엠마 왓슨에 관해서도 헛소리만 써놨어."

블러썸이 나를 보고 고개를 세차게 저었다. "이게 바로 가부장 사회가 하는 짓이야." 그녀가 천천히 말했다. "자신을 의심하게 하고 서로 싸우게 만들지. 플레르, 너는 훌륭한 페미니스트야. 우리가 가고자 하는 목적지는 똑같아. 단지 서로 다른 길로 가는 것일 뿐이야. 하지만 그게 뭐 어때서? 페미니스트가 되는 방법은 수천 가지가 있어. 그리고 정말 멋진 건, 너는 너에게 맞는 방법을 찾았다는 거야."

241

사랑스러운 내 친구를 보면서 나는 울음을 터트렸다. 요 몇 주는 너무 힘들었다. 시험 스트레스, 남자친구와의 이별, 복싱 클럽에서의 퇴출, 엄마와의 갈등. 블러썸이 말없이 다가와 나를 안아주었다.

"넌 언제나 아무렇지 않은 척해. 그리고 모든 갈등을 피하고 싶어해. 마치 세상 모든 것을 무서워하는 사람처럼. 하지만 나는 알아. 내 친구 플레르가 얼마나 강한지." 그녀가 나지막이 속삭였다.

"사실 무서워." 내가 말했다.

"그래도 괜찮아." 블러썸이 나를 안은 손에 힘을 더 주었다.

우리는 점심을 먹으러 브라이튼으로 갔다. 블러썸이 샀다. 이후 우리는 해변에 잠시 앉아 있었다. 하지만 이른 오후에 날이 흐려져 이번에는 영화관으로 갔다. 상영하는 영화 중 우리가 안 본 것은 픽사 영화뿐이었다. 그렇게 우리는 수많은 아이들과 지친 부모들 틈에서 영화를 봤다. 방학 때는 항상 이렇다. 하지만 나는 신경 쓰지 않았다.

보스포드로 돌아왔을 때 블러썸이 치코스에 가지 않겠냐고 물었다.

"아니야. 엄마와도 시간을 좀 보내야지. 분명 또 뭔가 특별한 걸 만들고 있을 거야. 어쩌면 환각제를 만들고 있을지도."

"그럼 나중에 우리 집에 와서 영화 같이 볼래? 오늘은 특별히 록키 시리즈로 쭈욱."

"하나만 보자. 아니면 두 개만. 내일 복싱 클럽 가봐야 돼."

블러썸이 기분이 좋아져 몸을 흔들었다.

"록키에 그 끝내주는 대사가 뭐였더라? 왜 있잖아. 그 얼마나 세게 치느냐..." 그녀가 물었다.

"중요한 건 네가 얼마나 강한 펀치를 칠 수 있느냐가 아니야. 네가 얼마나 강한 펀치를 받아낼 수 있고, 계속 앞으로 전진할 수 있느냐다." 내가 대답했다.

"승리는 그렇게 얻는 것이다." 블러썸이 장엄하게 마지막 대사를 했다.

마지막 승부

체육관 밖에 타릭이 있었다. 나처럼 일찍 온 그는 서니 패치가 그려진 벽에 등을 기대고 에니드 블라이튼의 소설을 읽고 있었다. 나는 타릭 옆에 앉았다. 그가 읽던 챕터를 다 읽고 인사를 건넸다.

샤론 코치가 나타나서 문을 열어주었다. 우리는 안으로 들어가 그녀가 일을 시작할 수 있게 준비하는 것을 도왔다. 줄넘기를 제자리에 두고 샌드백을 선반에 올려뒀다. 곧이어 조 코치가 다리를 절뚝거리며 나타났다. "안녕, 킬라?" 조 코치가 내게 인사를 건넸다. 리키 코치는 몇 분 후에 나타나 링을 정돈하기 시작했다. 나는 그에게 다가갔다. 어떻게든 이 일을 해결해야만 한다.

"리키 코치님!" 나는 침착하려고 노력했다. "정당방위였지만 그 아이를 때린 건 제가 잘못했어요. 하지만 전 복싱이 좋아요. 저도 점점 더 좋아지고 있고요. 더 건강해지고, 더 강해졌고, 자신감도 생겼고, 더 행복해진 것 같아요. 코치님은 제가 스파링을 할 준비가 되지 않았다고 하셨지만, 그래도 저는 복서예요."

볼트를 조이고 있던 리키 코치는 잠시 멈추고 나를 올려다보았다. 특유의 찡그린 표정을 하고서. "그렇다니 정말 다행이구나, 플레르. 그리고 네가 이 체육관에서 많은 것을 얻었다니 그것도 기쁘다. 노력은 배신하지 않는다. 하지만 네가 아직 이 체육관에서 배우지 못한 것이 있다. 네가 이 체육관에 발을 들인 순간부터 내가 가르쳐주고자 한 거다."

나는 머리가 백지가 되었다. 그게 뭘까?

"D로 시작하는 말!"

"댄스?"

"규율discipline이다! 자기 스스로를 통제할 수 있는 규율! 복서가 되고 싶다고? 그럼 규율부터 배워라."

타릭과 조 코치 그리고 샤론 코치가 홀 반대쪽에서 우리 얘기를 안 듣는 척하면서 조용히 담소를 나누고 있었다. 리키 코치의 눈에서 불이 났다. "네가 그 자식을 때려눕혔다. 스스로를 통제하지 못했기 때문이지. 네가 계속 가드를 내리는 것도 그래서다. 왜? 너는 그 규율을 지키지 못하기 때문이다."

나는 침을 삼켰다. 그가 맞다. 내가 규율을 잘 지키지 못하는 것은 사실이다. 그런 점에서는 댄스도 마찬가지고.

"두 가지를 명심해! 다시 한번 내 귀에 네가 밖에서 주먹을 썼다는 말이 들리면 너는 다시는 이곳에 발을 들이지 못한다." 리키 코치가 말했다. 나는 고개를 끄덕였다. 그가 몸을 돌려 다시 볼트를 조이기 시작했다.

"다른 하나는 뭔가요? 코치님." 내가 물었다.

"아직도 스파링을 하고 싶다면 해도 좋다."

"네?"

"너는 준비가 된 것 같아. 아니면 곧 될 거다. 내 지시를 잘 따라와 준다면."

갑자기 복잡한 감정이 북받쳐 올랐다. 체육관을 다시 다닐 수 있게 된 안도감. 갑작스러운 전개에 대한 당혹감. 링 위에서 펀치를 휘두르게 된 두려움. 혹은 아마도 링 위에서 펀치를 맞게 될 두려움.

"네. 말만 하세요. 이제부터 제가 뭘 하면 되나요?"

녀석들 중 하나

긴장했다. 오늘은 내가 처음으로 링에 올라가는 날이다. 9월부터 지난 3주간 일주일에 두 번씩 체육관에 나오기 시작했고, 리키 코치가 드디어 내가 링에 오르는 것을 허락했다. 코치님 표현을 빌리자면 '맛보기'로. 내 상대는 조 코치로 결정되었다. 그는 나를 치지 않겠다고 말했지만, 나는 그 말을 곧이곧대로 믿지는 않았다. 내가 보기에는 저번에 내게 맞은 펀치를 갚을 기회로 여기는 것 같다. 나는 글러브를 착용하고 내 차례를 기다렸다. 제롬과 크리스가 춤을 추듯 링 위에서 잽을 주고받을 때, 리키 코치가 둘을 격려하며 큰 소리로 기술적인 조언을 해주었다. 스파링을 뛰는 몇몇은 보기에도 강하고 빨랐다. 댄이 슬쩍 내 옆으로 왔다. "음... 별 이야기는 아니고... 나두 달 후쯤 결혼해. 그래서 총각파티를 열려고 하는데. 맥주나 좀 마실 거고, 특별한 건 없어." 그가 말했다.

"그래, 잘되었네. 재미있게 보내." 도대체 왜 내게 이런 말을 하는지 모르겠다.

"너도 올래?"

나는 잠시 아무 말도 하지 않았다. "내가? 네 총각 파티에 오라고?"

"그래. 그날 별일 없으면."

"좋아. 가지 뭐."

"킬라!" 리키 코치님이 소리쳤다. 내가 돌아보았다. "네 차례다."

리키 코치가 나를 위해 로프를 올리고 링에 올라오기를 기다렸다. 내 뒤를 이어 조 코치도 링 위로 올라왔다. 둘 다 헤드기어를 머리에 쓰고 마우스피스를 입에 물었다. 12온스 글러브를 낀 채 서로를 마주 보았다. 글러브는 내게 좀 무거웠고 조 코치에게는 좀 가벼웠지만, 리키 코치는 가능한 서로 동일한 것을 사용할 것을 고집했다. 신장은 둘 다 비슷했지만 조 코치는 그 나이에도 다부지고 단단한 몸을 가졌다. '기운이 팔팔하다'는 말은 조 코치 같은 사람을 보고 만든 말이 아닐까.

긴장했는지 속이 뒤집혔다. 내가 두 번째 조식으로 죽을 잔뜩 먹은 탓도 있을 것이다. 전투 전날 밤 앵글로 색슨 조상들이 이런 기분이었을까? 물론 조상들은 나처럼 화려한 복싱화를 신지는 않으셨겠지. 복싱화에 새로 산 반짝이는 핑크색 끈을 묶었다. 하지만 그 점만 빼면 색슨의 용감한 전사들과 하나가 된 기분이었다.

남자애들은 줄넘기를 하거나 샌드백을 치면서 경기에 관심이 없

는 척했다. 하지만 내가 글러브를 올리고 자세를 취하자 다들 곁눈
으로 링 위를 지켜보았다.

"좋아. 명심! 가드 올리고 제발 살살해. 내 선수가 다운되는 것을
보고 싶지 않으니까." 리키 코치가 말했다.

"걱정 접어둬. 리키. 살살 할게." 조 코치가 으르렁거리며 말했
다.

"코치님한테 하는 말 아닌데. 저번에도 맞아서 대자로 누우셔 놓
고. 조심하세요." 리키 코치가 말했다.

웃음이 터졌다. 리키 코치는 농담으로 긴장을 풀어주는 재주가
있다. 조 코치가 먼저 앞으로 나오며 가볍게 잽을 던졌다. 나도 가볍
게 막았다. 그러자 오른손으로 치고 들어왔다. 이번에도 막았다.

"그렇지! 그거야." 리키 코치가 격려했다. "그렇게 훈련받은 대로
만 해."

조 코치가 계속 잽을 날렸고 나는 계속 막으면서 조금씩 뒤로 물
러서며 그의 주위를 돌았다. 펀치 한 번 날리지 않으면서 계속 막아
내는 게 쉽지 않았다. 그래도 조 코치가 내 가드를 뚫지는 못했다.

"멈춰!" 리키 코치가 소리쳤다. 조 코치가 거리를 두고 물러났다.
"너 지금 뭐 하는 거야?" 리키 코치가 물었다.

"왜요? 코치님이 시키신 대로 하고 있잖아요. 항상 가드를 올려
라."

"그래도 반격은 해야지. 계속 방어만 할 거면 그건 복싱이 아니
야."

"하지만 계속 공격이 들어오는데 어떻게 반격을 해요?"

"들어오는 잽을 막으면 너도 잽을 날려. 한 번 해봐." 그래서 이번에는 리키 코치의 조언대로 시도하려고 했다. 잽을 한 번 차단한 후 나도 반격을 하려고 했지만, 어느새 반대편에서 잽이 들어왔다. 나는 황급히 막을 수밖에 없었다. 가끔 던진 잽도 그에게 닿기에는 턱없이 부족했다. 가드를 올린 채 동시에 펀치가 닿을 거리로 접근하는 것은 불가능했다. "공격 좀 그만 해요. 나도 좀 때려 보게요." 내가 숨을 헐떡거리며 말했다.

"이번에는 안 속는다." 조 코치가 대답하며 잽을 한 번 더 날렸다. 점점 나는 초조해졌다. 결국 나는 더는 참지 못했다. 될 대로 되라는 심정으로 오른손을 크게 휘둘렀다.

"너 괜찮니?" 리키 코치가 나를 내려다보고 있었다. 아무래도 내가 바닥에 대자로 누워있는 모양이었다.

"미안해." 조 코치의 목소리가 어딘가에서 들려왔다.

"무슨 일이 있었죠?" 내가 물었다.

"네가 가드를 내리고 오른손을 크게 휘둘렀는데 빗나갔다. 네가 친 펀치는 조를 한참 비껴갔고 너는 왼쪽 가드를 내렸어. 조가 가볍게 네 옆머리를 쳤는데 너는 이렇게 되었지."

"그게 가볍게 친 거였어요?"

"보기엔 그랬다."

리키 코치가 나를 부축해서 링 밖에 나갈 수 있게 도와주었다. 잠시 앉아 있는 나에게 샤론 코치가 물을 가져다줬다. "어떠냐?" 몇 분

후 리키 코치가 와서 물어봤다. 나는 눈을 깜빡거리며 머리를 흔들어 보았다. 머리가 아직 몸에 잘 붙어 있는지 확인하는 것처럼.

"조금 어지러워요. 그래도 제가 생각했던 것보단 괜찮아요."

"처음이 가장 힘들다. 시간이 지나면 그런 느낌은 사라진다. 지금은 정신이 하나도 없을 테니 먼저 방어에 집중해 보도록 하자. 먼저 가드를 내리는 네 습관부터 고쳐야겠다. 다음에는 너를 지킬 수 있도록."

"다음이라고요?"

"그래, 다음 스파링을 할 때. 물론 네가 원한다면 말이야."

서프라이즈!

"세 명이나 새로 등록했어!" 수요일 저녁 트레이닝을 위해 체육관에 도착하자마자 샤론 코치가 내게 말해 주었다. "모두 여자들이야. 네가 홍보한 포스터 덕분인 듯해."

"그거 반가운 소식이네요." 나는 기뻐하며 말했다. 그리고 홀로 걸어 들어가 새로운 회원을 찾아 둘러보았다. 하지만 그 새 회원들을 찾았을 때, 심장이 내려앉았다.

데스티니.

테일러.

그리고 보니타.

바로 이케니의 전사들이다.

"아... 그래서... 너희들이 여기는 어쩐 일이니?" 내가 물었다. 최대한 친근하게 들리게 하려고 노력했지만, 머릿속에서 위험을 알리는 경고음이 멈추지 않고 울렸다.

"네가 전단지 붙였잖아." 보니타가 말했다. "기억하지? 누구 말마따나 계속 거리를 서성거리기도 그렇고 말이야."

"잘됐네." 나는 내 말이 진심처럼 들리도록 최대한 노력했다. '하지만 왜 하필 그게 복싱이어야 하지? 힘을 쓰고 싶으면 옆 동네를 쓸어버리러 가도 되잖아.'라고 나는 생각했다.

"샤론 코치가 그러는데 너 지금 스파링 상대를 찾고 있다며?" 보니타가 말했다. "여기 있네. 네 스파링 상대." 보니타가 웃었고, 데스티니와 테일러가 마치 그녀의 똘마니처럼 따라 웃었다.

"먼저 훈련을 마쳐야 할 거야. 리키 코치는 절대로 곧바로 링 위에 세우지 않으셔." 내가 말했다.

"그거야 금방이지. 얼마 안 걸릴걸." 그렇게 말하곤 보니타는 나를 보며 허공에 몇 번의 펀치를 날렸다.

몸을 풀고 있을 때, 리키 코치가 지역 소식을 전해줬다.

"토너먼트 시합 잊지 마라. 관심 있는 사람은 누구나 내게 와서 이야기해라. 체급에 관해서 이야기해야 하니까."

"시합이 언제죠?" 보니타가 물었다.

"12월 10일이다." 리키 코치가 대답했다.

"여자들도 참여 가능한가요?"

리키 코치는 잠시 망설이더니 나를 향해 눈을 깜빡였다. "가능하지. 하지만 난 준비되지 않은 사람은 절대로 링 위에 세우지 않는다."

"저는 준비됩니다." 보니타가 말했다. 그리고 그녀가 나를 보고 윙크를 했을 때, 나는 침을 꿀꺽 삼켰다.

이케니의 전사들은 첫 번째 트레이닝을 나처럼 힘들어하지 않았다. 원래 운동을 하던 아이들이니까. 녀석들과 함께 조깅을 할 때, 내가 준비한다면 저 중에 상대할 수 있는 녀석은 누구일지 이리저리 머리를 굴려 보았다. 저 중에는 테일러가 가장 작다. 나보다 별로 크지 않다. 하지만 그녀는 빠르고 강하고 무엇보다 저 중에서 가장 몸이 다부지다.

데스티니는 나보다 몇 인치 크지만, 몸은 제일 물렁할 거다. 운동을 할 때 나머지 두 녀석처럼 자신을 몰아붙이지는 않는 것 같다. 꼭 붙어야 한다면, 그녀가 가장 덜 위협적이리라. 하지만 저 강하고 다부진 녀석들을 보는 것만으로 벌써 스파링이 썩 내키지 않는다. 속으로 리키 코치가 한 말을 되새겼다. '원하지 않는다면, 억지로 싸울 필요는 없다. 그저 체력 관리를 하기 위한 거라면, 그것도 좋다.' 억지로 싸울 필요는 없다. 그냥 운동만 하고 안전하게 플레이해도 괜찮을지도 모른다.

"열심히 제대로 해!" 우리가 스쿼트를 백만 번쯤 한 것 같았을 때, 리키 코치가 큰 소리로 말했다. "너희가 제대로 한 방 맞으면, 다리부터 무너지기 시작한다. 그래서 너희의 두 다리가 오크나무처럼 튼튼하게 버텨줘야 하는 거야!"

신입들이 유일하게 어려워한 것은 복근운동과 다리 들어 올리기였다. 하키와 네트볼에서는 이 정도 양으로 근육을 혹사시키지 않았기 때문일 거다. 우리는 등을 바닥에 눕히고 발을 공중에 6인치 높이로 들어 올리고 그 자세를 유지해야 했다. 이 훈련은 다들 힘들어해서, 여기저기서 쇳소리와 거친 숨소리가 들렸는데 마치 '토마스와 친구들'에 나오는 기관차들 같았다.

"아까 프링글스를 먹는 게 아니었는데." 제롬이 내뱉듯이 말했다.

"애인에게 뭐라고 뻥을 치는지는 모르겠지만, 댄, 그건 6인치가 아니다! 다리 더 들어!" 리키 코치가 소리쳤다. 보니타가 참지 못하고 크게 웃음을 터트렸다.

"리키 코치 농담 다 들으려면 아직 멀었다고 신입들에게 말해줘." 샤론 코치가 내게 말했다.

체육관을 떠나려 할 때, 보니타가 옆에 오더니 주먹으로 가볍게 어깨를 쳤다. "토요일에 보자. 꽃잎!"

"어... 그래." 가슴이 철렁하며 내가 물었다. "너 토요일도 나오니?"

"그럼. 당연하지." 보니타가 내게 윙크를 하고는 밖으로 나가자, 테일러와 데스티니가 그 뒤를 따라갔다.

100마일

"아빠! 빨리 와요." 언덕의 정상에서 내가 아빠에게 소리쳤다. 나는 기지개를 켜고는 아마 세상에서 가장 비싼 물통을 꺼내 물을 꿀꺽꿀꺽 들이켰다. 날은 더웠지만, 사우스 다운에서 불어오는 산들바람을 한껏 즐기고 있었다. 목표한 100마일 거리의 절반쯤 왔는데 기분이 아주 좋았다. 이곳은 중간에 쉬기로 미리 계획했던 곳이었다. 점프 힐의 정상인 이곳은 피크닉 장소로 유명했다. 여기에서는 아주 먼 곳까지 볼 수가 있었다.

아빠와 나는 서로 번갈아 가며 앞장서기로 했다. 새들처럼 앞에서 바람을 가르며 달리면 뒤에 따라오는 사람은 좀 수월하게 올 수 있었다. 부녀간에 별 대화는 없었다. 길에 닿는 타이어 소리, 바람 소리 그리고 생울타리 너머 들리는 자연의 소리가 말동무가 되어 주었다. 마지막 1마일을 앞두고 아빠의 표현을 빌리자면 '언덕'이 있다.

나는 그걸 '망할 큰 산맥'이라고 불렀지만 말이다. 그래서 내가 먼저 이곳에 도착할 거라고는 생각도 못 했다. 아빠가 반 마일이나 뒤처질 거라는 것을.

아빠가 거친 숨을 내쉬며 도착했다. 그는 페달에서 발을 빼 자전거에서 내려서는 나를 의아하게 쳐다봤다. "우리 딸이 언제 이렇게 체력이 좋아졌지?"

나는 내 허벅지를 치면서 말했다. "이게 다 순수한 근육이라고요. 그리고 아빠보다 제가 서른 살은 어린 것 잊었어요?"

아빠는 마실 것을 챙겨서 벤치에 앉았다. "복싱 때문이지. 그렇지?" 한숨 돌린 아빠가 물었다.

"그렇죠. 그리고 단백질 보충제 덕분이기도 하죠. 이제 몸무게도 60킬로그램은 나가요." 나는 육포 팩을 뜯어서 아빠에게 건넸다. 아빠는 머리를 흔들고 사이클 전용 저지 뒤쪽의 포켓에서 바나나를 꺼냈다.

"바나나로 어떻게 버텨요. 제대로 된 음식을 드세요. 여기 포크파이 좀 드셔보세요."

"엄마가 네 걱정을 많이 해."

"엄마가 하루라도 걱정 없던 적 있었나요." 내가 어깨를 으쓱했다. "엄마는 쇼핑카트가 위험하다고 내가 코스트코 가는 것도 걱정하는 사람이에요."

"개 사료 같은 것을 높게 쌓아 놓은 게 갑자기 무너지면 위험할 수도 있지." 아빠는 엄마 편을 들었다. "아무튼 엄마는 네가 결국엔 링에 서게 될 거라고 생각해. 요즘 도서관에서 복싱 관련 자료들을 찾아보는 것 같더라. 복싱 경기 중 사망할 확률 같은 거 말이야. 들어 보니 머리에 펀치를 자주 맞으면 정말 좋지 않은 것 같더라."

한숨이 나왔다. "세상에 안 좋은 게 한두 개인가요. 여름 내내 브라이튼에 처박혀서 친구들과 술판을 벌이는 것은 몸에 좋나요?"

"나를 설득해 봐야 무슨 소용이 있겠니. 엄마가 어제도 자료를 출력해 왔더라. 복싱 경기를 하다가 반신불수가 된 젊은 남자 이야기야. 그 남자는 평생 휠체어 신세를 져야 한다고 그러더라."

"알아요. 무슨 말 하시는 건지. 그런데 엄마는 정말..."

"과보호를 한다?" 아빠가 비교적 좋은 단어를 골라 주었다.

"짜증 나게 한다고요... 엄마가 그러는 이유는 다 베리티 언니가 엄마를 버리고 뉴질랜드로 가버려서잖아요. 하나 남은 딸까지 떠나 버릴까 봐 저렇게 안달하는 거라고요."

"그게 그렇게 단순하지 않다." 아빠가 말했다.

아빠는 잠시 말을 멈추고 풍경을 바라보았다. 산들바람이 아빠의 하얗게 센 머리를 가볍게 흔들었다. 아빠도 많이 지쳐 보였다. 아빠가 다시 말을 시작할 때까지 나는 말없이 기다렸다.

"너도 알 거야. 엄마와 내가 아이를 가지려고 무척 고생했다는 거."

"알아요. 언니 태어나기 전에 유산도 몇 번 했었다고요."

"베리티가 태어나기 전에는 사실... 유산이 아니었다. 너에게도 오빠가 있었어. 단 하루였지만." 부드럽던 바람이 조금 거세졌다. 하늘의 구름도 이 바람에 마지못해 자리를 내주었다. 나는 놀라서 움직일 수 없었다. 머릿속으로 내가 들은 말을 곱씹으며 이해하려고 노력했다. 왜 이런 중요한 이야기를 내게 한 번도 말해주지 않았던 걸까?

"엄마가 너에게 비밀로 하고 싶어 했어." 아빠가 마치 내 마음을 훔쳐본 듯 말했다. "하지만 너도 이제는 알아야 할 것 같아서."

"언니도 알고 있었어요?" 내가 물었다.

"그래." 아빠는 깊은숨을 내쉬었다. "말다툼 중에 갑자기 그 이야기가 튀어나왔다. 아주 안 좋은 타이밍에."

"이름이 있었어요? 오빠..."

"벤이야. 우리도 알았어. 오래 버티지 못할 거라는 거. 그래서 우리는 마음의 준비를 단단히 했었다. 그 녀석은 심장이 아팠어. 가엾은 아이." 아빠의 눈물이 턱을 타고 흘러내렸다. 나는 어떻게 해야 할지 몰랐다. 팔로 어색하게 아빠를 감쌌다. 하지만 그것으론 부족하다는 것을 알았다. "그 녀석 정말 끈질기게 끝까지 싸웠어. 그렇게 꼬박 하루를 버텼지. 의사들의 예상보다 훨씬 오랫동안. 마치 너처럼 고집이 셌어."

"제가 고집이 세요?"

"그래, 뭔가에 꽂히면. 어쨌든 그래서 네 엄마가 그런 거야. 원래도 조금 그런 성향이 있었지만, 벤이 그렇게 떠난 이후엔 아주 심해졌어. 그러니까 네가 좀 엄마를 이해해 줘라. 그래 줄 수 있지?"

목소리가 제대로 나올지 알 수 없어서 나는 말없이 고개를 끄덕였다. 옛날에 있었던 나의 오빠에 대해 생각했다. 꽤 오랜 시간 거기 그렇게 아빠와 나는 말없이 앉아 있었다. 차가 몇 대 지나갔는데, 모두 우리를 의아하게 바라봤다. 라이크라를 입은 한 소녀가 아빠를 안고 있는 모습을. 아빠와 딸은 미동도 하지 않았다.

한참이 지난 뒤에야, 내가 마침내 입을 열었다.

"오빠가 끈질기게 싸웠죠?" 내가 물었다.

"그래, 그랬어. 그 아이." 아빠가 말했다.

"복싱을 했다면 분명히 좋은 선수가 되었을 거예요."

"그래. 분명히 그랬을 거야." 아빠가 고개를 끄덕였다.

제 **3**장

카운트다운

나비처럼 날아서

데스티니가 잽을 날렸다.

막았다.

데스티니가 또 잽을 날렸다.

또 막았다.

한동안 같은 일이 반복되었다. 오늘이 바로 시합이 있는 날이라는 것을 알고는 링에 오르기 전까지 마음이 진정되지 않았다. 나에게 적합한 첫 스파링 상대. 리키 코치는 공격은 신경 쓰지 말고, 가드를 항상 올리고 있으라고 수도 없이 말했다.

데스티니가 오른손으로 잽을 날렸다.

나는 또 막았다.

"잘하고 있어. 플레르!" 리키 코치가 소리쳤다. "가드 내리면 안돼!"

"데스티니, 한 방 날려!" 조 코치가 꽥 소리를 질렀다. 조 코치는 데스티니의 세컨드를 봤다. 리키 코치는 나의 세컨드를 봐줬다.

이번엔 데스티니의 왼손이 날아왔다.

나는 또 막았다.

"좋았어. 그렇게 하는 거야!" 리키 코치가 말했다.

데스티니가 세 번의 잽을 날렸고, 나는 세 번 막았다. 그렇게 나쁘지 않다. 내가 이렇게 바른 위치에 가드를 올리는 한, 데스티니도 별도리가 없어 보였다.

데스티니가 뒤로 한 발 물러서며, 가드를 내렸다. "너도 한번 쳐보고 싶지 않아?"

"뭐?"

"우린 지금 스파링하고 있는 거야. 너 잽 한 번 날린 적 없거든."

"리키 코치가 나는 막는 데 집중하라고 했어."

"자. 그냥 한 번 쳐봐!" 그녀가 눈을 굴리며 말했다.

나는 앞으로 스텝을 밟으며 오른팔을 크게 휘둘렀다.

"가드!!!" 리키 코치가 소리쳤다. 하지만 너무 늦었다. 데스티니는 뒤로 살짝 물러나며, 내 펀치를 가볍게 피하고 나서 오른손으로 내 머리를 강타했다. 내가 가드를 또 내린 것이다. 매번 오른손을 쓸 때마다 가드가 자동으로 내려갔다. 매번!!

"괜찮아?" 리키 코치가 물었다. 고개를 끄덕였다.

머리가 빙빙 돌았다. 뒤로 물러서며 최대한 데스티니로부터 거리를 두려고 했다. 그녀는 나를 따라오며 모처럼의 기회를 놓치지 않으려고 했다. 잽이 날아왔다. 막았다. 또다시 잽이 들어왔다. 이번에도 막았다.

그녀가 힘껏 크게 한 방 날렸다.

나는 막아냈다.

"플레르!" 스파링이 끝나고 리키 코치가 오라는 손짓을 했다. 그래, 분명 중간에 가드를 내린 것에 대해 한 마디 할 테지.

"어떻게 생각해?"

"뭘 어떻게 생각해요?"

"토너먼트 말이야."

"아직 준비가 안 되었다고 생각하느냐고요?"

리키 코치는 어깨를 으쓱하며 말했다. "보니타하고는 아직 어림없어. 하지만 데스티니라면 어쩌면 해볼 만할 것 같은데?"

나는 미심쩍어하며 이마를 찡그렸다.

"잘 들어, 플레르. 나한테 가장 중요한 것은 내 선수들이 절대 다치지 않는 거다. 나는 절대로 내 선수가 대등하지 않은 상대와 시합을 하게 두지는 않는다. 체급이 다른데 시합을 붙일 수는 없어. 잊지마. 주먹은 올릴 수도 있고, 밖으로 뻗을 수도 있다! 하지만 절대로 내려선 안 돼!"

"제가 준비가 된 거 같아요? 아직 데스티니에게 손끝 한 번 못 대었는데요."

"나는 네 주먹이 데스티니에게 닿는 것을 원하는 게 아니야. 나는

네가 가드를 올리기를 원한다. 나는 네가 스스로를 지킬 수 있기를
원해. 그것뿐이다."

"펀치를 날리지 않는 선수와의 복싱 시합이 무슨 의미가 있어
요?"

"이건 시범 경기야. 3라운드 경기 세 번. 나는 더 많은 젊은 여성
들이 복싱을 하도록 자극하고 싶은 거야."

"뭐라고요? 코치님 생각이 바뀌셨네요?" 내가 말했다.

"누구라도 진정 복싱을 원한다면 나는 훈련시킬 마음이 있었다.
너를 만나기 전까지 그런 집념을 가진 여자를 만나보지 못한 것뿐이
다." 그가 어깨를 올리며 말했다.

나는 어떻게 말을 해야 할 지 알 수 없었다. 리키 코치가 이어서
말했다. "그날은 신문사에서도 취재하러 올 거야. 나는 그날 관중들
이 와서 보고 여성 복싱이 얼마나 좋은 스포츠인지를 알았으면 좋겠
다. 그리고 위험한 스포츠가 아니라는 것도 말이다."

"알았어요. 그래서 내가 나갔으면 하는 거네요. 내가 관중 앞에서
상대방을 다운시킬 일은 없을 테니까요?"

"뭐, 일단은 그렇다. 한 번 생각해 보렴. 알았지?"

그가 자리를 뜨자 나는 타릭을 찾으러 다녔다. 보니타가 타릭 옆
에 딱 붙어 복싱 기술에 관해 묻고 있었다. 잠시 서성거리며 기다렸
지만 결국 포기하고 글래드웰 단지를 우회해 혼자 집으로 갔다.

강편치

9월의 마지막 주말, 우리는 배틀에 가지 않기로 했다. 대신 블러썸과 핍을 집으로 초대해 일요일 점심을 함께 먹었다. 요즘 우울한 엄마의 기분을 달래고 싶어서였는데, 조지가 없어서 분위기가 가라앉을까 걱정이 되었다. 조지의 역할을 핍이 해줄 수 있을 거로 생각했는데, 나의 오판이었다. 핍은 이런 상황에서 완전히 얼어버린다는 것을 깜빡했다. 심지어 녀석은 우리 개 이안 빌조차 무서워했다. 이미 수백 번을 봤음에도.

"얘, 무니?" 핍이 긴장하며 물었다.

"절대 안 물어. 하지만 뭔가에 옮을 수는 있어." 이안은 깔때기를 목에 뒤집어쓰고, 낮게 신음을 내면서 자신의 바스켓에 누워 있었다. 수의사가 주사를 놓기 위해 한쪽 다리털을 밀어버렸다.

"뭘 해도 좋은데 이안은 밖에 나가게 하면 안 된다." 엄마가 으깬 감자를 담은 그릇을 가져오며 말했다. 핍은 우리 부모님과 함께 식사를 한 것도 여러 번인데, 아직도 부모님을 똑바로 못 쳐다본다. 그저 접시에 코를 박고 음식을 먹거나, 그 긴 팔로 식탁에 있는 것을 넘어트리면 오버해서 사과하기 바빴다. 게다가 모든 음식을 티스푼으로 먹었는데, 녀석이 별나다는 것을 고려해도 정말 별난 일이었다.

오늘의 쓸데없는 토론은 대명사 '그들'을 두고 벌어졌다. 즉 성별이 불확실한 사람을 지칭할 때 그들이라는 표현을 쓰는 것이 옳은 것인가 하는 점이었다. 엄마는 반대였다. 엄마는 변화를 싫어하는 사람이니까. 변화론자인 블러썸은 찬성하는 입장이었다. 나는 얼른 주방으로 피신했다.

"나무 스푼을 식기세척기에 넣어도 된다고 생각해?" 나는 핍에게 망설이며 물었다.

"되지. 아니다. 잘 모르겠다. 지금 누굴 편드는 건데? 엄마? 아니면 아빠?" 핍이 대답했다.

나는 반군 편에 서기로 했다. 나무 스푼을 식기세척기에 넣어 버렸다.

"복싱은 잘 되어가?" 핍이 물었다.

"괜찮아. 보니타만 빼면!" 내가 앙칼지게 말했다. "복싱은 내 거였다고. 너도 알지? 내가 찾은 탈출구. 내가 보니타보다 잘하는 유일한 거였단 말이야."

"넌 경쟁하는 걸 싫어하는 줄 알았는데." 핍이 말했다.

"싫어. 그냥 걔가 나보다 더 잘하지 않기를 바라는 거야." 내가 말했다. 나는 고추 모양의 포크를 한 움큼 집어서 식기세척기 안에 넣었다.

"걔랑 한 판 붙으면 안 돼? 너 오른쪽 훕이 꽤 괜찮다며?"

"훕이 아니야. 훅! 라이트 훅!"

"그래, 뭐 그거. 그런데 뭐가 문제야? 너는 강간범도 한 방에 보냈는데."

"그건 달라. 보니타가 나보다 키도 크고 체중도 더 많이 나가. 당연히 나보다 주먹을 더 멀리 뻗고 더 강하게 때릴 수 있을 거야. 우리는 체급이 달라."

"그녀가 너에게 키스하지는 않을 거다. 록키. 그녀는 너를 죽일 거다." 핍이 말했다. 내가 들어 본 최악의 성대모사였다.

"그래, 네 말이 맞아. 싸우고 싶더라도 체중을 늘려야 해. 체급을 맞춰야 하니까."

"그럼 체중을 늘리면 되잖아." 그가 어깨를 으쓱하며 말했다. 나는 핍을 쳐다봤다. 녀석은 그릇에 남은 것들을 쓰레기통에 버리고 있었다. 어떤 사람들은 문제를 항상 복잡하게 생각해서 탈이다. 핍은 정반대다. 녀석에겐 모든 것이 간단하다.

"디저트 담았던 그릇은 위에다 넣어야 해? 아니면 아래야?" 그가 물었다.

"상관없어. 그냥 아무 곳에나 넣어놔. 어차피 50 대 50인데."

"열넷, 열다섯, 열여섯." 나는 팔굽혀펴기를 하면서 숨을 내쉬었다. 아침 운동으로 매일 5킬로미터씩 뛰었다. 대략 절반쯤 지나면 보스포드 공원을 통과한다. 이곳 오리 호수 위를 가르는 다리에 도달하면 나는 항상 멈춰서 팔굽혀펴기, 스쿼트 그리고 버피 등을 섞어서 한다. 내가 팔굽혀펴기 스무 개를 마쳤을 때 내 앞에 녹색 트레이닝복을 입은 두 다리가 나타났다.

햇살에 눈을 가늘게 뜨고 올려다보니 거기 능글맞게 웃고 있는 보니타가 보였다. 그녀가 손을 내밀었다. 내가 잠시 망설이다가 손을 잡자 그녀가 나를 당겨서 일으켜 주었다. 그녀도 라이크라를 입고 있었다. 그녀는 녹색, 나는 핑크색이다.

"이번 토너먼트에 참가하려고?" 그녀가 물었다. 나는 고개를 저었다.

"나는 그냥 좋아서 하는 거지, 파이터가 아니야." 나는 밝은 미소를 지으며 말했다.

"아, 그러시구나. 그게 네가 복싱을 하는 이유라는 거구나. 너도 알지? 네 말이 얼마나 앞뒤가 안 맞는지?"

"나는 그냥 체력 관리로 하는 거야." 내가 말했다.

"리키 코치가 하는 말 들었어. 네가 준비되었다고 하던데." 그녀가 말했다.

"그래. 나도 그렇게 생각해. 여전히 토너먼트에 출전할 생각은 없지만. 그런데 네가 왜 내 출전에 그렇게 관심을 가지는데?"

"왜 너는 관심을 안 가지는데? 도대체 너는 정체가 뭔데?" 그녀가 손가락으로 나를 가리키며 말했다. 나는 얼굴이 달아오르는 것을 느꼈다. 나는 그녀가 고의로 나를 자극하고 있다는 것을 알았다. 나는 잘 대꾸할 말을 생각해내려 했다.

"네가 강하고 빠르고 스포츠를 잘하는 것이 네가 나보다 더 나은 사람이라는 뜻은 아니야. 우리가 공주가 되어야 할 필요가 없듯이 스포츠 우먼이 되어야 할 필요도 없어. 내가 누구인지는 네가 아니라 내가 결정하는 거야."

"그래? 그래서 너는 누군데? 너는 도대체 누구냐고?" 그녀가 물었다.

가야 할 시간이다.

"또 보자. 보니타." 내가 말했다. 그녀와의 대치에서 벗어나면서 천천히 조깅을 했다. 하지만 보니타의 질문이 자꾸 머릿속에서 맴돌았다.

나는 답을 알고 있는가? 전혀 확신이 서지 않았다.

신문 1면에 실릴 소식

코끝에서 땀이 떨어졌다. 오늘 훈련 강도는 높았다. 하지만 아직 워밍업도 끝나지 않았다.

"오늘은 새로운 훈련을 보여주겠다." 리키 코치가 말했다.

그는 메디신 볼을 조심스럽게 바닥에 내려놓고 신음을 내며 몸을 숙였다. 확실히 코치의 등이 좋지 않은 것 같다. 하지만 일단 자세를 잡자 제대로 시범을 보였다. 메디신 볼에 발을 올려놓은 채 재빨리 팔굽혀펴기 10개를 했다. 몸을 굽힐 때마다 한 발을 번갈아 옆으로 뻗은 채 무릎까지 당겼다. "이게 바로 스파이더맨 팔굽혀펴기다. 다들 어떻게 하는지 잘 봤지?" 지쳐서 바닥에 누워 있는 우리에게 리키 코치가 물었다. 모두 고개를 끄덕이자, 리키 코치는 또 한 번 신음을 내며 자리에서 일어섰다.

"전 잘 못 봤는데요. 시범 한 번 더 보여주세요." 내가 말했다.

리키 코치가 한숨을 쉬며 다시 몸을 숙여 바닥에서 자세를 취했다. "농담이었어요. 코치님." 내가 말하자, 모두 빵 터졌다. 코치님만 빼고.

"농담할 여유가 있는 것 보니까. 훈련 3세트를 추가로 할 여유도 있겠군. 실시!" 모두 빵 터졌다. 나만 빼고. 그 이후 데스티니와 함께 샌드백 훈련을 하고 있을 때, 손가방을 든 남자가 들어와서 신기한 듯 주위를 둘러보았다. 리키 코치가 그에게 달려가서 악수를 하고 테이블로 안내했다. 남자가 가방에서 수첩을 꺼냈다.

"저 사람 누구예요?" 나는 지나가는 샤론 코치에게 물었다.

"신문사에서 나온 사람이야. 복싱 클럽에 관한 이야기랑 토너먼트에 대해서 기사에 실을 모양이야." 샤론 코치가 대답해주는 그때, 리키 코치가 몸을 돌려 손으로 나와 데스티니 그리고 반대편에 있는 보니타와 테일러를 가리켰다. 기자는 머리를 끄덕이며 수첩에 뭔가를 끼적였다.

훈련이 모두 끝나고 나는 타릭을 찾았다. 그가 나와 함께 우회 도로까지 같이 가줄까 싶어서였다. 탈의실에서 그를 찾았지만 보니타와 테일러가 함께 있었다. 타릭이 하는 말에 그녀들이 웃었다. 타릭과 눈이 마주쳤다. 나는 손을 흔들어 인사를 하고 돌아섰다. 나는 신경 쓰지 않으려고 노력했다. 타릭이 보니타와 친구가 못 될 것도 없으니까. 그리고 그걸 가지고 타릭에게 뭐라 할 수도 없는 노릇이다. 하지만 다시 한번 보니타가 내 인생에 끼어들어 나를 옆으로 밀쳐버린 기분이 들었다.

100야드쯤 길을 따라왔을 때 누군가 뒤에서 급하게 달려오는 소리가 들렸다. 내 심장도 뛰기 시작했다. 재빨리 뒤를 돌아보니 타릭이 거기 있었다.

"이봐! 왜 안 기다렸어?" 그가 내 옆에서 같이 걸으며 물었다.

"미안. 많이 바빠 보여서 그냥…"

"아. 보니타와 이야기하고 있었어. 재밌는 친구던데." 타릭이 말했다.

내 얼굴이 굳어졌다. 티를 안 내려고 했는데 들켜 버렸다.

"보니타를 안 좋아하니?"

"잘 모르겠어. 내 생각에 나하고 보니타는… 같은 부류의 사람이 아니잖아. 보니타는 파이터잖아. 나는 아니고."

"넌 파이터야." 그가 말했다.

순간 몸이 굳어 걸음을 멈췄다. 타릭은 두어 걸음 앞으로 더 걷더니 뒤를 돌아 나를 보았다. 나를 바라보는 그의 검고 깊은 눈엔 호기심이 있었다. "내가 파이터라고 생각해?" 내가 물었다.

"당연하지. 너는 매주 계속 이곳으로 오잖아. 자신을 늘 몰아붙이면서 항상 더 나아지고 싶어 하지. 너는 남의 조언을 들을 줄도 알고 스스로 생각할 줄도 알아. 리키 코치가 복싱 클럽에서 쫓아냈는데도, 그냥 받아들이지 않고 물러서지 않을 얼굴을 하고 다시 왔잖아."

"하지만 난 실제로 한 번도 누군가와 싸워본 적도 없는데." 내가 반박했다.

"누가 그래? 파이터가 다른 사람하고 싸워야 한다고?" 타릭이 말했다. 그가 손으로 자신의 머리를 가리켰다. "진짜 강한 적은 여기에 있어."

집에 돌아왔을 때 나를 기다리고 있는 것은 시험 결과였다. 내가 어서 와서 봉투를 뜯고 시험 결과를 확인했으면 했는지, 엄마는 마치 플라이급 복싱 선수처럼 이리저리 움직이고 있었다.

"이번 시험은 안 중요해요." 나는 봉투에서 성적표를 꺼내며 말했다. "진짜 중요한 것은 내년 시험 결과예요." 말은 그렇게 했지만 그리 쉽게 장담할 수는 없는 말이다. 속이 울렁거렸다. 만약 이번 시험을 죽 쒔다면... 어떻게 하지? 마지막 한 해에 그걸 만회하기는 결코 쉽지 않은 일이다.

나는 성적표를 보았다. 찬찬히 내용을 살폈다. 침이 꿀꺽 넘어갔다.

"어떠니?" 엄마의 목소리가 떨렸다. "어떠냐고?"

"이건 말도 안 돼." 내가 말했다.

"아이고! 하느님." 엄마가 의자에 털썩 주저앉았다. "망쳤구나. 그렇지? 내가 그럴 줄 알았다. 복싱에만 정신이 팔려 있으니..."

"아니야, 엄마. 내가 해냈어! A가 네 개나 돼요."

깜짝 놀란 엄마가 내 손에서 성적표를 낚아채 직접 읽었다. 나는 스텝을 밟으며 엄마를 향해 섀도복싱을 해보였다. 엄마가 나를 올려다보며 얼굴 한가득 미소를 지었다. 엄마는 벌떡 일어나 나를 와락 끌어안았다. 나를 감싼 엄마의 두 손에서 힘이 느껴졌다.

275

"플레르! 정말 다행이다. 다행이야. 네가 운동만 하고 거기에만 열중해 있는 것 같아서 내가 얼마나 걱정을 했다고."

"나도 알아요. 엄마가 걱정하신 거." 나도 엄마를 안았다. "하지만 엄마 그런 말이 있잖아요?"

"무슨 말?"

"건강한 육체에 건강한 정신이 깃든다."

학교와 육포

"제군들, 우리는 시간이 없다." 리키 코치가 소리쳤다. "이제 10주밖에 안 남았는데 너희에게서 아직 군살과 지방이 보인다. 너무 많은 휴식이 보인다. 나는 너희들이 경주마처럼 매끈하기를 원한다. 알아들었나?"

몇 명이 중얼거리듯 대답했다.

"알아들었나?" 리키 코치가 귀청이 떨어지게 소리쳤다.

"네. 코치님!" 우리가 우렁차게 대답했다.

마치 한 편의 연극 같다. 그래도 한 팀에 소속되어 있다는 이 느낌이 좋다. 군대의 한 일원처럼.

"오늘 다섯 번의 스파링이 있다. 남자 네 쌍, 여자 한 쌍."

"왜 여자는 한 쌍만 스파링을 하나요? 여자 회원은 네 명인데요." 제롬이 물었다.

"우리 클럽에 세 명의 여자만이 싸울 준비가 되었다." 리키 코치가 말했다. "기억해라, 누구도 원치 않는 싸움을 할 필요는 없다. 절대 압박감을 주지 않는다." 하지만 보니타, 데스티니, 테일러가 뒤를 돌아 눈살을 찌푸리며 나를 쳐다보았다. 어떻게 압박감을 느끼지 않을 도리가 없다. 그들이 실망했다는 것은 알 수 있었다. "자, 12월에 시합에 나갈 사람들은 모두 링으로 와라!" 리키 코치가 말했다.

사람들이 움직이기 시작했다. 나는 그 자리에 있었다.

"나머지는 줄넘기를 집어라." 리키 코치가 말했다.

"참석률은 좀 어때요?" 훈련을 끝내고 샤론 코치에게 물었다. 보니타, 데스티니, 테일러가 아직 링 위에 있는 것이 보였다. 그들은 타릭 주위에 모여 웃으며 잡담을 나누었다.

"별로야." 샤론 코치가 한숨을 쉬었다. "토요일과 수요일은 사람이 꽤 많아. 몇몇은 돈을 안 내지만. 문제는 목요일이야. 지난번은 세 명이 전부였어."

"여성부 저녁 시간이요?" 나는 놀라며 물었다. "지금 복싱이 여자들 사이에서도 인기라고 알고 있는데요. 아니었어요?"

"그렇지. 그래도 복싱은 여전히 남자들의 스포츠고. 여기 있는 여자들은 다 주변에서 오는데, 그건 그것대로 좋은 일이지만 리키 코치는 내심 다른 곳에서도 좀 더 많은 여자들이 왔으면 하는 것 같더라. 이스트 보스포드 같은 곳. 그곳 여자들은 시간도 많고, 몸을 만들고 싶어도 하니까."

278

리키 코치가 이쯤 해서 논의에 가담했다.

"멋진 젊은 엄마들을 말씀하시는 거죠? 대부분 비싼 헬스클럽에 있을걸요." 내가 말했다.

"문제는 아직도 많은 여자가 복싱은 위험한 스포츠라고 생각하는 데 있다. 그러니까 해 볼 엄두가 안 나는 거지. 처음부터." 리키 코치가 말했다.

"제가 더 많은 전단지를 붙여 볼까요?" 내가 물었다. 또 메니니스트들을 만나지 않을까 하는 걱정이 약간 들었다.

"그거 좋은 생각이네. 그리고 홈페이지에 여자들 사진도 좀 더 올리면 좋을 것 같아. 토너먼트 부분에." 샤론 코치가 말했다.

"와! 그거 괜찮네요." 내가 말했다.

"그래서 하는 말인데, 네 사진 좀 찍어도 되겠니?"

"저요? 저는 토너먼트에 참가도 안 하는데요. 그리고 성공 모델도 아니고요."

"무슨 소리. 너는 정말 열심히 했고 잘 따라왔어. 처음 왔을 때를 생각해 봐. 펀치는 고사하고 주먹도 제대로 못 들었잖아. 지금은 진짜 복싱 선수가 다 됐지. 너는 훌륭한 성공모델이다. 플레르!" 리키 코치가 말했다.

"고마워요." 얼굴이 붉어졌다. 리키 코치로부터 칭찬을 들으면 늘 말도 안 되게 기분이 좋아진다.

"그럼 사진 찍는 거다?" 샤론 코치가 내가 못 벗어나게 끈질기게 말했다. "타릭은 이미 허락을 했는데, 여자도 한 명 있으면 좋을 것 같아서."

타릭이 하기로 했다고? "뭐. 체육관에 도움이 될 수만 있다면 야…"

"그리고 혹시 토너먼트에 나가고 싶다면, 넌 이미 준비가 되어 있다. 그럼 여자 경기도 두 팀이 할 수 있게 되는 거야." 리키 코치가 덧붙였다.

대답을 하기 전에 잠시 생각을 했다. 리키 코치와 샤론 코치 모두 진지하게 더 많은 여성에게 복싱 클럽을 알리고 싶어 한다. 블러썸이 이 사실을 알면 뭐라고 할까? 가부장적인 사고라고 반대를 하면서도, 아마 나에게 하라고 하겠지. 여성들의 동지애를 위해서라도. 엄마는 기절할지도 모르겠다. 아빠는 이 사안에는 두 가지 측면이 있을 수 있다고 하겠지. 핍은 내 마음이 시키는 대로 따르라고 할 테고. 내 마음이 어떤지는 나도 잘 모르겠다. 솔직히 두렵다.

"한 번 생각해 볼게요." 나는 진심으로 말했다.

화난 표정

토요일이다. 사론 코치가 사진 촬영을 해야 하니 체육관에 일찍 오라는 문자를 보냈다.

언제?

뭐? 지금?

나는 서둘러 욕실로 직행해 되는대로 화장을 마치고 가장 좋아하는 라이크라를 입었다. 사진촬영이 걱정된다. 사진에 내 모습이 못생기게 나올까 봐 그런 것이 아니다. 그거야 기정사실이고, 내가 걱정하는 것은 혹시 엄마가 사진을 보게 될까 봐다. 내가 복싱 토너먼트를 홍보하는 모델이 된 사진을 보면, 내가 링 위에 서지 않는다는 것을 믿지 않을 거다. 절대로. 엄마가 인터넷을 하지 않아서 정말 다행이다.

자전거를 이용했다. 빨리 가려고 그런 것이 아니라, 달렸을 때보다 땀을 덜 흘릴 것 같아서다. 체육관까지 가는 길은 주로 내리막이라 페달을 많이 밟을 필요가 없었다. 도착했을 때는 사진사가 이미 와 있었다. 그리고 타릭도. 헐렁한 상의를 입었는데 사다리꼴 근육이 두드러져 보였다. 웨이트를 하면서 근육의 라틴명에 익숙해졌다. '트라페조이달(사다리꼴)' 같은 단어는 마음을 흔들리게 한다. 그리고 '바이셉(이두박근)'도. '글루티우스 막시무스(대둔근)'는 그렇게 설레는 이름은 아니다.

잠시 후 나는 내가 가슴보호대를 입지 않았다는 것을 깨달았다. 그래서 평소보다 가슴이 좀 더 도드라졌다. 사진사는 표준적인 샷을 먼저 찍었다. 머리, 어깨. 카메라를 향해 웃기도 하고, 노려보기도 했다. 사진사가 이번에는 타릭과 마주 보고 못된 표정으로 서로 바라보라고 요구했다. 나는 웃음을 참지 못해 킥킥거렸다. 나는 조금 긴장했고, 타릭은 아무리 해도 못된 표정을 만들지 못했다. 얼굴에 천성적으로 착하다고 쓰여 있다. 타릭은 입을 벌려 크게 웃지는 않지만, 그의 눈은 항상 빛나고 따뜻했다.

"이번엔 화난 표정으로!" 사진사가 말했다. 타릭은 눈을 가늘게 뜨고 턱을 내 쪽으로 내밀었다.

"화장실 가고 싶은 표정 같다." 내가 웃으며 말했다.

"화장실 가고 싶어. 아침 내내 스포츠 음료를 마셨거든."

"조금씩 싸서 말려." 내가 말했다.

"그르르." 그가 소리를 내더니 갑자기 웃음을 터트렸다. 사진사는 천장을 올려다보고는 한숨을 쉬었다.

그날 밤 치코스에서 블러썸과 핍을 만났다. 둘은 배틀에서 왔는데, 핍은 잔뜩 풀이 죽었다.

"핍이 또 튀었어." 블러썸이 말했다.

"숲으로?"

"숲으로!"

"노르만을 하면 모든 것이 달라질 거로 생각했었어. 갑옷도 투구도 검도 달라졌는데... 무서운 것은 똑같더라." 핍이 말했다.

"핍 힘내. 칩이라도 좀 먹을래? 너무 많이는 말고!" 내가 말했다.

"그냥 다 그만두고 싶나 봐." 블러썸이 말했다.

"나는 색슨은 아닌 것 같아. 노르만도 아니고." 핍은 기가 죽었다.

"아니면 둘 다인지도 모르지." 블러썸이 말했다.

"전투만 그런 거야? 아니면 모두 다? 옷 입는 것도?" 내가 물었다.

"의상을 입는 것은 너무 좋아. 그런데 언덕을 향해 올라갈 때, 무서운 표정을 한 색슨이 위에서 내려다보는데... 방패가 너무 강하고 튼튼해 보였어. 갑자기 겁이 확 나더라. 저걸 어떻게 뚫지? 내가 저걸 한다고? 바로 그때 누가 나한테 뭘 휘두른 거야. 갑자기 정신이 멍해지더니 어느새 내가 나무를 꽉 잡고 있더라고."

"어쩌니, 핍." 내가 말했다.

"이제 재연하는 데서도 쫓겨나게 생겼어." 핍이 슬프게 말하곤 콜

283

라를 꿀꺽 들이켰다. "기념품 가게에 자리가 있으려나."

"하지만 메인이벤트가 얼마 안 남았잖아. 실제 기념일에 벌어지는 전투 말이야. 10월 13일!" 내가 말했다.

"10월 14일이야!" 블러썸이 바로 잡았다. "13일은 세계 혈전증의 날이고."

"어느 날이건 둘 다 놓칠 수 없는 날이잖아."

치고받기

    그 주 수요일에 우리는 많은 펀칭 연습을 했다. 리키 코치가 패드를 높이 올리고 있어서 나는 위로 팔을 쭉 뻗을 수밖에 없었다.

    "왜 그렇게 높이 올려요?" 내가 물었다.

    "항상 펀치를 위로 올려쳐라. 어깨 근육을 키우는 데 그만이다. 체력단련에도 좋고. 그리고 경기에선 상대방의 머리를 노려야 해. 거긴 보통 네 어깨보다 위에 있다. 너보다 키 큰 상대를 만났을 때를 대비하는 거다."

    "만약 상대방이 저보다 작으면요?" 내가 물었다.

    "그럴 때는 팔을 앞으로 뻗어라. 펀치는 위로 올리거나 앞으로 뻗어야 하는 거야. 절대로 내려치는 법은 없어."

    "인생의 법칙 같네요." 내가 말했다.

    "그래. 인생도 그렇지." 리키 코치가 동의했다. 내가 링 밖으로 나갈 때 스테레오에서 노래가 흘러나오기 시작했다. 복싱 클럽에 있는 동안 이미 지겹도록 들은 레드 제플린의 〈블랙 독〉이었다. 아마 지금까지 들은 곡 중 가장 끔찍한 곡이 아닐까. 나는 이 곡이 줄넘기만큼이나 싫었다. 그리고 나는 줄넘기가 너무너무 싫다.

로키 코치가 제롬과 트레이닝을 위한 준비를 할 때, 나는 로프에 기대 몸을 뒤로 젖히며 말했다. "코치님. 제가 다른 걸로 골라 봐도 돼요?"

"어?"

"음악 말이에요. 저 끔찍한 음악 때문에 미치겠어요. 정 안되면 라디오 1이나 2도 좋으니까 저 망할 레드 제플린만 틀지 말아 주세요."

그가 나를 쏘아보았다. "아무도 내 선정 곡에는 손 못 댄다. 과학적으로 최고의 능력을 뽑아내게 기획한 거야." 그가 으르렁거리며 말했다.

"과학적으로 차라리 혀 깨물고 죽고 싶은 마음이 드는데요."

"바로 그 분노를 이용해 봐." 그는 그렇게 조언하고는 가버렸다.

훈련을 끝내고 타릭을 찾아서 탕비실로 들어갔다. 타릭은 보이지 않고 보니타와 데스티니만 있었다. 내가 들어가자 그들이 돌아보았다.

"신문 봤어?" 보니타가 물었다.

"무슨 신문?"

"바로 이거." 보니타가 〈보스포드 가제트〉를 보여주더니, 5페이지를 펼쳤다. 거기에 커다란 사진이 있었는데, 바로 나였다. 글러브를 올리고 미소를 짓고 있었는데, 금방이라도 웃음을 터트릴 것 같았다. 타릭의 모습은 보이지 않았다. 그 밑에 복싱 클럽과 토너먼트에 관한 기사가 실려 있었다.

"이게 말이 되니? 토너먼트에 관한 기사를 쓰면서 토너먼트에 출전하지 않는 사람의 사진을 대표로 실었다는 게." 보니타가 말했다. "아, 아니지, 아니야. 말이 되지. 너는 금발이니까."

"이 기사는 토너먼트에 관한 기사만이 아니야. 복싱 클럽에 관한 거야. 그리고 우리는 한 명이라도 더 많은 여자 회원을 늘리려고 노력하는 것이고." 내가 말했다.

"나는 여자가 아니야? 나도 복싱 클럽의 회원이야. 그리고 토너먼트에 출전하는 것도 바로 나. 하지만 아무도 나보고 사진 찍자고는 안 하던데?" 그러곤 그녀는 나가 버렸다.

나는 잠시 사진을 쳐다보며 멍하니 서 있었다. 신문을 테이블 위에 내던지고, 보니타를 쫓아 나갔다. 홀 밖에서 그녀를 따라잡았다.

"야, 잠깐만." 내가 그녀를 불렀다. 보니타가 걸음을 멈추고 뒤를 돌아 나를 매섭게 쏘아보았다.

"나는 정말 몰랐어. 타릭과 나만 사진을 찍을지는 몰랐어. 우리 모두 다 찍는 줄 알았다고." 내가 말했다.

"아, 그러셔." 그녀가 다시 뒤를 돌아 걷기 시작했다. 나도 빠른 걸음으로 그녀를 따라갔다.

"잠깐 멈출래?"

그녀가 다시 뒤를 돌아보았다.

"미안해. 정말이야. 마땅히 너의 사진이 실렸어야 했어. 나는 그냥 운동하고 체력 관리하는 것뿐이니까. 나는 그저 복싱 클럽을 돕고 싶었을 뿐이야. 너하고 싸우고 싶지 않아."

그녀가 잠시 나를 뚫어지게 살펴보더니, 조금은 누그러진 듯 고개를 끄덕였다. "그래. 신경 쓰지 마. 나도 알아. 내가 크고 못생긴 거." 그녀가 말했다.

"너 못생기지 않았어." 내가 말했다.

"아니, 못생겼어. 아무튼, 고마워. 그럼 토요일에 보자."

나는 고개를 끄덕였다. "그래, 토요일에 봐."

집으로 조깅하며 돌아오는 길에 속이 울렁거렸다. 아무래도 내 사진이 웹사이트에 실릴 것 같다. 괜찮을지도 모른다. 엄마는 인터넷을 잘 하지 않으니까. 진짜 문제는 따로 있다. 엄마는 〈보스포드 가제트〉를 거의 매주 본다. 그것도 앞장부터 끝 장까지 아주 꼼꼼하게 읽는다. 그 지역 신문에는 공원의 쓰레기 문제나 시내 중심가의 커피숍이 문을 닫았다는 소식 등 주로 지역에 관한 내용이 실리지만 범죄 소식도 적지 않게 실려 있어 세상에 대한 엄마의 두려움에 일조도 했다. 내가 할 수 있는 일은 엄마가 아직 신문을 읽지 않기를 빌면서, 먼저 복싱 관련 부분을 찢어버리는 거다. 하지만 집에 도착했을 때 가슴이 철렁 내려앉았다. 엄마가 식탁에 앉아 있었고 식탁 위에는 그 신문이 펼쳐져 있었다.

나는 엄마 맞은편에 앉았다. "이제 이것 좀 설명해 보겠니?" 엄마가 물었다.

"나는 토너먼트에 참가 안 해요. 복싱 클럽에서 저를 모델로 쓴 것뿐이에요." 내가 테이블 위를 내려다보며 말했다.

"그런데 스파링은 했잖아. 여기 기사에 분명히 쓰여 있잖아. 기자가 네가 스파링하는 모습을 보았다고. 나한테 분명히 그랬지? 체력 관리만 하는 거라고."

"엄마. 스파링은 그렇게 위험하지 않아요." 내가 말했다.

"넌 나한테 거짓말한 거야." 엄마가 말했다.

"엄마가 너무 억지를..." 내가 이야기를 꺼냈다.

"내가 그랬니? 정말 내가 억지를 부린 거야? 어느 것이 억지니? 딸의 안전을 걱정하는 것이? 아니면 딸이 엄마에게 솔직할 거라고 기대하는 것이?" 엄마가 나를 노려봤다. 엄마는 화가 나서 뺨도 벌겋게 달아올랐고 코에서 뜨거운 김을 내뿜었다.

팽팽한 긴장을 깬 것은 구석에 앉아 있던 이안 빌이었다. 녀석의 '뿌웅' 하고 길게 늘어지는 방귀 소리가 잦아들자 내가 먼저 입을 열었다.

"엄마. 먼저 말 안 해서 미안해요. 진작 했어야 했는데... 엄마가 과민반응을 보일 게 너무 뻔하니까요. 별거 아니잖아요. 그리고 시험도 잘 봤고요. 안 그래요?"

"아니. 너는 너무 빠져 있어. 난 네가 웨이 단백질을 먹는 것도 보았고, 이두박근에 뽀뽀하는 것도 봤어. 그뿐이니? 아빠하고 자전거로 몇 시간이나 밖에서 보내고, 틈만 나면 역기를 들어 올리는 연습을 하잖아. 무도회에 갔을 때도 복싱화를 신고 갔었지."

"결국은 그 이야기예요?" 나도 쏘아붙이며 말했다. 화가 나서 견딜 수가 없었다. "조지요. 나 때문에 조지를 잃었다고 생각하는 거죠? 엄마는 내가 그대로였으면 좋았겠죠. 소심하고 한심한 딸로요. 하지만 저는 변했어요. 이게 저예요. 엄마도 이제 받아들이고 살아야 할 거예요."

"내가 왜 원치 않는 것을 받아들이고 살아야 하는데. 여기는 내 집이야." 엄마가 나를 매섭게 노려보았다.

"그래요. 그럼 엄마가 원하는 대로 해주면 되는 거죠? 알겠어요." 나는 바로 자리를 박차고 일어났다. 밀쳐진 의자가 바닥에 넘어졌으나, 나는 그냥 빠르게 위층 계단으로 향했다.

"플레르!" 엄마가 소리쳤으나 나는 무시했다.

나는 내 방으로 달려가 침대에 몸을 던졌다. 엄마에게 쏟아내고 싶었던 말들과 결국 쏟아내지 않아 다행이라는 생각으로 내 머리는 터질 것 같았다.

나는 핸드폰을 들고 리키 코치에게 문자를 보냈다. 단 두 마디.

'나 싸울게요.'

데스티니가 부른다

"저는 보니타랑은 안 붙어요."

"당연하지. 보니타랑 붙었다간 넌 죽을 거다." 토요일에 나는 링 위에서 리키 코치의 글러브를 가볍게 치는 연습을 하고 있었다. 코치가 토너먼트 경기에 대한 이야기를 하자며, 모두가 떠나고 나서 잠시 체육관에 있으라고 말했다. 나는 패드를 네 번 치고 펀치 밑으로 롤링했다.

"준비가 덜 되었다고 느낀다면, 네가 꼭 시합을 해야 될 필요는 없어. 알고 있지?" 리키 코치가 말했다. "너는 나에게 아무것도 증명할 필요가 없어."

"알아요." 나는 대답했다. "저는 제 자신에게 증명하고 싶은 거예요. 제가 누구랑 붙나요? 테일러 아니면 데스티니?"

"데스티니가 네 상대다. 너보다 체중도 많이 나가고, 더 강하지.

하지만 네가 죽지는 않을 거다."

원, 투, 쓰리, 포, 덕킹.

"제가 이기려면 제일 먼저 뭘 해야 하나요?" 숨이 찼다.

"몸을 더 불려야지. 한 5킬로그램쯤."

"그다음은 뭘 해야 하죠?"

"이기려고 애쓸 필요 없어. 이건 시범 경기이야. 우리는 사람들에게 보여주는 거다. 복싱이 얼마나 안전한 스포츠인지. 그리고 복싱을 통해 어떻게 더 강해지고, 스스로를 규율하고, 자신감을 얻게 되는지. 누구를 링 바닥에 눕히는 게 아니고, 그 누구도 다쳐선 안 된다."

원, 투, 쓰리, 포, 덕킹.

"그럼 전 3라운드 내내 방어만 하는 건가요?"

"그래, 그게 내가 원하는 거다." 그가 내 머리 옆을 툭 치며 말했다. "가드 올리고! 플레르."

"그런데 그래서 흥행이 되겠어요?" 내가 말했다. "내가 이기려고 노력하는 것을 보고 싶지 않으세요?"

"이봐." 리키 코치가 갑자기 동작을 멈추고 한 발짝 물러섰다. "록키가 처음 아폴로와 붙었을 때 이겼어?"

"아뇨. 록키가 판정패로 졌어요." 내가 바로 대답했다. "하지만 끝까지 15라운드를 다 뛰었어요."

"그럼 록키가 링에서 내려왔을 때, 그는 승자였니 아니면 패자였니?"

"승자요!"

"그래!" 그는 다시 패드를 들어 올렸다.

"확실히 복싱은 복잡해요." 내가 다시 펀치를 날리면서 말했다. "제가 정말 체중을 더 늘려야 한다고 보세요?" 훈련을 마치고 코치가 나를 체중계에 오르게 했다. 61킬로그램. 복싱을 시작하기 전보다 4킬로그램이 늘었다.

"데스티니는 64킬로그램이다. 그건 큰 차이다. 하지만 여전히 웰터급쯤이다. 너는 라이트 웰터급이고. 그러니 해볼 만해. 그래도 1~2킬로그램은 더 늘리는 게 좋겠다. 단백질을 아주 많이 섭취해. 달걀, 고기, 견과류."

"끝내주네요. 그놈의 단백질. 그냥 칩스를 큰 접시로 비우면 어떨까요?" 내가 말했다.

"칩스를 먹는 것은 괜찮아. 하지만 정말 네게 필요한 것은 단백질이다. 그리고 영양을 균형 있게 섭취해야 한다. 다양한 색깔의 음식을 먹어."

"하리보 곰 젤리 먹으면 되겠네요. 알록달록."

"가드 올려!" 그가 소리쳤다.

"죄송해요." 다시 손을 올리며 말했다. 힘을 다 쓴 것 같았다. "보니타는 체중이 얼마나 나가죠?"

"71킬로그램. 미들급에 속하지. 네가 같은 급이 되려면 8킬로그램이나 필요해."

"보니타와 링에서 마주칠 걱정은 없겠네요."

"그렇지." 리키 코치가 말했다.

"아이고, 감사하네요!" 나는 리키 코치를 향해 힘껏 주먹을 휘둘렀다. 리키 코치가 가볍게 피하면서 얼굴 옆을 가볍게 툭 쳤다.

"가드 올리고!"

타릭

다음 몇 주는 순식간에 지나갔다. 칼리지 2년차는 확실히 더 어려웠지만 나는 잘해내고 있었다. 체력은 좋아졌고 집중력도 늘었다. 잠도 잘 잤고, 시험 결과가 좋아서인지 자신감도 생겼다. 가장 좋은 것은 더 이상의 '사회 및 건강교육' 수업은 없다는 것이다. 그건 이제 수업 시간에 메니니스트 녀석들을 보지 않아도 된다는 뜻이다. 가끔 녀석들을 복도에서 마주칠 때도 있지만 배틀에서 혼쭐난 이후로 녀석들은 멀찌감치 피해 다녔다. 나는 다음 달 훈련의 강도를 높이기로 했다. 아빠와의 사이클링은 일요일 아침으로 시간을 옮겼다. 아무래도 밤은 너무 어둡다. 세 시간 이상 자전거를 탔는데 매번 더 멀리 오래 타려고 노력했다. 토요일 트레이닝이 끝나면 타릭과 함께 달렸다. 처음 달릴 때는 따라가기 바빴지만, 곧 함께 달릴 정도는 되었다. 그리고 처음에는 너무 힘들어서 "음. 허. 하. 잠깐만. 죽을 거 같아." 같은 말밖에 할 수 없었지만, 지금은 몇 마디 할 수 있을 정도는 되었다.

수요일 밤 리키 코치가 펀칭 훈련을 집중적으로 시켰다. 우리는 스파링 상대와 짝을 이루어 링 위에 올라갔다. 실제 복서처럼 보이려고 노력하면서. 문제는 매번 나는 이미 녹초가 된 상태에서 링에 오르는 거였다. 링 위를 돌면서 나보다 무거운 상대의 펀치를 피하고 막으면서 3분 동안 글러브를 올리고 있는 일은 정말 힘들었다. 영화에서 록키가 하는 건 쉬워 보였는데. 스파링 훈련이 끝나면 다른 선수들의 스파링 모습을 지켜보게 했다. 정말 잘하는 아이들도 있었다. 제롬이 댄의 머리를 제대로 때렸을 때, 나도 움찔했다. 하지만 댄은 자세를 유지한 채 자신보다 큰 제롬의 옆구리에 두어 번의 훅을 날렸다. 다리가 튼튼하게 버텨준다면 저렇게 머리를 맞고도 쓰러지지 않을 수 있다!

타릭의 스파링이 가장 좋았다. 모든 동작이 물 흐르듯 자연스러웠다. 상대방의 강타를 여유 있게 피하거나 연달은 잽도 능숙하게 블로킹했다. 그는 멈춰 있는 법이 없었다. 먹잇감을 노리는 상어처럼 스파링 내내 움직이며 상대방의 실수를 끈질기게 기다렸다 빈틈이 보이면 쏜살같이 들어가 한두 번의 펀치를 꽂고 다시 뒤로 빠졌다.

데스티니와의 스파링을 끝내고 링 밖으로 나오면서 나는 가쁜 숨을 몰아쉬었다. 조 코치가 몇 마디 하려는 듯 다리를 절면서 내게 다가왔다.

"괜찮아? 킬라?"

"네, 코치님."

"수비는 정말 좋았어. 그런데 공격은 언제 하려고? 지난 3주 동안 스파링 내내 방어만 하던데."

나는 선 채로 숨을 헐떡이며 조 코치를 보며 말했다. "그게 쉽지가 않아요. 블로킹하는 것만으로도 너무 벅차요."

"공격을 하면, 오히려 막기도 쉬워져."

"문제는 매번 공격을 할 때마다 가드가 내려가요. 리키 코치님도 3라운드 내내 방어만 하는 것이 더 좋겠다고 하셨어요. 점수를 잃겠지만, 어차피 그냥 시범 경기니까요."

"시범은 빌어먹을!" 조 코치가 으르렁거렸다. "계속 막기만 할 수는 없어."

"하지만 리키 코치님이..."

"리키는 잊어버려!" 조 코치가 말했다. "그의 말이라고 해서 다 정답은 아니야. 그 친구에게 가장 중요한 것은 선수들이 안 다치는 것이니까. 그것도 물론 중요하지. 하지만 결국 링 위에 싸우는 것은 너야. 때로는 스스로 결정해야 해. 그게 아무리 바보 같아도. 알아듣겠니?"

"아니 잘 모르겠어요."

"기회가 오면 가드를 내리고 펀치를 휘두르라고!"

"그러다 맞고 뻗을 수도 있는데요?"

"그래. 하지만 상대방을 뻗게 할 수도 있지."

지금은 조심해

화요일에 학교에 갔을 때, 뭔가 이상한 낌새를 느꼈다. 왠지 모든 아이들이 나를 알아보는 것 같았다. 이상한 일이다. 나는 복도를 다닐 때 아무도 나를 아는 체하지 않는 것에 익숙해 있다. 마찬가지로 교실에서도 선생님이 나를 아는 척하지 않는 것에 익숙하다. 그런데 오늘은 매점을 가려고 복도를 걸어가고 있는데, 지나가던 모든 사람이 걸음을 멈추고 나를 쳐다봤다. 내가 지나가자 아이들은 갑자기 하던 말을 멈추고 길을 피해 주었다. 로비에 있는 학교 게시판을 보고 나서야 어떻게 된 것인지 알 수 있었다. 게시판에는 큰 포스터가 붙어 있었다.

"따옴표는 제대로 붙였네." 나는 포스터를 보며 중얼거렸다. 타릭의 사진이 포스터의 절반을 차지하고 있었는데 화가 난 사람처럼 보였다. 그는 글러브를 가슴에 붙이고 있었는데, 이건 사실 복싱에 적합한 자세는 아니다. 포스터의 다른 절반은 못된 표정을 지으려고 애쓰는 내가 있었다. 내 기억으론 사진을 찍을 때 내 입 한쪽에 경련이 일어나 살짝 떨렸었다.

"라이크라가 좀 늘어나 보이는데." 어느새 내 뒤에 나타난 핍이 말했다. 나는 갑자기 나타난 녀석 때문에 깜짝 놀랐다. 그리고 보니 그날 가슴 보호대를 입지 않아서 핍의 말마따나 가슴이 평소보다 더 커 보였다.

"시끄러워!" 내가 쏘아 붙였다. 다시 사진을 보았다. 한편으로는 부끄러웠지만 다른 한편으로 내가 꽤 멋져 보였다.

다음은 영어 수업 시간이었다. 함께 걷는 동안 핍이 새로 나온 〈스팀펑크〉 앨범 이야기를 떠들어댔지만, 귀에 잘 들어오지 않았다. 홍해가 갈라지듯 비켜주는 아이들이 신경에 쓰여서다. 평소 핍과 함께 복도를 걸어가면 그는 서너 번은 어깨가 부딪치거나 발에 걸려 넘어졌었는데 오늘은 한 번도 그런 일이 없었다.

몇 주가 지나면서 낮이 점점 짧아졌다. 수요일 저녁 훈련을 끝마치고 체육관을 나설 때면 하늘이 꽤 어두웠다. 타릭이 나를 기다려줬고 우리는 함께 우회 도로까지 걷거나 달렸다. 10월 첫째 주 수요일, 타릭이 조금 더 멀리 달려보자는 제안을 했다. "몇 마일만 조금 더 달려보자." 그가 말했다.

타릭이 '조금 더'라고 말했을 때, 나는 막연히 동네를 한두 바퀴 더 돌자는 뜻이라고 생각했다. 하지만 그 '조금 더'는 다른 지역까지 달려보자는 뜻이었다. 1마일이 지나자 숨이 차기 시작했지만, 그와 보조를 맞출 수는 있었다. 아무 말도 하지 않는다면 그런 대로 참을 만했다. 사실 말은 그가 다했다. 나는 그저 때때로 격한 숨을 내쉬거나 헥헥거리며 내가 아직 그의 말을 듣고 있다는 혹은 아직까진 죽지 않았다는 표시를 하는 것이 전부였다.

"정말 탄수화물이 그리워!" 그가 말했다. "웨이 단백질, 육류, 견과류, 콩... 어떨 때는 정말 지겨워. 너는 어떤 것이 가장 생각나? 파스타, 로스트 포테이토, 흰 빵?"

"봄베이 믹스!" 나는 숨을 몰아쉬며 말했다.

"아! 봄베이 믹스!" 그가 탄성을 질렀다. "나도 봄베이 믹스 좋아해. 그리고 케밥도. 너도 케밥 좋아해?"

나도 케밥을 좋아한다고 말하고 싶었지만, 숨이 넘어가기 직전이어서 좋아한다는 톤의 신음으로 대답을 했다.

"훈련 끝나고 모리슨 주차장을 지나갈 때면 가끔씩 거기 있는 케밥 파는 가게에 들러."

"그 가게 문 닫은 걸로 아는데?" 나는 숨을 헐떡거리며 말했다.

"아, 그건 2년 전에 있었던 일이라고." 타릭이 한숨을 쉬었다.

"당시에는 사람들이 보툴리눔 식중독이니, 살모넬라니 하면서 떠들어댔으니까. 하나 분명한 것은 그 집 트리플 도너가 다마스쿠스에서 최고라는 거야."

"그렇구나, 미안. 나도 그 소문 말하고 다녔는데." 가쁜 숨을 쉬며 말했다.

"언제 한번 나랑 같이 가자. 내가 사줄게."

그를 보았다. 그의 올리브색 피부에서 빛이 났다. 그는 편하고 경쾌하게 달렸다. 지친 기색은 전혀 없었다. 모리슨 주차장에서 파는 도너 케밥과 힙스터 레스토랑의 불안한 시금치는 서로 거리가 있어 보인다. 하지만 지금 그 케밥에는 거부할 수 없는 매력이 있다. 심지어 보툴리눔 식중독조차도.

"약속한 거다." 나는 여전히 헥헥거리며 말했다.

달리는 동안 타릭은 쉬지 않고 말했다. 타릭의 규칙적이고 가벼운 발놀림은 무겁고 불규칙적이고 요란한 소리의 내 발걸음과는 대조적이었다. 1마일쯤 더 달렸을 때, 나는 멈춰 서서 이제 그만 집으로 돌아가면 안 되겠느냐고 물었다. 물론 말이 아니라 손짓, 발짓으로. 나는 가슴을 움켜쥐고 길가에 주저앉아 힘없이 손을 들어 보스포드쪽 방향을 가리켰다.

타릭은 내 상태에 조금 놀란 듯 보였다. 그는 주변을 살폈다. "저기 상점이 있다! 물 좀 사다 줄까?"

"그래... 부탁해." 나는 숨을 헐떡이며 말했다. "그리고 있으면 심장박동기도 부탁해."

역사의 재해석

10월 14일 토요일, 6주 만에 처음 복싱 훈련을 빠졌다. 모든 학생이 배우듯이 10월 14일은 헤이스팅스 전투를 기념하는 날이다. 이 땅에서 벌어진 두 번째로 중요한 전투이다. 물론 가장 중요한 전투는 1963년 무하마드 알리와 헨리 쿠퍼의 대결이었다. 오늘 모의 전투에는 내 친구 핍도 함께한다. 그가 색슨 편에서 싸우는 것은 아니지만, 때론 조국을 응원하는 것보다 더 중요한 것이 있다. 우정이 내게 그런 것이고, 그래서 오늘만큼은 노르만을 응원할 것이다.

블러썸과 나는 윔플을 쓰고 코스튬을 입었다. 쌀쌀한 가을날이어서 이런 복장을 할 수 있는 게 오히려 다행이었다. 일명 '핍의 숲'에 난 잎들은 아직 생생한 녹색에서 황갈색까지 다채로웠다. 준비할 것이 많아서 우리는 좀 이른 시간에 도착했다. 오늘은 각 진영에 20명 남짓의 사람들이 재연하는 전투가 아니다. 바로 이 전투 재연에 열

광하는 전국의 많은 사람이 찾아오는 메인이벤트이다. 전투가 벌어질 장소에는 갑옷으로 무장한 재연 배우들로 바글거렸고, 미국 관광객들은 사진을 찍느라 여념이 없었다. 여기저기서 블러썸과 나는 무릎을 굽혀 인사를 하며 제법 짤짤한 팁도 챙겼다. 건방진 가짜 런던 억양이 제 몫을 했다. "저희에게 축복을 내려주세요. 귀부인들. 그 귀중한 루비를 꺼내시니 자비로우십니다. 저희의 무릎을 굽혀 감사의 마음을 드립니다."

우리는 골풀 양초와 바구니를 만들고, 고추 모양의 스푼을 다듬으며 11세기 사람들의 삶을 이야기해줬다. 그중에는 완전히 지어낸 이야기도 있었다. 윌리엄이 자연식 식단만을 고집했다든가, 몇 시간이고 옛 버전의 테이블 풋볼을 했고, 종교기념일에 수녀 옷을 입는 것을 즐겼다고도 했다. 마침내 전투가 시작할 때가 되었고 우리도 조용히 관람하고 싶었지만, 가넷 씨가 우리에게 관광객들을 위해 끝까지 전투에 대한 설명을 해줘야 한다고 말했다. 사람들이 우리를 둘러쌌다.

"아아! 통제라~! 지금으로부터 천년 하고도 오십 년 전 바로 오늘!" 블러썸이 먼저 이야기를 풀기 시작했다.

"윌리엄은 이 땅을 밟았습니다. 세상에서 가장 큰 전리품을 손에 넣기 위해서였죠. 그건 바로 영국의 왕위였습니다."

그녀가 한참 설명을 하고 있을 때, 윌리엄과 그의 병사들이 언덕 아래에서 진영을 만드는 것이 보였다. 백 명은 족히 넘어 보였는데 평소보다 훨씬 많은 수였다. 말도 20필 이상 있었다. 유별나게 큰

키 때문에 핍이 어디에 있는지는 금방 알 수 있었다. 사람들 속에서 특유의 엉성한 자세로 앞으로 나가기를 꺼리는 것처럼 보였다. 녀석 때문에 마음 한구석이 편치 않았다. 어떡해서든 도움이 되고 싶었다. 색슨족 병사도 수가 많이 늘어 보였다. 비록 방패 벽에 가려 정확하게 보이지는 않았지만 백오십 명은 될 것 같았다. 당시 해럴드 왕 군대의 늠름한 기세가 느껴졌다.

"이제 네 차례야." 블러썸은 낮은 목소리로 내게 말했다.

"그래서 두 부대가 서로를 마주하고 서게 된 거지."

나도 모르게 콘월의 해적 같은 억양이 튀어나왔다. 그래서 어쩔 수 없이 계속 같은 억양으로 설명을 이어갔다.

"하지만 누가 먼저 싸움을 시작했을까? 그 영광은 윌리엄의 음유 시인이 차지했지. 그 남자의 이름은 타유페르였는데 혼자 말을 타고 색슨의 진영으로 달려갔어. 거기서 욕지거리를 담은 노래를 부르고 검을 돌려대며 쇼를 하더니 급기야는 바지를 내리고 달덩이 같은 볼 기짝을 까 보인 거야. 그렇게 시작!"

가장 앞줄의 꼬맹이 하나가 이야기가 재미있는지 웃었다.

"하지만 타유페르는 곧 비처럼 쏟아지는 화살에 아작이 나지."

그 꼬맹이가 얼굴을 찡그렸다.

"돌격!" 바로 그 순간 가넷 씨가 힘차게 외치는 소리가 들렸다. 고개를 돌려보니 노르만 병사들이 언덕 위로 돌격을 시작했다. 심장이 두근거려 나는 더 이상 말을 할 수 없었다. 핍이었다. 녀석이 언덕을 향해 돌진하고 있었다. 더 이상 뒤쪽에서 머뭇거리던 핍이 아니었다. 방패를 높이 들고 검을 머리 높이에서 휘두르며 앞으로 달려 나갔다. 기분 탓인지 돌격할 때 핍이 지르는 우렁찬 소리가 들리는 것만 같았다. 핍은 새로 태어났다. 사명감에 불타고, 당당하면서 기품 있는 핍! 지금까지 못 보던 모습이었다.

노르만 병사들이 점점 언덕에 접근하자 앵글로 색슨들은 방패 뒤로 몸을 숨겼다. 과연 이런 맹공격 앞에서 버틸 수 있을까?

금속들이 부딪치는 소리와 함께 노르만 병사들이 색슨의 방벽으로 파도처럼 밀어닥쳤다. 실제 천 년 전 역사에서처럼, 노르만의 기세 좋은 쇄도는 벽에 가로막혀 주춤했다. 두 군대가 서로를 향해 병장기를 휘두르기 시작하자 사방에서 쇳소리가 진동했다. 내 옆에 있던 아이는 흥분해서 비명을 질렀다. 생생한 재연은 실제를 방불케 했다. 순간 핍이 괜찮은지 걱정이 밀려왔다. 핍은 어디에 있는 거지?

"핍이 안 보여!" 블러썸도 당황한 듯 소리쳤다. 나도 그녀처럼 나무상자에 올라서 눈을 가늘게 뜨고 핍을 찾았다.

"도대체 어디 있니, 핍!" 내가 소리쳤다.

"설마 쓰러진 거 아니야?" 블러썸이 말했다. "그럼 깔렸을 텐데. 바닥에 있는 건가?"

"나도 모르겠어." 오, 하느님! 어쩌면 좋을지 알 수 없었다. 불쌍한 핍.

"어, 잠깐만! 저기 있다." 블러썸이 말했다.

고개를 돌려 보니 핍이 검과 방패를 버리고 달아나고 있었다. 비틀거리며 필사적으로 그의 은신처인 숲을 향해 뛰었다.

"에헴." 관광객 중 하나가 기침을 하며 눈치를 주었다. 그렇다. 우리는 해설을 하는 것을 잊고 있었다.

"하지만 헤럴드의 방패 벽은 견고했어. 강한 결의로 전투에 임한 색슨 병사들 때문에... 음... 노르만 병사들 중 일부는 몸을 돌려 달아났지." 내가 말했다.

"그들이 노르만 병사를 쫓기 시작합니다." 블러썸이 소리를 질렀다. 실제로 그런 일이 벌어지고 있었다. 흥분한 몇몇 색슨족 병사들이 진을 벗어나 검을 머리 위로 흔들면서 불쌍한 핍을 쫓아갔다. 핍이 뒤돌아 그들을 보고는 기겁을 하며 비명을 질러댔다. 다른 전투 현장에서는 노르만군이 다시 돌격해 들어갔다. 특히 추격 때문에 일부 병사가 이탈하는 바람에 방어벽에 틈이 생겼고, 노르만 병사들은 그 느슨해진 곳을 집중적으로 공략했다. 부대를 통솔하는 헤럴드가 빈틈을 메우라고 소리쳤지만 때는 이미 늦었다.

"진이 뚫렸다!" 누군가 소리쳤다. 맞다. 실제 역사에서 벌어졌던 것처럼, 과하게 흥분한 색슨의 못난 놈들이 노르만 병사를 추격하러 진을 이탈한 순간 방어진이 허물어져 버렸다. 이제 노르만군이 높은 고지를 점령하고 색슨 군을 둘러싸기 시작했다. 곧 헤럴드의 수비진 곳곳으로 노르만 병사들이 파고들어 갔다. 헤럴드의 위치를 파악한 노르만 기사들이 달려들어 그를 베었고, 나머지 색슨 군은 숲으로, 그리고 일부는 찻집으로 달아나기 시작했다. 윌리엄의 승리였다.

"이 모든 것이 총명한 한 병사가 기지를 발휘해 도망가는 척을 했기 때문입니다." 블러썸이 환호하는 구경꾼들을 향해 설명했다. "그가 색슨의 수비병들을 유인해서 견고한 벽에 틈을 만들었고 그 이후의 일은 보시다시피 모두 역사가 되었습니다."

"그렇게 끝!" 내가 큰 소리로 끝을 알리자 박수갈채가 쏟아졌다.

블러썸이 무릎을 굽혀 인사를 하며 치마를 활짝 펼치자 사람들이 너도나도 동전을 던져주었다. 이렇게 모든 것이 마무리되었다. 재연은 예상보다 일찍 끝이 났다. 한 시간도 되지 않아 끝난 셈이지만 곧 비가 쏟아졌고 이내 사람들의 관심은 베이크웰 타르트로 향했다.

쓸데없는 짓

다음 토요일, 샤론 코치가 내 옆으로 다가와 나를 끌어당겼다. "목요일 밤에 체육관이 여자들로 미어터졌어. 이게 다 신문에 네 사진이 올라간 기사 덕이야." 샤론 코치가 흥분하며 말했다.

"얼마나 많이 왔는데요?"

"열두 명! 처음으로 수익이 생겼어. 이렇게만 사람들이 와주면 빚도 갚을 수 있고, 체육관 문 닫을 걱정을 안 해도 되겠어."

"그거 정말 잘되었네요!" 내가 말했다.

"그리고 그 기자 말이 토너먼트 경기도 취재하러 다시 오겠다고 하더라. 저번 기사 후속편으로. 괜찮으면 기자가 너와 인터뷰 좀 하고 싶다는데, 괜찮지?"

"저를 왜요? 기자가 관심 가질 만한 게 없을 텐데요."

"왜 기자가 너한테 관심을 안 가지겠니?" 샤론 코치가 대답했다.

"여기 온 이후로 너는 계속 나아졌잖아. 훈련을 하면서 몸도 더 좋아지고, 더 강해지고, 더 자신감을 가지게 되었잖아. 네가 바로 롤 모델이야."

"제가 롤 모델이라고요? 말도 안 돼요." 믿을 수 없었다.

"왜 말이 안 돼?" 샤론 코치가 웃으며 말했다. "네가 처음 왔을 때를 생각해 봐. 축 처진 그림자처럼 슬그머니 다니고 거의 말도 없었잖아. 지금은 자세도 곧고, 질문도 서슴없이 하고 무엇보다 매사 적극적이잖아. 이제는 항상 모든 일의 중심에 네가 있어."

"이런. 정말 저를 놀리시는 거 같네요."

"전혀 그렇지 않아. 그냥 네가 받은 만큼 돌려주는 거로 생각해. 토너먼트는 신경 쓸 필요 없어. 너는 이미 승자야. 그건 기자도 너랑 인터뷰하면 바로 느낄걸." 샤론 코치가 웃으며 말했다.

"하지만 데스티니가 저를 링 위에 때려눕혀도 그렇게 생각할까요?"

"그런 일은 절대 일어나지 않아." 샤론 코치가 말했다. "리키는 준비가 되지 않은 선수를 절대로 링 위에 세우지 않거든."

나는 얼굴을 찌푸렸다.

"너 설마 경기에 안 나가기로 생각을 바꾼 거야?" 샤론 코치가 갑자기 우려하는 목소리로 물었다.

"아니에요. 저는 꼭 나가요." 내가 말했다.

"그럼 인터뷰는 어떻게 할래? 해주겠니?"

"네, 좋아요. 하지만 한 가지 조건이 있어요."

"그게 뭔데?" 그녀가 궁금한 듯 눈을 반짝이며 물었다.

"음악 선정 권한을 저에게 넘기면요."

"도대체 내 음악 선정이 무슨 문제가 있다는 거냐?" 리키 코치가 사납게 물었다.

"음산해요. 내 말은 너무 느리다고요. 지금 나오는 노래는 무슨 곡이죠?"

"사이먼 앤 가펑클이잖아. 설마 모르는 거냐?"

"핸드 랩으로 목을 매고 싶은 기분이 들게 한다는 것은 알겠네요."

"정신에 힘을 불어넣는 곡이야." 리키 코치는 진짜로 놀란 것 같았다. "사기가 치솟지 않아? 심장에서 피가 솟구치는 것 같지 않니?"

"아니요. 귀에서 피가 솟구치는 기분이에요. 도대체 이런 곡을 왜 플레이 리스트에 넣은 거예요?"

"그 곡 제목이 '복서'라고. 이건 복싱에 관한 곡이잖아." 그가 말했다.

"이건 '실패한' 복서에 관한 곡이에요." 나는 리키 코치의 억양을 따라하며 말했다. "자살하고 싶은 복서에게서 영감을 얻었나 봐요." 리키 코치는 '호랑이 눈'으로 나를 잠시 노려보았다. 나도 똑같이 노려봤다. 그러자 그가 갑자기 웃음을 터트렸다.

"곡 선정에도 그렇게 목숨 거는 것 보면, 너랑은 절대 링에서 만나고 싶지 않구나."

타릭은 리키 코치와 기술적인 면을 상담할 것이 있는지 늦게까지 남을 예정이었다. 그래서 혼자 집에 돌아갈 준비를 했다. 글래드웰 단지를 피해서 돌아가는 경로로 발걸음을 떼었는데, 보니타가 재빨리 따라와 옆에서 함께 걷기 시작했다.

"좋은 훈련이었어." 그녀가 말했다.

"그래. 너 정말 열심히 하더라. 그런데 다른 친구들하고 같이 안 가?" 내가 말했다.

"됐다. 게네들 지금 제롬하고 수다 떠느니라고 정신없어."

"둘 다?"

"그래. 웃기는 건 제롬은 둘 다 별로 안 좋아하는 것 같거든. 전혀 조금도."

"아, 정말?" 내가 웃었다. "어쨌든, 담에 다시 보자." 나는 그녀를 떼어내듯이 왼쪽으로 방향을 틀었다.

"너 어디로 가는 거야?" 보니타가 물었다. 그녀가 글래드웰 단지 방향을 가리키며 말했다. "이리로 가면 가로질러 가잖아?"

"그래, 하지만…" 나는 말을 멈췄다. 둘이라면 괜찮을 거 같다. 보니타에게 시비를 거는 놈은 없겠지. "그래, 그 길로 가자."

우리 둘은 '죽음의 계곡'에 들어섰다. "너도 토너먼트 시합에 나간다며. 데스티니가 아주 벼르고 있어." 보니타가 말했다.

"그래. 큰 걱정은 안 해. 리키 코치님 말처럼 서로 너무 공격적이지 않게 주의해야 하니까."

"그러서. 나는 테일러를 흠씬 두들겨 패줄 거야."

"하지만 코치님이 그러셨잖아. 이 시합의 목적은 복싱이 안전한 스포츠라는 것을 보여주기 위한 거라고."

"나랑 링 위에서 붙는 그 누구도 안전할 수는 없어." 보니타가 말했다.

"너한테는 오직 한 가지 생각밖에 없는 거니?" 나는 화를 내며 말했다. "내가 알고 있는 모든 사람 중에 네가 가장 경쟁적인 사람이야."

"복싱은 승부야. 인생 자체가 경쟁이고." 보니타가 어깨를 으쓱하며 말했다.

"복싱은 폭력적인 스포츠가 아니야. 다른 사람을 다치게 하려고 하는 게 아니라고. 사실 매우 지적인 스포츠야. 머리를 쓰는 체스처럼. 그렇게 생각 안 해?" 내가 말했다.

"무슨 헛소리야. 복싱은 당연히 폭력적이지." 그녀가 으르렁거리며 말했다. "그리고 만약 내가 너랑 체스를 둔다면 체스판을 집어 들어서 그 잘난 머리를 박살 낼 거야."

나는 한숨을 쉬었다. 그때 멀리서 누군가가 소리치는 것이 들렸다. 긴장돼서 몸이 떨렸다. 추운 밤이었고, 몸이 땀으로 축축했다.

"엄마가 그랬어. 싸워서 얻어내지 않으면 아무것도 얻을 수 없다고. 그게 세상이라고." 그녀가 말을 이었다. "내 위로 자기만 아는 세 명의 오빠가 있어. 내가 싸울 줄 몰랐다면, 쫄쫄 굶었을지도 몰라." 나는 그녀의 몸을 훑어보았다. 정말 싸우는 법을 제대로 배운 게 틀림없다. 근육이 단단해 보였다. 순간 그녀의 세 명의 오빠가 불쌍해졌다.

"여성 관중들에게 복싱이 위험하지 않다는 것을 보여주는 게 중요하다고 생각하지는 않아? 그리고 재미도 있고 말이야?"

보니타가 잠시 생각하더니 말했다. "아니! 나는 그렇게 생각하지 않아. 여자가 남자한테 꿀릴 게 있니? 우리가 보여줘야 하는 것은 바로 그 점이야." 갑자기 그녀가 멈춰 섰다.

"플레르, 네가 마음에 들지 않는 단 한 가지가 바로 그거야. 너는 세상 사람 모두가 착하고 멋지고 뭔가를 얻기 위해 싸울 필요도 없다고 생각하지. 그래. 너는 그렇게 살아도 괜찮겠다. 너는 똑똑하고 예쁘고 좋은 곳에서 사니까 말이야."

"나는 그렇게 생각하지 않아. 네가 나에 대해서 뭘 안다고 그래?" 내가 말했다.

"아주 잘 알아. 내가 너의 머리와 외모와 기회를 가졌다면, 너처럼 낭비하지는 않을 테니까."

보니타는 한 치도 움직이지 않았다. 그렇게 선 채로 우리 둘은 서로를 노려보았다. 우리는 작고 허름한 어느 집 앞에 서 있었다. 흐릿한 주황색 가로등만이 길을 밝히고 있었다. 집 앞마당에는 분해된 오토바이가, 현관 계단에는 곰팡이가 핀 호박이 놓여 있었다. 이런 곳에 더 이상 서 있고 싶지 않았다. 어둠 속에서 아이들이 떠드는 소리가 들렸다. 누군가 자전거를 타고 휙 지나갔는데 라이트도 켜지 않았다. 갑자기 몸이 떨려오며 빨리 이 끔찍한 곳을 벗어나고 싶어졌다.

"그만하자. 그리고 우선 이 시궁창 같은 곳에서 벗어나자." 내가 말했다.

"그게 다야?" 그녀가 머리를 흔들며 말했다. "나한테 소리 지르고, 욕하고, 엿 먹으라고 말 안 해?"

나는 고개를 저었다. "안 해. 세상이 다 승부는 아니야. 나는 너와 싸우고 싶지 않아. 여자들은 단결해야지. 안 갈 거야?"

"안 가." 그녀가 말했다.

"왜? 내가 너와 안 싸운다고 그래서?"

"아니." 그녀가 뒤에 있는 허름한 집을 가리켰다. "나 여기 살아. 이 시궁창 같은 곳에서."

그녀가 문을 쾅 닫고 들어가 버렸고 나는 글래드웰 단지 한가운데 홀로 남겨졌다. 그것도 한밤중에. 나는 불안하게 주위를 둘러보았다. 훈련을 받느라 데워졌던 몸은 이미 식어 버렸고 지금은 한기가 느껴졌다. 후드가 축축했다. 멀리서 누군가의 고성이 들렸다. 그리고 조금 전 자전거로 옆을 지나쳤던 남자아이가 100야드쯤 떨어진 가로등 아래 멈춰 있는 게 보였다. 잠시 보니타의 집 문을 두드려 볼 생각도 해봤다. 아니면 아빠에게 전화해서 데리러 오라고 하면 어떨까 하는 생각도 했다.

"정신 차려. 플레르!" 스스로에게 말을 걸었다.

"겁먹지 마. 여기는 웨스트 보스포드지 모가디슈가 아니라고." 후드를 깊게 뒤집어썼다. 혹 이러면 이 지역에 사는 사람으로 보이지 않을까 하는 바람도 있었다. 하지만 곧 후드를 도로 내리고는 숨을 깊게 들이쉬었다. 당당히 맞서자, 플레르! 너는 강하고, 자신감 있고, 단련되었어.

나는 기억해 냈다. 에밀리가 내가 더 당당해 보인다고 말해줬던 것을. 그리고 생각해 냈다. 학교 복도에서 아이들이 나를 어떻게 바라봤는지를. 나는 쉽게 건드릴 수 없는 사람이었다. 나는 카터 웨이로 걸어 내려가다 후톤 클로즈로 길을 꺾어 밸햄 스트리트로 들어갔다. 보스포드에서 꽤 유명한 곳으로 엄마는 배드햄 스트리트라고 부른다. 작년에 이곳에서 누군가 칼에 찔린 일도 있었다.

몇 사람들을 지나쳤다. 나를 신경 쓰지 않는 십 대 여자아이들 몇 명과 유모차를 끌고 있던 아이 엄마를 보았다. 그 아이 엄마는 복싱 클럽 주니어부에서 본 기억이 있다. 나를 한 번 쳐다보지도 않고 바쁘게 걸어가는 한 남자도 있었다. 곧 퀸 엘리자베스 스트리트에 접어들었는데 이 길을 따라가면 바로 우회 도로까지 이어진다. 멀찌감치 신호등이 보이기 시작했다. 우회 도로에 거의 다다를 즈음 중간에 버스 정거장이 보였다. 그리고 몇 명의 남자애들 패거리가 거기 모여서 장난을 치고 있었다. 한 명은 작은 자전거를 타고 동료들을 빙빙 돌고 있었고, 또 다른 녀석은 담배를 피우고 있었다. 나는 숨을 한 번 들이켜고는 반대편 길로 건너지 않고 그대로 걸었다. 내가 가까이 가자 한 녀석이 피우던 담배꽁초를 가볍게 손으로 튕겼다. 아직 꺼지지 않은 담배가 원호를 그리며 내 앞으로 떨어졌다. 반갑지 않은 불꽃놀이였다. "어이. 담배 가진 것 좀 있어?" 그가 조용히 말을 뺐었다. 나는 멈춰서 뒤를 돌았다.

"아니, 없어. 그리고 담배 끊어!" 나는 다시 걸었다. 심장이 뛰기 시작했다. 이제 곧 뒤를 쫓아오겠지.

하지만 그들은 그러지 않았다. 어쩌면 나의 언행 때문일지도 모르겠다. 당당하게. 내가 속으로 얼마나 무서워했는지를 보이지 않고서. 나는 더 이상 겁먹고 살고 싶지 않다.

아웃라이어

수요일, 리키 코치는 정신없이 링 위에서 볼트를 조이고 있었고 우리는 훈련이 시작되기를 기다리면서 링 주위에서 어슬렁대고 있었다.

나는 매우 흥분되었다. 드디어 새로운 플레이 리스트를 완성해 버튼만 누르면 흘러나오게 준비가 끝난 상태였다.

"나는 뭘 계획하는 데는 영 젬병이야." 댄이 투덜댔다.

"뭘 계획하는데?" 내가 물었다.

"내 총각파티."

"그거 금요일에 할 거 아니야? 아직도 계획을 못 했어?" 그가 고개를 저었다. "어쨌든 신랑의 들러리가 원래 다 알아서 준비하는 것 아니야?" 내가 물었다.

"그렇지. 그게 제롬이거든." 우리는 제롬을 쳐다보았다. 그는 자신의 팔에 빨간색 볼펜으로 문신을 그려 넣느라 정신이 없었다.

"그럼 일단 브라이튼으로 가자. 우선 거기서 시작하고 나머지는 흐름에 맡기면 어때?" 내가 말했다.

"브라이튼은 곤란해. 사이먼은 보스포드를 벗어날 수 없거든." 댄이 말했다.

"그래서 어쩔 셈이야?" 내가 물었다.

"그게 말이야..." 댄이 자신의 신발을 쳐다보며 머뭇거렸다. "네가 좀 알아서 준비해 주면 안 될까?"

"내가?"

"너는 체계적이고 뭐든지 정리도 잘하잖아. 게다가 세련되고."

"어... 뭐... 고맙다고 해야 하나?"

"문화적일 필요는 없고." 그가 재빨리 말을 덧붙였다.

"무슨 말인 줄 알겠어. 제롬이 미술관에 가서 새로운 작품들을 감상하는 걸 좋아할 거 같아 보이지는 않으니까."

"녀석의 문화생활은 프랑스 포르노를 보는 게 전부야." 댄이 동의했다.

"훈련을 시작하기 전에 공지사항이 있다." 리키 코치가 소리쳤다. "금요일에 댄의 총각파티가 있다. 주인공이 여기 있는 모두를 초대했다. 남자와 여자 모두!"

다른 여자들도 초대한다는 말에 나는 크게 실망했다. 나는 남자애들 텐트에 혼자만 몰래 초대받은 유일한 여자라고 생각하고 있었다. 리키 코치가 계속 말을 이었다. "유감스럽게도 나는 참석하지 못

한다. 재밌는 시간 보내라. 열심히 훈련을 해왔으니까. 하지만 그렇다고 사고 치지 마라. 너무 많이, 너무 빨리 마시지 말고! 알았지?"

"네!"

"목소리 봐라. 알아들었나?"

"네! 리키 코치님!"

"나는 너희들이 감옥에 가는 모습을 보고 싶지 않다. 그리고 다시 가는 모습도." 리키 코치가 사이먼을 쳐다보며 말했다. "자, 이제 훈련을 시작하자. 오늘도 최선을 다해라! 잊지 마. 훈련이 어려울수록 실전은 쉬워진다." 그가 스테레오에 다가가서 재생 버튼을 눌렀다. 스테레오에서 내가 선정한 첫 곡의 화음이 흘러나오자 나는 흥분해서 펄쩍펄쩍 뛰었다.

"오! 이 곡 마음에 든다." 제롬이 소리쳤다.

리키 코치는 어안이 벙벙해 보였다. "도대체 이게 뭐냐?" 그가 내게 물었다.

"쿵푸 파이팅!" 내가 대답했다.

"그건 복싱이 아니잖아! 내가 이소룡으로 보이냐?" 리키 코치가 소리쳤다.

나는 씩 웃어 보였다. "곡 선정 권한은 저에게 있어요. 잊으셨어요?"

리키 코치는 불만 가득한 얼굴로 준비운동을 시작했고 모두 따라 했다. 역시 활기찬 음악으로 바꾸길 잘했다. 다들 이 새로운 변화가 마음에 드는 것 같았다. 세 번째 곡이 흘러나왔을 때쯤 우리는 땀을 흘리기 시작했다.

"너희들이 흘리는 땀은 몸 안의 지방이 통곡하는 것이다." 리키 코치가 소리쳤다.

"그럼 내 몸의 지방은 정말 나랑 헤어지기 싫은가 보다." 데스티니가 내 옆에서 숨을 헐떡거렸다.

리키 코치가 훈련이 다 끝나자 내게 슬그머니 다가왔다.

"네가 이번 금요일의 작은 파티를 맡아 줄 거라고 댄에게 들었다."

"저도 그렇게 들었네요." 내가 대답했다. "치코스에 몇 자리 예약해둘까 싶어요. 남자애들은 맥주를 마실 수 있고 우리도 이것저것 먹을 수 있고요. 핫 윙 스페셜도 팔아요."

"내가 한 가지 조언을 하자면, 어떤 다른 할 것을 계획하는 게 좋을 거야. 6시간 동안이나 끊임없이 술을 마시게 하면 안 돼."

"핫 윙 말고 다른 거요?"

"그래, 핫 윙 말고 다른 거. 계속 애들을 살펴볼 수 있겠니? 누구 하나 사고 치지 않게 말이야."

"이런, 리키 코치님." 샤론 코치가 말했다. "다 착한 애들이에요."

"착하지 않다는 게 아니라 걱정돼서 말하는 겁니다." 리키 코치가 서로 몸싸움을 벌이고 있는 보니타와 테일러를 쳐다보며 말했다.

"그리고 사이먼은 반드시 규정된 귀가 시간을 지켜야만 해." 리키 코치가 말했다.

"그게 몇 시예요?"

"자정이야." 리키 코치가 말했다. "저 녀석이 보호감찰규정을 어기면 난 뛰어난 선수 하나를 잃게 된다. 그리고 거기서 너희들이 싸우고 사고를 치면 이 체육관 문을 닫아야 하고."

"너무 부담 주지 마세요." 내가 말했다.

"네가 저 녀석들을 애들처럼 잘 돌보라고 하는 얘기가 아니야. 그냥 '이성적인 길잡이'가 되어 줘. 알았지?"

음... 내가 길잡이가 되라고? 처음 들어 보는 말이다.

소식 전파 시작

금요일, 내가 치코스에 도착했을 때 제롬, 사이먼, 댄은 이미 잔을 반쯤 비웠다.

"일찍 시작했네?" 내가 말했다.

"갈 길이 멀거든." 제롬이 대답했다.

"너 술 먹어도 괜찮아? 너 그거... 달고 있는 것." 내가 발목을 가리키며 사이먼에게 물었다.

"이게 전자발찌지 음주 측정기냐? 자정 전에 들어가기만 하면 문제없어."

"좋아, 신데렐라. 오늘 밤은 내가 너의 요정 대모야. 무슨 일이 있어도 자정 전에 집에 들여보내 줄게. 대신 내가 떠날 시간이라고 말하면 군말 없이 따르는 거다. 알았지?" 내가 말했다.

"네, 네, 알았습니다요." 그는 대답하면서 맥주잔을 마저 비우고 음료 담당 웨이터를 향해 손을 흔들었다. "누구 더 시킬 사람 있어?"

"나 진지하게 말하는 거야. 리키 코치님이 신신당부하셨어. 사고 안 치게 잘 지켜보라고. 특히 너, 사이먼! 리키 코치님이 좋은 선수 또 잃을까 봐 걱정이 많으셔." 내가 말했다.

"걱정하지 마. 얌전히 있을게." 사이먼이 나를 보고 활짝 웃었다. 군데군데 이가 빠진 것이 보였다.

복싱 클럽 남자아이들의 주량에 나는 기겁했다. 조지와 그의 동기들도 술을 잘 마셨지만, 이 녀석들과 비교하면 해군이 아니라 구세군처럼 보일 정도였다. 벌써 네 번째 파인트를 마시고 있었고, 다른 사람들이 왔을 때도 큰 소리로 떠들어댔다.

오늘따라 웨이터의 서비스가 쓸데없이 정말 빨랐다. 우리 테이블을 담당하는 두 명의 웨이터는 빠릿빠릿했고 그들은 마치 시간에 맞춰 운행하는 버스처럼 완벽한 팀워크를 자랑하듯 번갈아 가며 거품 맥주잔들을 쟁반에 가득 담아 쉴 새 없이 날랐다.

핫 윙을 주문하는 사람은 없었다. 계속 맥주만 주문했다. 많고 많은 정말 많은 맥주들! 마치 슬로우 모션처럼 시간은 더디기만 했다. 이대로 가다간 노래방에 가기도 전에 이 집 술이 먼저 동이 날 거다. 애들을 모아 다 함께 마지막 잔을 들이켜게 만들려고 했지만, 그것도 쉽지 않았다. 한쪽 그룹의 녀석들에게 코트를 입히고 마지막 잔을 비우게 하고 다른 그룹 쪽으로 가서 마저 정리시키고 돌아와 보면, 처음 마무리 지었던 그룹이 이미 웨이터에게 '마지막 맥주'를 또 주문한 후였다.

그래도 타릭의 도움으로 겨우 아이들을 나오게 할 수 있었다. 도착할 때부터 취해 있었던 데스티니와 테일러는 이제 우리 뒤에서 비틀거리며 고함을 질러 댔다. 밤 9시에 사방 20마일 안에 멀쩡한 것은 나와 타릭뿐인 것 같았다.

노래방 부스 안이 가득 찼다. 가장 큰 부스로 예약했지만, 인원만 22명이었다. 그중 대부분은 복싱 클럽 사람들이었지만 댄의 직장 친구로 보이는 한두 명과 정체를 알 수 없는 여자가 한 명 있었다. 아무도 그 여자를 알지는 못했지만 데스티니는 그녀의 이름이 프랜이라고 했다.

노래방에서도 술을 팔고 있었기 때문에 내가 먼저 종업원에게 부탁했다. "술을 좀 천천히 가져오시면 안 될까요? 보시다시피 다들 이미 많이 취했어요. 속도를 좀 조절할 필요가 있어서요. 그리고 물도 같이 가져다주시겠어요?"

"물이라고요?" 종업원은 내가 오물이라도 주문한 것 같이 되물었다. 하지만 종업원은 노래방 기기에서 전주가 흘러나올 때 물병을 가져다주었다. 첫 곡은 〈이 길이 애머릴로로 가는 길인가요?〉였다.

"이 녀석들을 노래방에 데리고 온 것은 아주 좋은 생각이야. 노래에 집중하면 술도 덜 마시겠지." 어느새 뒤에 나타난 타릭이 말했다.

"너는 맥주 안 마셔?" 내가 그에게 물었다.

"나도 한두 잔 마셨어. 그만 마시려고. 훈련 중이니까." 그가 말했다.

"나도 그래." 이어서 타릭에게 토너먼트가 긴장되지는 않는지 물으려는 찰나 보니타가 나타나 노래를 부르라며 그의 손을 잡아끌었다. 데스티니와 테일러도 제롬의 양옆에 앉아서 같이 노래를 부르자고 조르고 있었다.

제롬이 완강히 거부했다. "나는 노래 못해. 정말 못 불러."

"아직 덜 취해서 그래. 종업원 좀 불러봐!" 데스티니가 말했다. 시간이 지나면서 나는 조금 마음을 놓을 수 있었다. 확실히 술을 비우는 속도가 느려졌다. 남자아이들은 노래를 부르거나 앞으로 부를 노래를 고르느라 정신이 없었다. 댄을 빼고는 제대로 노래를 부르는 사람이 없었다. 아, 물론 모든 것을 잘하는 보니타는 예외다. 비욘세 모든 곡의 가사를 아는 것 같았다.

"네 차례야." 보니타가 자신의 노래가 끝나자 마이크를 내 손에 욱여넣었다.

"아니야. 아니야. 첫째로 나는 음치고, 둘째는 난 지금 맨정신이야." 나는 저항했지만 이미 때는 늦었다.

"킬라! 킬라! 킬라!" 모두가 내 별명을 외쳐댔다. 당황한 나는 스크린으로 눈을 돌렸다. 화면에는 내가 부를 노래인 티나 터너의 〈한마디로 최고!〉가 제목으로 떠 있었다. 전주가 시작되고 나는 노래를 불렀다.

그런데 반전이었다. 내 노래는 의외로 나쁘지 않았다. 반주 소리가 컸고 화면에는 박자를 놓치지 않게 안내하는 흐릿한 표시도 있었다. 게다가 노래 자체도 어렵지 않았고 다 함께 불러줘서 자연스럽게 따라 할 수 있었다. 잠시 후 나는 눈을 감고 노래에 빠져들었다. 가사는 알고 있었다. 다시 눈을 떴을 때 타릭이 나를 보고 미소 짓고 있는 모습이 보였다. 나는 복싱도 잘하고, 사이클링도 잘한다. 그리고 노래도... 노래도 잘한다.

하지만 그다음은 전혀 로맨틱하지 않았다. 고개를 왼쪽으로 돌렸을 때 제롬이 예거마이스터를 사이먼의 플라스틱 컵에 붓고 있는 것이 보였기 때문이다.

"야! 너... 지금 뭔 짓을 하는 거야?"

제롬이 놀라서 나를 바라보았다. "종업원이 술을 너무 늦게 가져오잖아. 우린 목마르다고!" 소리치는 제롬의 얼굴 위로 현란한 조명 빛이 지나갔다.

밤 10시 30분, 드디어 노래방 일정도 마무리되었다. 하지만 모든 사람을 추슬러 데리고 나오는 데에만 거의 20분이 걸렸다.

"다음 계획은 뭐냐?" 사이먼이 약간 비틀거리며 내게 물었다.

"다른 애들은 '릭크드' 클럽으로 갈 거야. 너는 집으로 갈 거고." 내가 말했다.

"뭐라고! 난 집에 못 가. 아직 시간도 이른데. 오늘은 제롬의 총각 파티라고! 난 녀석의 베스트프렌드고!" 녀석이 따지듯 소리쳤다.

"제롬이 아니라 댄의 총각파티야." 내가 바로 잡았다.

"걔하고도 친해." 사이먼이 약간 자신 없게 말했다. 나머지 아이들은 서로 팔짱을 끼고서 길을 따라가고 있었다. 댄은 좀 비틀거렸다. 데스티니와 테일러는 제롬의 양옆에 에스코트를 하듯 붙어 있었다. 하이힐을 신은 프랜 역시 뒤에 좀 쳐져서 비틀거리며 따라왔다.

"잘 들어. 우리가 여기 줄 서서 들어가 자리를 잡고 네가 맥주를 받을 때면 바로 떠날 시간이야. 그러면 어차피 다시 나와서 걸어야 하잖아. 그러니까 지금 집에 가는 게 좋겠어." 나는 사이먼에게 말했다. 나도 집에 가고 싶었다. 이 녀석만 집에 잘 들어가면 내 몫은 이미 다했다. 멀쩡한 정신으로 술 취한 사람과 어울리는 것이 괴롭다.

"싫어!" 사이먼이 소리를 지르곤 다음 행선지로 달려갔다. 그의 전자발찌가 가로등 빛을 받아 반짝였다.

"사이먼!" 내가 소리치며 그를 쫓았다.

클럽 안은 정말 너무나도 시끄럽고 어두웠다. 번쩍이는 녹색 레이저 빔을 여기저기 무작위로 쏘아대고, 어딘가에 있는 UV 램프 때문에 사람들의 비듬이 훤히 드러나 보였다. 나는 돌아다니며 일행을 찾으려 애썼다.

쿵쿵거리는 드럼과 베이스 트랙이 내 몸 전체를 울리는 무대를 찾아냈다. 크리스가 프랜과 춤을 추고 있는 것이 보였다. 알렉스와 조던의 모습도 보였다. 맞은편에는 데스티니와 테일러가 불쌍한 제롬의 몸을 더듬고 있었다.

"같이 춤출래요?" 한 남자가 내 귀에 대고 소리를 질렀다.

"내가 춤추는 모습 보면 그런 말 안 나올걸요." 내가 고개를 저으며 말했다. 남자는 어깨를 으쓱하더니 자리를 떴다. 그 남자 뒤로 타릭이 벽돌로 된 기둥에 등지고 서 있는 모습이 보였다. 보니타가 그와 마주 보고 대화를 나누고 있었다. 서로의 얼굴이 너무 가까이 붙어 있었다.

"좋아." 나는 몸을 돌렸다. 지금은 타릭과 보니타를 신경 쓸 때가 아니다. 그리고 드디어 사이먼을 찾았다. 그는 무대 맞은편에서 댄의 회사 친구 중 한 명과 이야기를 하고 있었다. 매트라고 했나? 스탠이라고 했나? 이름이 뭐 그랬던 것 같다. 둘 다 맥주잔을 들고 있었다. 나는 춤추는 사람들을 이리저리 피해가며 무대를 지나서 사이먼 옆에 섰다.

"그 잔 다 마시면 우리 가는 거다!" 내가 소리쳤다.

"이제 방금 왔잖아." 그가 말했다. 나는 그에게 핸드폰의 시각을 보여줬다. 밤 11시 18분.

"아직 한 시간이 남았네." 그가 말했다.

"그래도 너는 지금 가야 해." 내가 그를 상기시켰다. 그때 무대에 있던 제롬이 데스티니에게서 떨어지려고 뒷걸음을 치다가 다른 여자와 부딪치는 게 보였다. 그 여자가 무대에 넘어지자 그녀와 춤을 추던 남자가 뛰어와 제롬의 가슴을 밀쳤다.

"이런, 젠장!" 내가 말했다. 제롬이 저 남자를 때려눕힐 게 분명하다. 나는 싸움이 벌어지기 전에 저 둘 사이를 가로막아야겠다고 생각했다. 그러나 제롬은 손을 들어 올리며 그 남자에게 사과했다.

그의 입 모양이 '미안해요.'라고 말하고 있었다. 그러고는 넘어진 여자에게 다가가 손을 내밀어 일으켜줬고 여자는 고맙다며 머리를 끄덕였다. 제롬은 뭔가 다른 말을 했고 그 커플은 고개를 흔들더니 무대의 다른 쪽으로 가버렸다. 아마 제롬이 그들에게 술을 사겠다고 제안했던 것 같다.

"나는 제롬이 저 사람을 칠 줄 알았어." 내가 사이먼의 귀에 대고 소리쳤다. 사이먼은 고개를 가로저었다.

"제롬은 그런 짓 안 해. 여기 있는 우리 모두 다 안 그래. 그럴 만한 가치가 없어."

"뭐 하나 물어봐도..." 내가 말을 꺼내자 사이먼이 끊었다.

"전자발찌 말이지? 누구 때려서 그런 거 아니야." 그가 대답했다. "친구 몇 명하고 차를 훔쳤거든. 재미로 했는데 CCTV에 걸렸어."

"아..." 나는 적당한 다음 말을 찾지 못했다.

"플림프톤에도 CCTV가 설치되어 있는지는 몰랐어."

"플림프톤에는 뭐 하러 간 거야?" 내가 물었다.

"내가 거기 사니까." 그가 말했다.

"뭐라고?! 플림프톤은 여기서 20마일이나 떨어져 있잖아."

"나도 알아."

"나는 네가 글레드웰에 산다고 생각했는데..." 그가 고개를 저었다. 나는 그가 마시던 맥주잔을 빼앗아 테이블에 내려놓고는 그의 멱살을 잡았다. 그는 나보다 7인치나 크고 15킬로그램이나 더 나갔지만, 그 순간 그는 겁을 먹었다.

"우리는 지금 떠난다. 알았지? 지! 금! 당! 장!" 나는 단호하게 말했다.

그는 잠시 저항하는 듯했지만 내 눈을 보고는 심각성을 깨달았다. "알았어." 그가 말했다. 혹시 마음이 변할까 봐 나는 그의 팔을 잡고 클럽을 빠져나와 계단 위로 올라갔다.

"택시만 잡을 수만 있다면 아직 제시간에 도착할 수 있어!" 그에게 하는 말이 아니었다. 그건 불안한 나 자신에게 하는 말이었다.

속도를 올려!

어디에도 택시가 보이지 않았다. "택시들은 여기 잘 안 들어와. 괜히 문제 생길까 봐." 클럽의 경비원이 설명했다.

나는 거리를 오르내리며 택시를 찾았다. "어쩌면 다른 일행을 태우러 되돌아오는 택시가 있을지도 모르잖아." 사이먼이 희망적으로 말했다. 그는 별로 걱정하는 것 같지도 않았다. 나는 다시 핸드폰의 시각을 보았다. "33분 안에 너는 집에 돌아가야 해. 아니면 네가 차고 있는 그 발찌가 폭발하거나 하겠지." 내가 말했다.

"진정해." 그가 보스포드 브라질리언 태닝 살롱 앞의 계단에 앉아서 전자발찌를 살펴보았다. "이거 내가 작동을 멈출 수 있을 것 같아."

"그거 손대지 마!!" 내가 소리쳤다.

"그럼 이제 어떻게 하려고?"

"걱정하지 마. 내게 좋은 생각이 있어."

12분쯤 후에 작은 하얀색 승용차가 통통거리는 소리를 내며 도로를 달려오더니 천천히 인도로 올라탔다. '릭크드'의 경비원이 다급하게 바닥에 몸을 던져 차를 피했다. 차는 비틀거리며 우리 앞에 멈춰 섰다. 운전석에 앉은 핍이 나를 보고 웃어 보였다. 그는 옛 비행사들이 사용했을 법한 모자와 고글을 쓰고 있었다.

"어서 타!" 내가 사이먼에게 말했다.

"이 차를 타라고?" 그는 못마땅한 듯했다.

"어이!" 몸을 일으킨 경비원이 잔뜩 열받은 표정으로 소리쳤다. 나는 거칠게 사이먼을 뒷좌석에 밀어 넣고는 조수석에 몸을 던졌다. 안전벨트를 매고 몸을 돌려 핍을 보았다.

"플림프톤까지 무슨 일이 있어도 15분 안에 가야만 해. 오늘 하루만, 내가 원하는 대로 운전해 줘. 핍! 오늘 밤은 제한 속도 따윈 잊어버려!"

"오케이!!" 핍이 대답했다. 경비원이 창에 나타나자 핍은 가볍게 액셀러레이터를 밟았다. 쿵 하고 차가 인도를 벗어났다. 경비원이 움직이는 차를 따라오며 창문을 연신 두드렸지만 나는 애써 무시했다.

사이먼이 뒷좌석에서 헛기침을 하고 최대한 정중히 말했다. "혹시 조금만 더... 그러니까 속도를 내 볼 수 있을까?"

"그래. 속도를 좀 내봐." 이제 경비원이 쿵쿵 차 유리를 내려치며 입에 담을 수 없는 욕을 하기 시작하자 나도 바로 동의했다. 핍이 침을 꿀꺽 삼키더니 속도를 내기 시작했다. 경비원을 떨치고 드디어 교차로에 도달했다. 핍이 왼쪽으로 돌았다.

"왜 이 방향으로 가는데?" 내가 물었다.

"나는 플림프톤이 어디에 있는지 몰라." 핍이 대답했다.

"반대쪽이야. 반대쪽!" 그가 핸들을 돌리자 타이어에서 끼익하는 소리가 났다. 그리고 그가 다시 액셀러레이터를 밟자 우리는 대략 바른 방향을 향해 나아갔다.

"부탁해, 정말. 속도를 좀 더 내야겠어." 내가 대시보드의 시계를 보며 말했다.

"지금도 거의 제한 속도야!" 핍이 소리쳤다. 핍의 이마에 구슬 같은 땀이 맺혔다. 하지만 핍은 내 말대로 액셀러레이터를 더 세게 밟았다. 계기판의 바늘은 지금까지 가 본 적 없는 곳까지 올라가기 시작했다. 사이먼이 뒤에서 길을 안내하며 이따금씩 핍에게 속도를 내 달라고 부탁했다. 하지만 나는 안다. 핍에게 지금 상황은 제이슨 본이 파리 도심을 엄청난 속도로 역주행하는 것과 같은 것이다. 핍은 황색 신호에서도 멈추지 않았다. 회전교차로에서는 실제로 역주행을 하기도 했다. 물론 더 빨리 도착하려고 의도적으로 그런 것이 아니라 단순 착오였지만.

"해냈어!" 핍이 요란하게 차를 멈춰 세우자 사이먼이 뒷좌석에서 소리쳤다. 나는 차에서 내려 사이먼을 뒷좌석에서 끌어냈다. 사이먼이 내게 큰 포옹을 했다.

"너 멋지다. 플레르! 사랑한다." 사이먼이 말했다.

"그래, 알았어, 알았어. 나도 사랑하니까 얼른 들어가 잠이나 자."

사이먼은 몸을 숙여 차창으로 머리를 집어넣고는 핍을 바라보았다.

"젠슨 버튼!(*F1에서 활동 중인 영국의 자동차 경주 선수)" 그렇게 말하곤 크게 트림을 했다. 핍과 나는 그가 비틀거리며 현관까지 걸어가 답답한 손길로 열쇠를 찾아 문을 여는 것을 보았다. 쿵쿵거리며 들어가더니 쾅 하고 현관문을 닫았다. 나는 얼른 핸드폰의 시계를 확인했다. 11시 58분! 이제 한시름 덜었다. 미션 완료! 나는 차에 다시 타 핍을 꽉 안았다.

"네가 오늘 날 살렸다." 내가 말했다.

"알아. 이제 어디로 갈까?" 핍이 말했다.

정말 집에 가고 싶었다.

"나는 클럽에 다시 돌아가 봐야 할 것 같아. 다른 애들이 사고 안 치고 괜찮은지 확인하러."

"분부대로!" 핍이 말했다.

"이번엔 서두를 필요 없어. 황색 신호에 차 세워도 괜찮아."

이건 재앙이야

핍은 '릭크드'의 길모퉁이에 주차를 하고 내게 기다리겠다고 말했다. 다행히 핍이 죽일 뻔한 그 경비원은 다른 사람으로 바뀌어 있었다. 새로운 경비원도 덩치가 컸다. 그는 내게 손으로 들어가도 좋다고 했다. "서로 주먹질하고 그런 일 없었겠지?" 아래층에서 타릭을 보고 물었다. 보니타는 보이지 않았고, 크리스와 프랜은 담배 자판기 옆에서 서로의 몸을 더듬느라 정신이 없었다.

"없었어." 타릭이 말했다. 그때 안쪽에서 날카로운 비명소리와 바닥에 뭔가 부딪쳐 박살 나는 소리가 들렸다. 우리는 소리가 들린 곳으로 급하게 달려갔다. 어떤 남자가 제롬을 위협하고 있었고, 데스티니가 그 남자 등 뒤에 있었다. 바닥에는 깨진 유리컵의 파편이 널려 있었다. 그 남자의 여자친구가 데스티니를 거칠게 잡아끌었다. 둘은 서로를 잡으면서 바닥에 엉켜서 뒹굴었다. 제롬은 어쩔 줄 몰라 그냥 우두커니 서 있었다.

내가 앞으로 나섰다. 내가 개입하면 안 된다는 것을 알고 있었지만 어쩌면 상황이 걷잡을 수 없게 되는 것을 내가 막을 수 있을지도 모른다고 생각했다. 하지만 불행하게도 나보다 먼저 난장판 속에 끼어든 것은 테일러였다. 그녀는 사태를 수습하는 대신 그 남자에게 펀치를 날렸다. 그는 그대로 고꾸라졌다. 데스티니와 쓰러진 남자의 여자친구는 아직도 바닥에서 서로에게 할퀴고 발길질을 해댔다. 그때 나를 들여보내 줬던 그 경비원이 나타나 테일러와 데스티니의 팔을 잡아 제압했다.

"쟤가 먼저 그랬다고요!" 데스티니가 그 남자의 여자친구를 가리키며 으르렁댔다. 그녀는 코피를 흘리고 있었다. 경비원은 데스티니의 말을 무시하고 그녀와 테일러를 계단 위로 끌고 올라갔다.

나는 깊은 신음을 냈다. 완전히 망했다.

"정말 큰일이다! 이걸 어떻게 수습해야 할지 도무지 모르겠다." 리키 코치가 말했다. 그는 타이슨 퓨리의 홍보 매니저처럼 망연자실해 있었다. 리키 코치는 데스티니와 테일러를 체육관에서 쫓아냈다. 더 정확하게는 내부조사가 끝날 때까지 무기한 회원자격이 정지된 상태이다.

"이건 〈록키 4〉 편에서 아드리안이 록키와 함께 러시아에 갈 수 없게 된 상황보다 더 위기네요." 내가 말했다.

"세상 모든 일을 록키 영화에 비유할 수 있는 것은 아니야." 타릭이 말했다.

"뭘 모르시는 말씀!" 나는 반박했다.

"됐다. 그 이야기는. 이제 어떻게 해야 할지 생각해 보자. 이렇게 되면 여성부 경기를 치를 수가 없어. 플레르와 보니타는 체급이 다르잖아. 이제 시합은 2주밖에 안 남았는데. 여성들에게 꽤 많은 표를 팔았고, 목요일 시합 날에 모두 여성부 경기를 보고 싶어 할 거야. 기삿거리가 된다고 생각했는지 신문사 기자도 한 명 오기로 되어 있어." 리키 코치가 말하며 두 손으로 머리를 감쌌다. 고개를 저으며 괴로운 듯 낮은 신음을 냈다.

"애들에게 다시 한번 기회를 주면 안 되나요? 제가 치한을 때려 눕혔을 때도 기회를 주셨잖아요." 내가 말했다.

"그것과는 상황이 다르다, 플레르." 그는 머리를 숙인 채 가라앉은 목소리로 말했다. "너는 나이트클럽에서 다른 사람들과 시비가 붙어 치고받은 것이 아니잖아. 그놈은 맞을 짓을 했지. 너를 위협하며 괴롭혔잖아. 그건 정당방위지."

"거봐요. 내가 그때 정당방위라고 했잖아요!" 심술이 나서 말을 했지만, 곧 지금은 그게 중요한 것이 아니라는 것을 깨달았다.

"목요일 여성부 시간에서 한 번 찾아보는 것은 어떻습니까?" 알렉스 코치가 제안했다. "그중에 링 위에 올릴 사람이 있지 않겠어요? 체중도 맞는 사람으로 고르면 크게 문제가 되지 않을 거고요."

"시간이 없습니다." 리키 코치가 대답했다. "그중에 만약 경기에 나가고 싶어 하는 사람이 있더라도, 준비시키는 데 적어도 4개월은 걸릴 거예요. 저는 준비되지 않은 사람을 링 위에 세울 수 없습니다."

"다른 복싱 클럽을 알아보는 것은 어때요?" 내가 제안을 했다. "헤이스팅스나 브라이튼 같은 곳에서요. 그쪽에서 여성 복서를 찾을 수 있지 않을까요?"

"한 시간째 전화로 알아보고 있는데, 별다른 게 없어." 샤론 코치가 말했다. "서섹스에 있는 복싱 클럽에서 시합을 위해 훈련하고 있는 여성은 루이스라는 사람이 유일해. 다른 가능한 사람은 없어."

"브라이튼에는 없는 거예요?" 내가 물었다. 샤론 코치는 고개를 저었다. "시합에 출전할 만한 사람은 없어. 네가 특이한 거야. 더 먼 곳들도 한 번 알아보긴 하겠지만..."

"이렇게 짧은 시간에는 아무도 없을 겁니다." 리키 코치가 고개를 저으며 말했다. "특히 크리스마스를 몇 주 남겨두고는 더 힘들 거고. 정말 속상하지만, 여성부 시합이 취소되었다고 알리는 수밖에는 없겠습니다. 원하면 환불도 해줘야 하고."

"그건 감당하기 어려워요. 우린 지금 수익이 있어야만 한다고요." 샤론 코치가 말했다.

"다른 방법이 없잖아요." 리키 코치가 말했다. 무거운 침묵이 흘렀다.

"어쩌면... 어쩌면 방법이 있을 수 있어요." 모두가 실낱같은 희망을 품고 말을 꺼낸 사람을 쳐다봤다. 뜻밖에도 그 이야기를 꺼낸 것은 바로 나였다.

"만약... 제가 보니타랑 시합을 하면요." 내가 말했다. 리키 코치가 어깨를 다시 내리고는 고개를 저었다.

"잘 생각해 봐요. 이게 다 나 때문에 생긴 일이잖아요. 제가 일이 이렇게 되지 않게 막았어야 했잖아요. 그러니 제가 다시 바로 잡을게요." 내가 말했다.

"내가 전에도 말했잖니, 플레르." 리키 코치가 말했다. "너는 웰터급이 되기에는 3킬로그램이나 부족해. 보니타는 2킬로그램이나 더 나가고. 보니타가 체중을 감량한다고 가정해도... 아니 안 될 소리다. 시범 경기라고 해도 둘을 붙이는 것은 안 될 소리야."

"우리 앞으로 2주나 남았어요. 2주 안에 3킬로그램을 불리려면 육포를 얼마나 먹어야 하죠?" 내가 말했다.

"소 반 마리쯤?" 타릭이 말했다.

"단순하게 체중의 문제만이 아니야. 보니타는 너보다 크고, 팔 길이도 길어." 리키 코치가 말했다.

"제가 상대가 안 된다고 말씀하시는 건가요?"

"상대가 되고도 남지." 누군가가 큰 소리로 말했다. 우리가 문 쪽을 바라보니 방금 들어온 조 코치가 서 있었다. "플레르라면 그 큰 아이를 KO 시킬지도 몰라. 킬라라는 별명을 괜히 붙인 줄 알아?"

"저는 누구도 상대방을 KO 시키는 것을 원하지 않습니다." 리키 코치가 말했다. '제발 보니타도 그걸 알아듣게 설득 좀 해주시죠.' 나는 속으로 생각했다.

"플레르, 하나만 묻자. 너 3라운드 동안 가드를 내리지 않을 수 있겠어?" 리키 코치가 말했다.

나는 갑자기 바싹 입술이 말라서 혀로 핥았다. "네."

사실은 '아마도 어려울걸요.'가 맞는 대답임에도 나는 그냥 할 수 있다고 말해 버렸다. 리키 코치는 아무 말도 하지 않고 그저 나를 똑바로 바라보았다. 마치 내가 정말 할 수 있을지 생각해보는 것 같았다. 그는 이어서 샤론 코치를 바라보았다. 그녀는 고개를 끄덕였다. 다음으로 타릭을 바라보았다. 타릭은 엄지손가락을 들어 올렸다. 그 모습에 마음이 조금 설레었다.

"지금부터는 여태까지와 차원이 다른 훈련을 해야 한다. 할 수 있겠니?" 리키 코치가 물었다.

"네. 할 수 있어요."

"지금부터 여태까지는 해보지 못한 집중을 해야 한다. 할 수 있겠니?"

"네. 할 수 있어요."

"지금부터 여태까지 먹어 보지 못한 양의 음식을 먹어야 한다. 할 수 있겠니?"

"그럼요. 반드시 해낼게요." 나는 힘차게 고개를 끄덕이며 말했다.

육포가 필요해

매일 아침 7시에 알람이 울리면 일어나서 과일을 섞은 단백질 셰이크를 마시고, 30분 동안 웨이트트레이닝을 한다. 그리고 다시 치킨과 견과류를 먹는다. 아침 식사로? 그래, 어떻게 생각할지 나도 안다. 이어서 학교까지 달린다. 때로 핍이 운전하는 자동차가 통통 소리를 내며 지나가면 울타리로 몸을 피하기도 한다. 뒤창으로 블러썸이 손을 흔들어 준다. 학교에 도착해 샤워를 한다. 주머니에 캐슈너트를 담아가서 수업 시간에 선생님이 보지 않을 때 입에 털어 넣는다. 두 번의 점심을 먹고, 오후에는 간식으로 육포를 입에 달고 산다. 수업이 끝나면 다시 집까지 달린다. 집에 도착하면 포크 파이를 먹고 차고에 있는 실내 운동용 자전거를 탄다. 페달을 돌리면서 헤드폰으로 음악을 들으며 버터를 바른 맥아빵 조각을 씹었다.

문제는 저녁이었다. 내가 새끼 범고래만큼이나 많은 양을 먹고 있다는 것을 엄마에게 들키고 싶지 않았다. 엄마는 여전히 내게 새 모이만큼 적은 양을 저녁으로 준다. 나는 빈약한 식사를 흡입하고는 더 먹을 것이 없는지 둘러보았다. 엄마가 이 모든 모습을 지켜보고 있었지만 어쩔 수가 없었다. 나는 항상 배가 고프다. 다행히 나는 내 방에서 몰래 숨겨둔 음식을 먹을 수 있다. 공식적으로 '공부 중'인 나는 책상에서 스카치 에그를 먹어 치웠다.

금요일 밤만이 내가 이런 엄격한 사투에서 잠시 벗어날 수 있는 때이다. 블루벨 로드 영화 클럽의 정기모임인 이날만큼은 트레이닝도 빠지고 웨이 단백질과 육포를 싸들고 블러썸의 집으로 간다. 이번엔 그녀가 영화를 고르는 날이었다. 내가 도착하자 그녀가 영화 DVD 케이스를 건넸다. 나는 그것을 뚫어져라 쳐다봤다.

"〈크리드〉?"

"〈록키 7〉이야." 그녀가 말했다.

"진짜 이걸 보자고? 〈여섯 번째 딸의 춤〉을 보고 싶어 하는 줄 알았는데." 내가 물었다.

"러닝타임이 너무 길잖아."

"그럼 〈붉은 초원의 바람〉은?"

"그건 너무 지루해."

"아니면 〈재스민 강의 조용한 여인들〉은?"

"그런 영화는 없거든?"

"좋아. 그럼 〈크리드〉 보자!" 블러썸에게 활짝 웃어 보였다.

몇 주가 지나자 몸이 확실히 다부져졌다. 제대로 된 식스팩도 생겼다. 하지만 체중만큼은 좀처럼 늘지 않았다. 체중은 1킬로그램이 붙은 게 전부였다. 여기서 2킬로그램을 더 불리지 않으면 안 된다. 토요일에 체중 점검을 받았다. 리키 코치가 심각하게 고개를 저었다. "이대로는 아무래도 어렵겠다."

"벌크업이 필요한 때야." 조 코치가 뒷머리를 긁적이며 말했다.

리키 코치가 얼굴을 찡그렸다.

"벌크업이 뭔데요?" 내가 물었다.

"고칼로리 보충제야. 체중을 빨리 불리는 데 효과가 있어. 하지만 아주 많이 먹어야 하는데…" 리키 코치가 말했다.

세상에! 벌크업은 사람이 먹을 게 아니었다. 금방 질리게 만드는 끔찍한 단 향이 올라왔고 걸쭉한 독성 폐기물처럼 보였다. 내용물이 궁금해서 뒷면 재료명을 읽어보니 소름이 끼쳤다. 그나마 용기 앞면에서 조금 긍정적인 정보를 찾아냈다. '새로운 향 : 딸기 맛!' 긍정적인 면에 집중하려고 노력하면서 고지방 우유와 섞어 바로 한 잔을 들이켰다. 몸이 바로 부풀어 오르는 기분이 들었다. 거울을 보고 입가에 묻은 핑크색 잔여물을 닦아냈다. 지금 내가 왜 이 짓을 하고 있는 거지? 일부러 살을 찌우고, 매일 몸을 혹사시키고, 모아놨던 돈을 다 먹는 데 쓰고 있다. 도대체 왜? 내 목을 뽑아서 그 뽑힌 구멍에 욕을 하고 싶어 안달이 난 여자와 링 위에서 한 판 붙기 위해서다.

나는 미친 게 분명하다.

부족한 한 가지

"끝나고 좀 남아라. 할 말이 있다." 리키 코치가 수요일 밤 물을 마시는 휴식 시간에 내게 말했다. 오늘이 마지막 훈련이다. 시합 전 까지는. 리키 코치는 이틀간은 쉬면서 남은 2킬로그램의 체중을 늘리는 것에 집중하라고 말했다. 나는 그게 가능할 리 없다고 생각했지만, 리키 코치는 자신만 아는 비법이 있다고 했다.

훈련이 다 끝나고 나는 다른 사람들이 모두 떠나기를 기다리면서 천천히 스트레칭을 하면서 시간을 끌고 있었다. 보니타는 탕비실에서 타릭을 구석에 두고는 뭔가 이야기하고 있었는데, 둘이서 연신 웃음을 터트렸다. 나는 그냥 먼저 집에 가고 싶어졌다. 배도 너무 고팠다. 육포 반 팩을 가져온 것이 전부였는데, 그것도 거의 다 먹은 터였다. 드디어 보니타가 탕비실에서 나와 내게로 다가왔다.

"집에 같이 갈까?" 보니타가 물었다. 보니타는 내가 시합에 나간다는 사실을 안 이후부터 친근한 정도까지는 아니더라도 나를 대하는 태도가 좀 부드러워졌다.

"나는 안 돼. 리키 코치님이 하실 말씀이 있다고 그러네." 보니타가 리키 코치를 힐끗 보았다. 나에게 더 관심을 쏟는 것은 공평하지 않다는 듯이. 하지만 코치의 기준에 내가 들지 못한다면 시합은 열리지 않을 것이다.

그녀는 어깨를 슬쩍 올려 보이곤 자리를 떴다.

"좋다! 너희 둘 링 위로 올라와라." 리키 코치가 체육관에 남은 나와 타릭에게 말했다.

"왜요?" 타릭이 물었다.

"플레르는 거의 준비가 되었어. 하지만 아직 한 가지가 부족해. 네가 그걸 좀 채워줘야겠다."

"채워주려면 먼저 제게 저녁부터 사야 하는 거 아닌가요?" 내가 물었다.

"실없는 농담할 시간 있는 것 보니까, 팔굽혀펴기 10번 할 시간도 충분하겠군. 실시!" 리키 코치가 말했고 나는 한숨을 쉬며 자세를 취했다. 옆에 있던 타릭도 동료애로 자세를 취했다. 팔굽혀펴기를 끝내고 일어나 숨을 고르며 리키 코치의 설명을 들었다.

"링 위에서 보니타의 펀치가 제대로 너를 강타할 수 있다."

"들으니 정말 힘이 솟는 이야기네요." 내가 말했다.

"머리를 맞으면 그런 농담할 여유 따윈 없을 거다. 그래서 그런 상황에 준비가 되어 있어야 하는 거야. 먼저 머리를 제대로 맞으면 어떻게 되는지 경험해 볼 필요가 있다. 그래야 실전에서 대비를 할 수 있다."

"전에 머리를 맞아본 적 있어요. 데스티니랑 스파링할 때 제대로 맞아서 머리가 하얗게 되었잖아요. 조 코치님한테도요. 기억 안 나세요?"

"그 친구는 너와 같은 체급이다. 너보다 더 크고 강한 사람한테 맞아본 적은 없잖니?" 리키 코치가 이마를 찌푸리며 말했다.

"잠깐만요. 설마 지금 제가 생각하는 거... 아니겠죠? 타릭의 펀치를 정면으로 맞아보라는."

"그래, 바로 그거야. 타릭은 보니타와 신장, 체중, 그리고 리치 길이도 비슷하다. 일단 둘이 스파링을 하다가 플레르, 네가 가드를 내려서 타릭에게 틈을 줘라." 리키 코치가 말했다.

나는 타릭을 쳐다보았다. 그에게 맞는 것도 그렇게 나쁠 것 같지 않다.

타릭과 나는 가드를 올린 채 링 위에서 돌면서 서로의 움직임을 살펴보았다. 서로가 먼저 동작을 취하기를 기다리면서. 타릭이 내게 다가오면 나는 뒤로 재빨리 물러섰다. 내가 앞으로 스텝을 밟으면 그가 뒤로 빠졌다. 하지만 이 모든 움직임에도 우리는 서로에게서 눈을 떼지 않고 있었다. 그의 갈색 눈은 진하고 깊었다. 하지만 지금은 이런 것을 생각할 때가 아니다.

"타릭, 들어가!" 리키 코치가 소리쳤다.

타릭이 손을 뻗었다. 그의 펀치는 부드럽게 치고는 빠졌다.

"그렇게 말고. 제대로 해야지!" 타릭이 라이트 훅을 시도했다. 하지만 너무 천천히 부드럽게 들어와 내가 뒤로 살짝 피하자 전혀 위협적이지 않게 내 가슴 쪽을 가볍게 스쳐 지나갔다.

"알았다. 녀석은 너를 칠 마음이 없나 보다. 그럼 플레르! 네가 먼저 쳐라. 반응을 이끌어 내봐."

나는 침을 삼키고, 앞으로 스텝을 밟으며 잽을 가볍게 던졌다. 하지만 팔을 충분히 뻗지 않았다. 나는 타릭을 때리고 싶지 않았다.

"제대로 해!" 리키 코치가 고함쳤다. 이번엔 조 코치가 킬라라고 불렀던 어퍼컷을 시도했다. 하지만 세게 휘두르지 않았다. 그저 타릭이 가볍게 막을 수 있게끔 일종의 신호를 보내는 것이나 다름없었다.

"타릭. 공간이 열렸다. 지금이야." 리키 코치가 소리쳤다. 나도 그제야 내가 가드를 내린 무방비 상태라는 것을 깨달았다. 하지만 타릭은 미끼를 물지 않았다. 그도 글러브를 내리고 뒤로 물러섰다.

"플레르를 때리고 싶지 않아요." 타릭이 말했다. 그는 돌아서서 글러브를 풀기 시작했다.

"좋아. 그럼 내가 하마!" 리키 코치가 자신의 글러브를 집어 들었다. 링으로 올라오는 리키 코치를 보니 심장이 쪼그라들었다. 리키 코치의 체격은 타릭의 배는 되어 보였다. 그의 팔과 다리는 마치 우람한 나무 같았다.

"너무 겁먹을 필요 없어. 세게 안 칠 거다. 자, 네가 먼저 치고 들어와." 리키 코치가 자세를 잡으며 말했다. 나는 망설이면서 크게 심호흡을 했다. 하지만 곧 어깨를 으쓱했다. 집에 가서 뭔가를 먹으려면 꼭 지나쳐야 할 관문이었다. 글러브를 들어 올렸다. 앞으로 몸을 웅크린 채 쏜살같이 앞으로 치고 들어가 힘껏 라이트 훅을 날렸다.

코치님도 놀랐을 거다. 펀치가 그의 옆구리에 제대로 들어갔다는 느낌이 왔다. 몸을 묵직하게 강타하는 느낌이 손을 통해 전해졌을 때 아주 잠시나마 짜릿했다. 곧 머리에 배달 트럭이 부딪친 것 같은 충격이 왔다. 정말 머리에 별이 보였다. 링 위에서 나는 휘청거리며 곧 쓰러질 것 같았다.

"두 다리로 버텨!" 리키 코치가 소리쳤다. "쓰러지지 말고 버텨라, 플레르!"

"힘내, 플레르!" 타릭도 큰소리로 외쳤다. 그 소리가 마치 아주 먼 곳에서 들려오는 것 같았다. 사방이 어른거리며 빙글빙글 돌았다. 조명들도 샌드백도 로프도 그리고 걱정하는 사람들의 얼굴들도 함께. 글러브를 얼굴 옆에 붙이고 비틀거리며 리키 코치에게서 뒷걸음쳤다. 가드를 내려 이런 일이 생기는 것이라면, 다시는 겪고 싶지 않았다.

하지만 지금까지의 훈련으로 강해진 다리가 끝내 버텨줬다.

나는 쓰러지지 않았다.

"가만있어 봐. 내가 제대로 이해한 것 맞니?" 블러썸이 물었다. "그러니까 그 남자애가 너를 때리지 않겠다고 해서, 그 남자를 사랑하게 되었다는 거야?"

"내가 언제 사랑한다고 했어. 멋있다고만 했지."

"그 사람이 너를 치고 싶어 하지 않은 것은 정말 확실한 거야?"

"그래. 분명해."

"마치 널 지켜주는 기사처럼 말하네."

"나도 알아. 이야기 전개가 좀 뜬금없이 들린다는 거."

"그래. 정신 나간 소리처럼 들려. 그건 그렇고 이 새로운 등장인물은 누구냐? 타릭은 어떤 남자인데? 배경 설명 안 해줄 거야?"

"배경 설명? 무슨 판타지 소설 등장인물도 아니고." 내가 말했다.

하지만 블러썸의 말이 맞다. 돌이켜 보면 그날 밤 일은 좀 혼란스럽다. 그리고 지금 내가 무슨 생각을 하고 있는지 스스로도 잘 모르겠다. 타릭은 멋지다. 그건 나도 안다. 그가 나를 보며 웃을 때마다 심장이 뛴다. 그는 내게 그렇게 웃는다. 지금 다시 남자와 얽히는 것이 내가 원하는 것인지는 잘 모르겠다. 나는 데이트 날을 정하고 만나는 그때로 다시 돌아가고 싶지는 않다.

게다가 나는 직감적으로 타릭이 조지와는 전혀 다르다는 것을 안다. 타릭은 조지처럼 '안전한' 사람이 아니다. 그에게서 떠오르는 감정은 '안전'과는 거리가 멀다. 정반대로 위험하다. 내가 가드를 내리면 그는 정말 나를 아프게 할 거라는 예감이 든다.

큰 싸움

 자정을 넘겨서 집에 들어갔지만, 그때까지 엄마는 깨어 있었다. 게다가 이 시간에 엄마가 보고 있는 것은 신문이 아니었다. 노트북 이었다. 뭔가 잘못되었다는 것을 직감했다.

 "아직 안 잤어요?" 내가 말했다.

 "이제 오니." 엄마의 음성이 가라앉아 있었다. 뭔가 분명히 큰일 이 터진 것이 분명하다.

 엄마를 지나쳐 물을 꺼내면서 힐긋 곁눈으로 엄마의 노트북 스크 린을 훔쳐봤다.

 가슴이 철렁 내려앉았다. 보스포드 복싱 클럽 홈페이지다.

 홈페이지 아래에 큼지막하게 내 이름이 쓰여 있었다.

 "여기 와서 좀 앉아 봐." 엄마가 싸늘한 목소리로 말했다. "젠장." 나는 조그만 소리로 중얼거렸다. 유리컵에 물을 따라서 엄마의 맞은

편에 앉았다.

"크리스마스 선물 때문에 그러는 거죠? 저는 그냥 돈으로 주시면 좋겠는데..."

"입 다물어!" 엄마가 날카롭게 소리쳤다. "그 입 다물라고!!"

나는 놀라서 엄마를 쳐다봤다. 엄마가 이렇게 화난 것은 처음 봤다.

"너는 항상 모든 게 다 농담이지, 아니면 가시 돋친 말이거나 거짓말이거나."

"엄마가 모든 것에 과민반응을 보이니까 그러는 거지." 심장이 쿵쾅거렸다. 이것이 내가 말싸움을 못하는 이유다. 블러썸은 이해를 못 하지만. 나는 사실 엄마가 무서운 거다. 한 번 속마음을 드러내고 이야기를 하면, 크게 상처를 입을 때까지 둘 다 멈추지 않을 테니까.

"내가 엄마랑 어떻게 정상적인 대화를 해요? 엄마가 이렇게 비이성적인데." 내가 말했다.

"내가 비이성적이라고? 지금 내가 비이성적이니?"

"네! 엄마랑 말할 때마다 살얼음판 위를 걷는 거 같다고요!"

"너만 그렇게 생각하는 거지. 너는 내 앞에서는 거짓말만 하고 뒤에서는 비웃으니까. 나를 생각해주는 것도, 내 기분을 알아주는 것도 전혀 없어."

"그렇지 않아요. 아빠가... 말해줬어요."

"아빠가 뭘 말했는데?"

"왜 엄마가 늘... 늘 내 염려를 하는지."

엄마의 표정이 굳어졌다. "아빠가 뭐라고 했는데?"

"벤이요. 아빠가 말해줬어요."

내가 총으로 쏜 것처럼 엄마는 얼굴이 하얗게 질려 힘없이 몸을 뒤로 기댔다.

나는 조용히 엄마의 말을 기다리며 대형 괘종시계의 초침이 째깍째깍 움직이는 것을 바라보았다. 스물둘까지 세었을 때, 엄마가 입을 열었다.

"네 아빠는 그런 말 할 자격 없어."

"엄마가 내게 말해줬어야죠." 말은 그렇게 했지만, 하지 말았어야 할 말이라고 생각했다.

"너를 지켜주려고 그런 거야." 엄마가 말했다.

"난 엄마가 지켜주는 거 필요 없어요." 나는 조용히 말했다. 엄마가 조금 놀란 듯 주춤했다. 엄마는 너무나 지쳐 보였다.

"플레르, 그러지 마라." 엄마가 말했다. "제발. 나를 봐서라도 그만둬라, 그 시합."

"미안해요. 엄마. 엄마에게 상처를 주려고 이러는 것 아니에요. 나도 엄마의 마음이 어떤지 잘 알아요. 그리고 엄마한테 솔직하지 못했던 것도 미안해요."

"그럼 왜 솔직하게 말하지 않았니?"

"제가 겁쟁이였거든요. 저는 모든 싸움을 피하기만 했어요. 하지만 이제 더 이상은 피하고 싶지 않아요. 물러서고 싶지 않아요. 내일 링 위에서도요." 내가 말했다. 엄마는 슬프게 고개를 저었고 시계만 계속 째깍거릴 뿐이었다.

"내가 보러 갈 거라고 생각하지 마. 나는 그 모습을 차마 볼 자신이 없다." 엄마가 말했다.

"엄마 마음대로 하세요." 나는 아무렇지도 않은 듯 어깨를 올려 보였다. 지금 내가 얼마나 슬픈지 엄마에게 들키고 싶지 않았다. "오늘은 블러썸 집에서 잘게요."

카운트다운

끔찍한 추위에 잠에서 깼다. 라디에이터를 확인했더니 꺼져 있었다. 블러썸네 가족은 여분의 방을 잘 사용하지 않았다. 물론 나는 따로 실내복을 챙길 생각도 하지 못했다. 하지만 지금 추위보다 더 중요한 것은 배를 채우는 거였다. 부엌으로 향했다. 아무도 없었다. 대형 시리얼을 네 개 먹었다. 탄수화물은 이만하면 됐다. 솔직히 속이 꽉 차서 더는 못 먹을 것 같다. 이제 모든 것은 체중에 달렸다. 8시간 후면 나는 체중계에 오를 것이다. 64킬로그램을 넘지 못한다면 경기는 취소될 것이고 이 모든 노력은 수포로 돌아갈 것이다. 힘든 훈련, 지겹게 먹은 음식, 그리고 엄마와의 다툼도.

나는 대형 시리얼 하나를 더 먹었다.

나는 지금 평화롭게 아침을 씹고 있다. 잔소리를 늘어놓는 엄마도 없다. 아빠에게 자전거 기어를 청소하는 두 가지 방식을 들을 필요도 없다. 이안 빌의 방귀 냄새를 맡지 않아도 된다. 하지만 마음 한가운데 채울 수 없는 구멍이 난 것 같다. 죄책감, 마음을 휘젓는 후회. 나는 너무나 화가 났다. 하지만 마음속 깊은 곳에서 나는 알고 있다. 이게 다 내 잘못이라는 것을. 내가 엄마를 속였다. 엄마의 믿음을 저버렸다. 엄마에게 큰 상처를 줬다. 왜 그랬을까? 두려웠으니까. 스스로를 위해 항변할 용기가 없었으니까. 그렇게 비겁하게 전장에서 도망쳤으니까.

마침 블러썸이 다 죽어가는 얼굴로 나타났다. 확실히 그녀는 아침형 인간이 아니다. 블러썸은 내게 고갯짓으로 아는 척을 하고 식탁으로 와서 팔을 뻗고 엎드려서 팔뚝 위에 머리를 떨궜다.

"커피 좀 줄까?" 내가 물었다.

"부탁해." 그녀가 한쪽 눈만 뜨고 내가 마시는 것을 쳐다봤다.

"그게 뭐냐?"

"요구르트와 블루베리를 벌크업에 섞은 거야."

"나는 커피로 부탁해." 그녀가 말했다. "이제 엄마랑 싸운 이야기 좀 해봐."

"후! 이게 다 엄마 때문이야. 엄마가 나를 그렇게 과잉보호만 안 했어도, 내가 거짓말을 할 이유가 있겠어? 정말 숨이 막혀 죽을 것 같아. 엄마가 풍선들로 내 온몸을 감싸는 것 같아. 그놈의 풍선이 너무 많아서 아무리 터트리고 터트려도 나는 세상 밖으로 나갈 수 없어."

"정말 너와 네 엄마는 너무 닮았다." 블러썸이 웃음을 터트렸다.

나는 그녀를 뚫어지게 쳐다봤다. 온몸이 굳었다. "뭐라고 그랬어?" 나는 다시 물었다.

"둘이 판박이라고. 늘 그랬지만." 그녀가 말했다.

"말도 안 돼! 완전 정반대야... 정말 그건 아니다."

"두 사람 다 너무 조심스럽고, 두 사람 다 고집이 세고, 외모도 붕어빵이고 둘 다 똑같이 속마음을 안 드러내잖아. 게다가 그놈의 구두점에 대한 집착까지." 나는 벌어진 입을 다물 수 없었다. 아무 말도 나오지 않았다. 나는 입을 다물고 머리를 크게 가로저었다. 그녀가 틀렸다.

지난밤 핸드폰을 꺼 놨었다. 그 사이 아빠에게서 문자와 부재중 전화가 열 개 이상 와 있었다. 하지만 엄마에게서 온 것은 아무것도 없었다. 아빠에게 나는 괜찮고 블러썸과 함께 있다는 문자를 보냈다. 오전 중에 핍이 와서 우리를 보스포드로 데려갔다. 이 녀석들과 이렇게 노는 것이 몇 달 만의 일인지 모르겠다. 핍과 함께 '빈티지 빅키'에서 반 시간 정도 있었고, 그보다 좀 오랜 시간을 블러썸이 선택한 사우스 스트리트에 있는 페미니스트 전문 서점에서 보냈다. 이제 내가 갈 곳을 선택할 차례다.

"'그렉스'라고? 너 이 집 포크레터스에 쓰는 고기가 어디서 오는 건지 알아?" 블러썸이 한숨을 쉬며 물었다.

"그건 몰라도 어디로 갈 줄은 알아." 내가 두 개를 집으며 말했다. "내 뱃속!"

"그래서 오늘 밤, 네 경기는 몇 시에 하는 거야?" 가게를 나오면서 블러썸이 물었다. 밖은 몹시 추웠다. 나는 따뜻하고 기름진 포장된 음식을 움켜잡았다.

"내 시합은 맨 마지막이야. 그러니까 8시 반. 어쩌면 9시쯤."

"우리 앞줄에 앉으면 막 피 튀고 그러는 거 아니야?" 핍이 물었다. 나는 깜짝 놀라 멈춰서서 핍을 바라봤다.

"설마 오려고?"

"당연히 우리가 가야지. 그걸 어떻게 놓치니?" 블러썸이 웃었다.

체중 측정

나는 뒤뚱거리며 체중계 앞에 섰다. 몸이 금방이라도 터질 것 같았다. 리키 코치가 초조하게 지켜보았다. 불과 수 분 전에 리키 코치의 말에 따라 나는 2리터의 물을 마셨다. 화장실에 달려가고 싶은 것을 꾹 참고 있었다. 샤론 코치도 그 옆에 서서 양손을 꼭 붙들고 있었다. 보니타가 방금 체중을 재고 내려왔다. 68킬로그램으로 웰터급에 무난히 들어왔다. 그녀가 목표를 이룬 것에 놀라는 사람은 아무도 없었다. 보니타는 원하는 것이 있으면 기어코 해내고야 마는 아이니까. 그리고 그녀가 빼야 할 체중은 내가 불려야 할 체중보다 적었다.

나는 체중계에 올라가기 전 조금이라도 체중을 늘리려고 크게 숨을 들이켰다. 그런데 갑자기 폐에 가득 찬 공기가 나를 가볍게 만들지 않을까 하는 생각에 당황하며 황급히 숨을 뱉었다. 스스로 생각해도 어이가 없었다. 애드벌룬의 공기를 다 빨아 마셔도 내 체중에는 전혀 변화가 없을 거다. 나는 다시 숨을 크게 들이마셨다.

"너 숨 쉬는 게 꼭 잉어가 뻐끔거리는 거 같아. 그냥 편하게 숨 쉬어." 타릭이 말했다. 나는 그를 째려보았다. 모두 체중계를 뚫어지게 바라보았다. 특히 보니타가.

64.2 킬로그램!

방이 함성으로 가득 찼다. 타릭이 등을 두드렸다. 샤론 코치는 포옹을 했고, 댄은 하이파이브를 했다. 그리고 알렉스 코치는 조용히 눈썹을 올렸다.

"잘했어. 플레르!" 리키 코치는 크게 안도한 것처럼 보였다.

"네, 정말 좋아요. 그런데 먼저 화장실 좀 가야겠어요." 나는 다급히 말했다.

황급히 자리를 뜨는데 이 모든 것을 처음부터 지켜봤던 보니타와 정면으로 눈이 마주쳤다. 그녀는 내게 윙크를 했다. 순간 내가 무슨 짓을 저지른 것인지 깨달았다. 이제 보니타와의 대결은 피할 수 없게 되었다.

홀은 가득 찼다. 리키 코치가 무대 위에 대기실 두 곳을 마련해뒀다. 커튼 뒤에서 보니타와 나는 진행 상황을 지켜볼 수 있었다. 맞은편 맨 앞줄에 앉은 블러썸의 모습이 보였다. 그 옆 좌석에는 핍이 있었다. 곧 우리가 내려가게 될 통로 쪽에 자리를 잡은 아빠의 뒷모습이 보였다. 아빠의 옆자리는 비어 있었다. 역시 엄마는 오지 않았다.

나는 놀라지 않았다. 보니타와 나는 서로의 핸드 랩과 글러브 착용을 도왔다. 서로를 도우면서도 우리는 아무 말도 하지 않았고, 눈도 마주치지 않았다.

"넌 'PRO-HIT' 글러브 사용하지?" 그녀가 물었다.

"어. 왜? 네 것은 뭔데?"

"'RDX'거야. 이게 최고다." 그녀가 능글맞게 웃었다. 마음이 또 불편해졌다.

"이거 시범 경기인 거 알고 있지? 승부가 중요한 게 아니야." 내가 말했다.

"모든 경기는 진지한 거야. 승부를 가리는 거고." 그녀가 말했다.

남자들의 경기는 순조롭게 진행되었다.

타릭은 조던을 가볍게 이겼다. 조던은 1라운드에 맹공을 가했지만 타릭은 그가 지칠 때까지 기다렸다가 라이트를 몇 방 정확히 가격해 게임을 마무리했다. 처음에는 조용했던 관객석이 시합이 진행될수록 점점 달아오르고 있었다. 홀은 그렇게 크지 않았다. 사람들이 그곳을 가득 메우고 있었다. 샤론 코치가 맥주를 파는 모습도 보였다. 링 위에서 제대로 된 타격이 있을 때마다 사람들은 환호했다. 시합할 시간이 다가오자 목 뒤의 털이 곤두섰다. 곧 나는 밖으로 나가게 된다.

알렉스 코치가 보니타의 세컨드를 보고, 조 코치가 나의 세컨드를 보기로 했다. 나는 타릭이 그 역을 해주기 바랐지만, 리키 코치는 경험이 더 풍부한 사람이 필요하다고 판단했다. 이전 경기는 제롬과 사이먼의 경기였다. 사이먼이 1점 차 판정승으로 이긴 후 리키 코치가 우리를 찾아왔다.

"둘 다 명심해. 이제 곧 너희들의 첫 공식 시합이 있을 거다. 이건 어디까지나 시범 경기다. 상대방을 죽일 듯이 몰아세우지 마라. 우리의 목적은 지금까지 닦은 너희들의 역량과 기술을 유감없이 보여 주는 거다. 그거면 됐다. 상대방의 피 맛을 보기 위해서 하는 시합이 아니다. 밖에 친구들과 가족들도 지켜보고 있다. 알아들었지?" 리키 코치는 우리 둘 모두를 향해, 특히 보니타를 주로 쳐다보며 말했다.

그가 떠나고 우리는 서로 눈이 마주쳤다. 나는 어색하게 웃어 보였지만 그녀는 고개를 돌렸다. 보니타도 긴장이 될까? 그녀의 모습에선 긴장을 찾아볼 수 없었다. 나는 침을 삼켰다.

"이제 우리의 첫 시합이네?" 내가 말을 붙였다.

"어."

"밖에는 가족들과 친구들도 와 있고…"

"너는 그렇겠지. 우리 엄마는 못 왔어." 그녀가 말했다.

"내 말은… 하나 확실하게 하면 좋을 것 같아서."

"뭘?" 그녀가 내게 몸을 돌리며 물었다. 내가 그녀의 준비를 방해한 꼴이 됐다.

"이 시합은 시범 경기잖아. 그렇지? 저기서 끝장을 보려는 것은 아니잖아?"

그녀가 반쯤은 잔인한 미소를 지으며 나를 노려보면서 말했다. "네가 여기 뭐 하러 온 줄 모르겠는데, 나는 여기 싸우러 온 거야."

그리고 조명이 꺼졌다.

마이크에서 삐익 하는 소리가 들리자 관중들은 모두 숨을 죽였다. 리키 코치가 안내를 위해 마이크를 들었다. 나는 커튼 틈으로 밖을 바라보았다. 반면 보니타는 뒤에서 섀도복싱으로 쉬익 하는 소리를 내며 몸을 풀었다.

"신사 숙녀 여러분!" 리키 코치의 목소리가 너무 크게 울렸다. 샤론 코치가 달려와 마이크 볼륨을 낮췄다. "이제 가장 큰 이벤트가 남았습니다. 오늘 밤 여러분에게 가장 즐거운 볼거리는 보스포드 복싱 클럽 최초의 여자 복싱 경기입니다. 경기는 모두 3라운드이며 각 라운드는 1분씩입니다. 그럼 지체 없이 바로 오늘의 마지막 경기에 들어가도록 하겠습니다. 청~~~코너. 체중 68킬로그램, 보스포드의 주먹!! 보니타 클라크!"

보니타가 나를 지나쳐 커튼을 밀치고 사람들의 함성 속으로 나갔다. 그녀는 계단을 내려간 후 복도를 따라 링으로 향했다. 가면서도 섀도복싱을 멈추지 않았다. 휘파람을 부는 사람도 야유를 하는 사람도 있었다. 그녀가 링 위에 오르자 알렉스 코치가 그녀의 수건을 받아주고 입에 물을 쏘아주었다.

"다음은 홍~~~코너. 체중 64킬로그램. 킬라!! 플레르 워터스!" 사람들이 의례적인 박수를 보냈다. 휘파람과 환호를 해주는 사람도 간혹 있었다. 이제 시작이었다.

커튼을 젖히고 밖으로 나가자 울렁거리던 속은 이제 요동치기 시작했다. 계단을 성큼성큼 내려갔다. 나는 무엇을 해야 할지 몰랐지만 모두 나를 지켜보고 있었다. 다른 복서들처럼 나도 뭔가를 보여주면서 등장하기를 바라는 듯했다. 나는 옆으로 깡충깡충 뛰면서 통로를 내려왔다. 중간에는 반대 방향으로 몸을 틀어 또 깡충깡충 뛰었다. 원래 나는 늘 이렇게 등장했던 것처럼 보이려고 노력하면서. 핍이 휘파람을 부는 것도 블러썸이 내 이름을 연호하는 것도 보였다. 내가 링 위를 오를 때 조 코치가 로프를 들어주었다. 스포트라이트에 눈이 부셨다. '릭크드' 클럽의 베이스 울림처럼 내 심장은 쿵쾅거렸다. 몸을 360도 돌려서 관중을 바라보았다. 블러썸과 핍이 보였다. 목요일 여성부 복싱 회원들이 미친 듯이 환호하는 모습도 보였다. 발을 동동 구르며 광분해서 박수치는 남자아이들도 보였다.

아빠가 보였다. 나를 격려하듯 웃어 보였다.

그리고 그 옆에 엄마가 앉아 있었다. 나는 아까 엄마를 보지 못했었다. 아마도 너무 작아서 보이지 않았었나 보다. 나는 당연히 엄마가 오지 않을 거라고 생각했다. 하지만 엄마는 왔다. 얼굴이 화끈거렸다. 엄마에게는 가장 무서운 시간이 될 게 분명했지만, 엄마가 나를 보러 와줘서 기쁘고 감사했다. 동시에 엄마가 경기를 지켜볼 거라는 생각에 긴장이 배가 되었다.

마음속의 부담은 커졌다. 무슨 일이 있더라도 살아남아야 한다. 속으로 생각했다. '살아남아야 한다.'

엄마가 저기에 앉아서 나를 지켜보고 있다. 손수건을 손에 꼭 쥔 채 얼굴이 하얗게 질린 엄마가. 엄마를 향해 글러브를 흔들었다. 엄마가 억지로 웃어 보였다. 아빠가 손을 뻗어 엄마의 손을 잡았다.

"이봐, 킬라! 그만 경기 시작해야지." 조 코치가 말했다. 그가 내 팔목을 잡고 나를 내 코너 쪽으로 이끌었다.

"세컨드 아웃!" 리키 코치가 소리쳤다. "선수들은 글러브 터치하고 자기 자리로 돌아간 후 경기 시작합니다." 나는 보니타에게 걸어가 글러브를 터치했다. 혹시 그녀의 눈에서 일말의 동정심이나 긴장을 보기를 간절히 바랐지만, 그런 일은 일어나지 않았다. 나를 바라보는 그녀의 눈에는 아무런 감정도 없었다. 〈록키 4〉에 나오는 러시아 파이터, 드라고처럼. 그녀가 봐주지 않을 거라는 것을 직감할 수 있었다. 그런 건 그녀에게 어울리지 않는다. 나는 긴장해서 침을 삼켰다. 심장이 두근거리다 못해 밖으로 튀어나올 것 같았다. 우리는 뒤돌아 자신의 코너로 갔다.

이제 리키 코치가 벨을 울렸다.

라운드 원

나도 내가 무슨 생각을 했는지 모르겠다. 어느새 나는 보니타와 글러브를 부딪쳤다. 리키 코치가 "파이팅!"을 외치며 경기 시작을 알렸다. 하지만 앞으로 발을 한 발짝 디디자마자 나는 알았다. 내가 준비되어 있지 않다는 것을. 스파링이나 훈련이 아닌 실제 시합을 위해 링 위에 서 있다는 것이 전혀 실감 나지 않았다. 나는 글러브를 내린 채 보니타 앞까지 다가갔다. 그녀의 펀치가 바로 얼굴에 꽂혔다.

관중들은 숨을 멈췄고, 나는 뒤로 휘청거리며 물러섰다. 다리가 곧 땅에 닿을 것 같았지만 가까스로 버티며 자세를 바로 세웠다. 제대로 회복할 시간이 없었다. 그녀가 다음 공격을 위해 나를 노려보며 바로 다가왔다. 시합은 이제 막 시작했는데, 바로 끝내 버릴 모양이다. 보니타가 원하는 것은 나를 이기는 것이 아니라, 나를 링 바닥에 눕히는 것이다.

하지만 나도 혹독한 훈련을 해왔다. 보니타에게 난 치실에 낀 음식물 찌꺼기 같은 존재겠지. 고생도 모르고, 무엇 하나 열심히 해본 적도 없는 약해 빠진 애. 하지만 보니타, 너는 틀렸어. 나는 수도 없이 뛰고, 자전거 페달을 밟고, 역기를 들어 올렸어. 하고 또 하고 그것들이 쳐다보기도 싫어질 정도로 지옥 같은 훈련을 하러 체육관에 갔어. 샌드백을 때리고 또 때리고, 패드를 치고 또 쳤어. 복근을 키우고, 먹고 또 먹었어. 정말 이 시합을 위해 얼마나 먹어야 했는지!

그래서 나는 물러서지 않아. 그래서 내가 여기 서 있는 거야. 그리고 네가 나를 다시 때리도록 내버려 두지 않겠어. 나는 글러브를 올렸다. 보니타의 펀치가 비처럼 쏟아졌다. 나도 안다. 그녀의 펀치는 강하고, 그녀의 팔은 길어서 받아치기 위해 접근하기도 어렵다는 것을. 하지만 나는 막는 것은 자신 있다. 어쨌든 나는 색슨이니까. 점점 정신이 들기 시작했고, 익힌 대로 스텝을 밟기 시작했다. 나는 비스듬히 옆으로 몸을 피해 로프에서 벗어나서 그녀의 주위를 돌았다.

퍽! 퍽! 퍽! 그녀의 펀치가 내 글러브에 강타했고 나의 팔은 그 충격을 흡수했다. 관중석에서 날카로운 비명이 들렸다. 엄마일지도 모른다. 내가 지금 수세에 몰린 것은 맞다. 하지만 이번 라운드만 버텨낸다면 나는 회복할 수 있다. 그렇게 숨을 돌리고 나면 앞으로 어떻게 해야 할지도 생각할 수 있을 거다.

쿵! 쿵! 퍽! 퍽! 숨 돌릴 틈도 없이 펀치가 들어왔다. 대부분은 얼굴로 날아오는 잽이었지만, 몇 번은 몸을 숙여 훅을 날렸다. 그중 하나가 나의 왼쪽 가슴을 강타했다. 극심한 통증을 느꼈다. 나는 이를 악물고 가드를 올렸다. 관중들이 외치는 소리가 들렸다. "더 쳐! 계속 쳐!"

"힘내! 플레르!" 누군가 소리쳤다. 아마도 블러썸이겠지.

나는 그제야 내가 한 번도 펀치를 날려보지 못했다는 것을 깨달았다. 그럴만한 기회가 없었다.

상대방의 주먹을 연달아 막기만 한다면 1분이 얼마나 긴 시간인지 알게 될 거다. 두 번이나 더 몰려서 로프를 등지게 되었지만 옆으로 빠져나왔다. 보니타도 자신의 펀치가 제대로 통하지 않자 답답해하기 시작했다. 좋은 신호다. 사실 몇몇 펀치에서는 힘이 빠지는 것이 느껴졌다. 그녀가 글러브를 내리고 얼굴을 드러냈다. 혹시 지금이...?

벨이 울렸다.

라운드 투

"너는 아직 한 대도 못 때렸다." 조 코치가 내 입에 물을 쏴주며 말했다.

"머리를 어깨 옆에 붙이느라고 정신이 없었어요." 나는 헐떡였다.

"빈틈을 엿봐 칠 기회가 두 번은 있었어." 조 코치가 수건으로 내 턱을 닦으며 말했다. "보니타는 강하지만 훈련이 부족해. 엉망이다."

"가드를 내렸다가는 제 이가 엉망이 될걸요."

"네가 한 방 크게 맞았을 때 나는 네가 뻗는 줄 알았다. 도대체 뭔 생각으로 가드도 내리고 그 앞으로 간 거야?"

"정말 힘이 나네요. 다른 조언은 없어요?" 내가 성질을 내며 말했다.

"글러브를 계속 올리고 있어! 내리지 말고."

"네. 그건 이제 알았으니까. 다른 것은요?"

"치려고 노력하는 거?"

벨이 울렸고 나는 힘겹게 일어섰다. 조의 두 번째 조언이 무슨 뜻인지는 분명했다. 하지만 나는 따를 생각이 없었다. 리키 코치가 말했다. 가드를 올리고 3라운드를 버텨내라고. 내가 점수에서는 뒤지고 있지만 꼴사납게 지지는 않을 것이다. 그것만으로도 관중들은 여자 복싱이 안전한 스포츠라는 것을 알게 될 것이다.

1라운드가 끝나자마자 바로 2라운드가 시작된 것 같았다. 나는 일정한 거리를 둔 채 링을 돌며 그녀의 계속되는 공격을 피했다. 첫 타격에서 어느 정도 회복이 되었고 나는 더 잘 대처할 수 있었다. 확실히 보니타는 나보다 강했지만 나보다 무겁고 느렸다. 체력에 자신 있는 나는 쉬지 않고 움직였다. 내 움직임은 그녀가 공격하기 더 어렵게 만들었고, 좀처럼 효과가 없는 공격에 보니타가 점점 절망감을 느끼는 것이 보였다. 그녀의 얼굴은 더 붉어지고 숨소리도 더 거칠어졌다.

빈틈이 보였을 때 한두 번 잽을 날려 보았다. 그중 하나는 들어간 것 같았다. 점수를 얻었을지도 모른다고 생각했지만, 확신은 없었다. 문제는 그녀의 팔 길이가 나보다 훨씬 길다는 것이다. 제대로 통하려면 그녀의 방어를 뚫고 더 가까운 곳에서 잽을 날려야 한다. 몇 번의 시도마다 보니타는 두 배로 공격을 해왔고 나는 물러설 수밖에 없었다. 2라운드는 1라운드보다 더 잘한 것 같았지만 펀치 수로는 20 대 1 정도로 비교가 되지 않았다. 2라운드의 거의 막바지에 왔을 때 나는 혹시 벨이 고장 난 것이 아닐까 하는 의심이 들었다. 그때 보니타가 몸을 앞으로 기울이면서 나를 로프 쪽으로 세게 밀었다. 리키 코치가 우리를 떼어놓으려고 달려왔지만, 난 이미 복부를 몇 대 세게 얻어맞은 후였다. 내가 그럴 처지가 아니라는 것을 알았지만 나는 본능적으로 그녀를 되받아쳤다. 라이트 훅이 제대로 들어갔다는 게 손끝으로 전해졌다. 보니타가 고통스러운 신음을 냈다.

그때 벨이 울렸다.

라운드 쓰리

"이제 한 라운드만 버티면 돼요. 난 할 수 있어요." 나는 숨을 헐떡거리며 말했다.

"뭘 하는데?" 조 코치가 말했다. "너는 아직 한 게 아무것도 없어."

"펀치 두어 개 들어갔잖아요." 나는 발끈하며 대답했다.

"그랬어? 나는 못 봤다. 혹 빼고는. 그래도 득점으로 연결 안 될 거다. 클린치 상황이 아닐 때 그걸 시도해 보지 그래?"

"그러면 저한테 틈이 생기잖아요. 방패 벽을 단단히 유지해야만 기마병을 막을 수 있어요."

"도대체 뭔 소리야?"

"가드를 세워서 잘 지키기만 하면 나머지 라운드도 무사히 버틸 수 있다는 거죠."

"그게 무슨 가치가 있니? 벨이 울리기 전까지 단지 살기 위해 버티는 것에 무슨 의미를 찾을 수 있겠어?" 조 코치가 말했다.

"그게 인생이에요. 코치님."

"아니. 인생은 그런 게 아니야." 조 코치가 말했다. "리키가 한 말은 다 잊어버려. 리키는 훌륭한 복서지. 챔피언도 문제없었을 거야. 하지만 너무 조심스러워. 모든 것을 다 머릿속으로 재본다고. 때로는 가드를 내리고 망할 주먹을 꽂아 넣는 것이 최선일 때도 있는 거다."

벨이 울렸다. 나는 몸을 일으켰다.

여전히 조 코치의 조언을 따를 마음이 들지 않았다. 가드를 내리다 보니타의 펀치를 맞고 엄마가 보는 앞에서 뻗어 버린다면, 난 평생 복싱을 할 수 없을 것이다. 그건 체육관에도 도움이 되지 않는 일이다. 그리고 더 중요한 것은 그렇게 맞으면 진짜 무지 아플 것 같다. 안 된다. 너무 무모하다. 안전한 선택은 블로킹을 하며 이번 라운드를 버티는 것이다. 판정패로 지겠지만 부끄러운 일이 아니다.

보니타가 다시 강하게 달려들었다. 나는 머리를 숙여 글러브 뒤로 숨었다. 굳건한 방패 벽처럼. 보니타! 네가 원하는 만큼 쳐봐! 이케니의 전사들처럼. 나는 조금의 틈도 용납하지 않았다. 내가 세운 방패 벽에는 갑옷의 번쩍임도 세어나갈 수 없다. 팔꿈치를 몸에 바짝 붙여서 보니타의 공격은 몸통도 뚫을 수 없었다. 가벼운 나의 발은 퓨마처럼 끊임없이 움직여 보니타를 점점 지치게 만들었다.

시간이 지날수록 한 방을 노리는 듯 보니타의 펀치에 힘이 들어간 게 느껴졌다. 하지만 공격이 통하지 않자 그녀의 숨은 더 거칠어졌고 더 초조해진 것이 보였다. 간혹 감아 들어오는 훅이 옆구리를 쳤지만 견딜 만했다. 이렇게 조금씩 점수를 내주었지만 그런 건 내게 중요하지 않았다.

다시 한번 그녀가 앞으로 밀고 들어와 나를 감싸며 클린치했다.

"이봐. 꽃잎! 공격 좀 해보라고." 보니타가 씩씩거리며 말했다. "제대로 휘둘러보란 말이야."

리키 코치가 우리를 떨어트려 놓을 때 보니타가 다시 가슴에 잽을 날렸다. 통증에 숨이 막혔다. 오른쪽이 다 얼어붙는 것 같았다. 충격에 얼어붙었을 때 보니타가 다시 다가왔다. 그녀의 글러브가 내 얼굴을 강타할 때 나는 그저 지켜보고만 있었다. 머리가 옆으로 돌아가면서 몸도 휘청거리며 돌아가 로프에 강하게 부딪쳤다. 관중석에서 환호가 터져 나왔다. 만화라면 내 머리 위로 뱅글뱅글 도는 새들을 그려 넣었겠지. 로프가 뒤에서 받쳐주지 않았더라면 다운되었을 것이다. 이 펀치에 관중은 함성을 질렀다. 모든 것이 흐릿하게 보였고, 관중석에 입을 크게 벌리고 겁을 먹은 아빠가 보였다. 그 옆에 새하얗게 질린 엄마가 앉아 있었다. 뭔가를 해야만 한다.

몸을 돌렸다. 어지러운 가운데 보니타가 나를 끝장내러 오는 것이 보였다. 그녀가 웃으며 팔을 뒤로 젖혔다. 가드를 올려서 얼굴에 붙여라! 머릿속에서 리키 코치의 음성이 들리는 것만 같았다. 펀치는 얼굴에서부터 뻗는 것이다. 보니타는 그렇게 하지 않았다. 결정타를 날리려는 듯 다른 한 손은 완전히 내린 채 보니타의 한쪽 팔이 뒤로 힘껏 젖혀졌다. 얼굴이 무방비로 노출됐다! 결정타를 날리려 조급해진 그녀는 복싱의 기본을 잊은 것이다. 보니타의 왼쪽은 완전히 열려있다. 갑자기 머리가 맑아졌고, 아드레날린이 솟구쳤다. 지금 무엇을 해야 하는지 나는 너무 잘 안다.

보니타는 리키의 조언을 들었어야 했다. 그녀의 안쪽으로 파고들며, 나는 낼 수 있는 모든 힘을 다해 레프트를 날렸다. 나의 강한 라이트 훅도, 내 특기인 어퍼컷도 아니다. 지금 필요한 것은 단지 스트레이트 레프트! 그것이 지금 이 상황에 가장 적절한 펀치다.

이렇게 완벽한 레프트는 없었다. 알리도. 조 프레이저도. 그리고 록키 발보아도 한 펀치에 이렇게 많은 것을 담지는 못했을 것이다. 힘들게 밟았던 모든 자전거 페달들, 내가 달렸던 모든 걸음, 가슴까지 들어 올린 모든 무릎, 입에 쑤셔 넣었던 그 지긋지긋한 육포 하나하나가 이 펀치에 담겼다.

보니타가 뒤로 넘어가기 시작했다. 문득 그런 생각이 들었다. 그녀는 한 번도 경험해 보지 못했을 거다. 제대로 된 펀치를 맞으면 어떻게 되는지! 나는 안다. 그것이 어떤 느낌인지. 데스티니의 펀치를 맞고 다운되었을 때도, 조 코치의 반격에 잠시 정신을 잃었을 때도, 그리고 지난주 리키 코치의 펀치를 맞고 버텨야 했을 때도. 하지만 강자 보니타에게는 아무도 없었다. 나를 빼고는. 그녀의 몸이 쿵 소리를 내며 링 위에 쓰러졌다. 순간 홀 안이 조용해졌다. 내가 하키장에서 골을 넣었을 때처럼, 아무도 지금 내가 한 일이 믿기지 않는 것 같았다.

곧 리키 코치가 쓰러진 보니타를 살피려 급하게 달려왔고, 관중석에서는 우레와 같은 함성이 터져 나왔다. 나는 몸을 돌렸고 잠시 혼란스러웠다. 모두 자리에서 일어나 환호하고 있었다. 박수를 치고 휘파람을 불어댔다. 조 코치가 링 안으로 들어와 나를 힘껏 안았다.

"해냈구나, 킬라! 해냈어. 난 네가 해낼 줄 알았다니까!" 이어서 샤론 코치가 올라왔고, 어느새 블러썸과 아빠도 링 위에 있었다. 핍은 빼고. 녀석은 로프 사이에 몸이 딱 걸려 버렸다. 엄마가 관중들 사이에 꼿꼿이 앉아 있는 모습이 보였다. 얼굴은 하얗게 질려서 손수건을 꽉 잡은 채 놀란 눈으로 나를 바라보았다. 타릭이 다가와서 나를 힘껏 안았다. 모든 사람이 등을 치며 환호했지만, 지금 내 머릿속은 온통 보니타뿐이었다. 나는 사람들을 제치고 보니타에게 다가갔다. 그녀의 옆에 무릎을 꿇고 앉았다. 리키 코치가 그녀를 부축해서 앉혔다.

"너 괜찮아?" 내가 물었다. 보니타는 내게 초점을 맞추려고 애쓰면서 눈을 깜박였다. "좋은 펀치." 그녀가 말했다. "더럽게 좋은 펀치!"

사람들이 나를 다시 잡아끌었다. 이제 축하를 하러 갈 시간이다.

새로운 변화

시합 후 우리는 치코스에 갔다. 위층은 우리가 거의 채웠다. 샤론 코치가 미리 많은 테이블을 예약해 두었다. 난 보니타도 함께 왔으면 했지만, 그녀는 슬며시 빠졌다. 보니타는 경기 이후 말을 거의 하지 않았다. 리키 코치는 그녀의 상태를 걱정했지만 세인트 존 병원의 구급요원이 그녀를 살펴보고 별다른 이상은 없다고 했다. 속으로 이긴 것에 대해서 미안한 감정도 있었다. 내가 일부러 보니타가 가드를 내리도록 속임수를 쓴 것 같은 기분이 들었다. 운 좋은 한 방으로 얻은 승리였다. 하지만 조 코치는 내가 완벽한 경기를 했다고 말했다.

"때로는 상대방이 스스로 무너지지. 그럴 때 네가 해야 할 일은 그가 그렇게 하도록 내버려 두는 거야." 조 코치가 말했다.

"혹은 그녀가." 내가 바로 잡았다.

"그래, 혹은 그녀가. 아무튼 핵심은 말이지. 그가 음... 혹은 그녀가... 그의... 아니지... 그녀의 방식으로 경기를 하게 내버려 두지 않는 거야. 그리고 너는 너의 방식으로 경기를 하고. 그러면 그... 혹은 그녀가 반드시 실수를 할 테니까."

"코치님이 언제 그렇게 말했어요. 가서 제대로 한 방 날리라고 하셨지."

"그랬지. 결국에는 네가 그렇게 했고." 조 코치가 말했다. "그거 알아 킬라? 너는 남이 이래라저래라 하는 것을 듣지 않는 녀석이라고. 그래서 너는 너만의 방식을 찾은 거다." 나는 조 코치를 바라보았다. 어떻게 나를 그렇게 잘 알까? 그에게 사람을 꿰뚫어 보는 능력이 있거나 아니면 내가 속이 너무 잘 드러나 보이는 사람이거나이겠지. 음식이 나오기를 기다리는 동안 엄마가 있는 곳으로 가서 바로 맞은편에 앉았다. 엄마는 사이먼의 전자발찌를 유심히 보고 있었다.

엄마는 나를 보고 숨을 깊게 들이쉬고는 웃어 보였다. "잘했다." 엄마가 말했다. 엄마의 표정을 살폈다. 엄마가 지금 무슨 생각을 하는지 알 수 있을까 싶어서. 혹 딸을 조금은 자랑스러워하지 않을까? 만약 엄마가 그렇게 느끼고 있다면, 극도의 긴장과 안도가 뒤섞인 엄마의 표정에 가려졌겠지.

"고마워요, 엄마. 엄마가 보러 와줘서 기뻐요."

"너무 너무 싫었는데. 그래도 이걸 어떻게 놓칠 수가 있겠니?"

나는 웃었다.

"앞으로 복싱을 계속할 생각이겠지?" 엄마가 물었다. 나는 고개를 끄덕였다. 그런 질문은 스스로에게도 던져 본 적이 없었다. 하지만 마음속 깊은 곳에서 이미 답은 나와 있었다.

"나도 알아요. 엄마가 복싱이 위험하다고 걱정하시는 거. 그리고 맞아요. 조금은 위험하기도 해요. 신체접촉을 피할 수 없는 스포츠니까요. 항상 위험이 있어요. 하지만 세상에 위험하지 않은 일이 있나요. 그래도 다 해볼 만한 가치가 있잖아요. 그래서 엄마. 제대로 훈련하고, 제대로 규칙을 지키고 또 그런 나를 지지해주는 많은 사람이 뒤에 있다면... 그런 위험은 감수할 가치가 있다고 생각해요."

이 순간에 제롬과 사이먼이 함께 맥주를 마시자며 나를 끌고 갔다. 분위기를 깨지 않으려 예의상 나도 좀 마셨지만 즐기지는 않았다. 엄마 아빠는 곧 자리를 떴다. 한 시간 후 파티가 한창일 때 나도 집에 가기 위해 자리에서 일어났다. 피로가 몰려왔다. 나는 코트를 뒤집어쓰고 12월의 추위 속으로 뛰어들었다. 뒤에서 누군가가 나를 따라서 문밖으로 나오는 소리를 들었다.

"저기 있잖아!" 타릭이 소리쳤다.

나는 걸음을 멈추고 돌아보았다. "타릭, 너였구나." 내가 답했다. 그가 내게 다가왔다. 재킷도 걸치지 않은 셔츠차림이었다. 길가에 매달린 크리스마스 조명이 그의 얼굴을 비추었다.

"상상도 못 했지? 그렇지? 내가 보니타를 이길 줄은." 내가 물었다.

"아니, 당연히 네가 이길 줄 알았어." 그가 대답했다. "네 플레이는 꽤 멋있거든. 완벽한 때를 기다리지." 갑자기 그가 내 앞에 가까이 섰다. 시합하기 직전처럼 온몸이 다시 긴장되었다.

"나 그렇게 멋지지 않아. 보니타 스스로 빈틈을 보인 거지. 나는 그걸 이용한 것뿐이야." 내가 말했다. 그가 아무 말 없이 그냥 서 있었다. 무엇인가를 기다리는 사람처럼. 바닥에 있던 신문지가 바람에 펄럭이더니 급기야 날아가 버렸다. 타릭이 떠는 것이 보였다.

"추워. 들어가. 그러다 얼어 죽겠다." 내가 말했다.

"나 안 추워."

"나는 춥다."

"플레르! 너는 정말 놀라운 사람이야."

"그건 그냥 행운의 펀치였다니까."

"그걸 말한 게 아닌데." 그가 다가와 나를 꼭 껴안았다. 나도 팔로 그를 감쌌다. 얇은 셔츠 위로 그의 단단한 근육이 느껴졌다. 타릭이 다시 떠는 것 같았다.

"이제 안으로 가!" 내가 물러서며 명령했다. "너는 아직 훈련 중이야."

"네, 코치님!" 그가 웃으며 말했다. 그러더니 다시 한번 아까보다 더 빨리 다가와서 내 볼에 키스했다. 그의 입술이 머문 시간은 1초도 되지 않았다. 하지만 그 1초면 충분하다. 그의 마음을 보여주기에는 그걸로 충분하다.

그가 내 얼굴 가까이에서 와서 말했다.

"내일 보는 거지?"

나는 고개를 끄덕였다. "그래, 내일 봐."

다음 날 아침, 위층에서 내려왔을 때 엄마가 꼭 안아주며 반겨주었다. 나도 엄마를 안았다. 잠시 우리는 그렇게 있었다. 바스켓에서 나온 이안 빌은 신이 나서 내 신발 냄새를 맡았다. 그리고 손도 핥았다. 반기는 마음은 고마웠지만 침 범벅이 된 내 손에선 선원의 썩은 발에서나 날 법한 냄새가 났다. 알코올로 박박 문지르며 손을 씻었다. 이후 점심 전에 아빠와 가볍게 자전거로 한 바퀴 돌았다. 점심은 역시나 로스트 치킨과 메시 포테이토였다. 집이 이렇게 좋은 것이었구나. 평범한 옛 일상 그대로 모든 것이 다 제자리를 찾은 것 같다. 긍정적인 두 가지 변화만 빼고.

변화 하나! 엄마가 아빠 혼자서 식기세척기에 그릇을 넣게 두셨다. 변화 둘! 엄마가 신문을 가져와서 내 사진과 기사를 오려 내가 차를 준비하는 동안 그것을 스크랩북에 붙였다. 그러곤 처음 보는 오래된 앨범을 꺼내 몇몇 사진을 보여주었다. 오빠 벤의 사진들이었다.

내 안에 그렇게 많은 눈물이 있다는 것을 처음 알았다. 그리고 오늘 그걸 모두 밖으로 쏟아낸 것 같다.

교차로에서

보니타는 수요일 트레이닝에 나오지 않았다. 잠시 우쭐한 기분이 들었지만, 곧 걱정이 되기 시작했다. 역시 계획대로 가는 것이 더 좋았을까? 나는 수비만 하고 그녀가 판정승으로 이기는 시나리오로. 스스로 빛나자고 다른 이의 촛불을 불어 끌 필요는 없다.

이날은 크리스마스 전 마지막 트레이닝 시간이었다. 모두 올해 마지막 인사를 나누느라 오랜 시간을 보냈다. 크리스마스 계획에 관해서, 지난 토요일 시합에 관해서도 많은 이야기를 나누었다. 잔뜩 흥분한 샤론 코치가 환한 미소를 띠며 내게 말해주었다. 시합 날 이후 사람들의 문의가 쇄도하고 있다고 했다. 그중엔 여자들도 최소 열두 명이 넘었다고. 리키 코치는 더 많은 사람을 받기 위해 금요일 시간대를 열 것인지를 두고 생각에 잠겼다.

"이게 다 네 덕분이야." 샤론 코치가 말했다.

"아니에요. 무슨." 대답을 하면서 얼굴이 달아올랐다. "우리 모두 덕분이죠. 그리고 그중에 나도... 조금 도움이 되었을지도 모르지만..."

내가 댄과 포옹으로 인사했을 때 타릭이 주위를 어슬렁거렸다.

"리키 코치님과 할 말이 좀 있는데, 좀 기다려 줄래? 끝나면 신호등 있는 곳까지 바래다줄게." 그가 말했다.

"좋아." 내가 대답했다. 그가 환하게 웃으며 가방을 어깨에 걸쳤다. 드러난 그의 각진 근육에 마음이 설레었다.

우리는 함께 걸으며 학교와 크리스마스에 관해 이야기했다. 생각해 보면 조지와 있을 때는 모든 것이 쉽고 편했다. 타릭과 같이 있는 지금은 예전과는 많이 달랐다. 익숙하고 안전한 조지 때문에 나는 늘 안전한 곳에 머물러 있었다. 그곳은 안락했지만 비좁았다. 나는 지금 타릭과의 만남이 앞으로 어떻게 될지 알 수 없다. 그리고 바로 그 점이 나를 흥분시켰다.

"복싱은 계속할 생각이지?" 타릭이 물었다.

"당연하지." 내가 대답했다.

"아니. 내 말은 링 위에서 말이야." 그가 더욱 분명하게 물었다.

"어쩌면. 아니면 지금 은퇴하든지. 그럼 전승이잖아."

"만약 보니타가 재경기를 원하면?" 타릭이 놀렸다.

"제발, 그런 말은 농담으로도 하지 말아줘." 우리는 교차로에서 잠시 멈췄다. 바로 앞에 신호등이 있었다. 그가 나를 바라보았다.

"곧장 집으로 갈 생각이야?" 타릭이 물었다. "여기서 오른쪽으로 가면 '모리슨 주차장'이 있어. 너도 알 거야. 거기 가면 뭐가 있는지."

오른쪽, 왼쪽, 아니면 직진. 지금 이 순간 타릭과 함께라면 그 어느 길이든 좋을 것 같다. 하지만 내겐 중요한 숙제가 남아 있었다. 그건 꼭 내가 직접 해야만 하는 일이었다.

"나도 너랑 같이 트리플 도너를 먹어 보고 싶어, 타릭. 그런데 오늘은 꼭 만나봐야 할 사람이 있어."

"어, 그래." 타릭은 조금 실망한 것처럼 보였다. 하지만 곧 어깨를 으쓱해 보이곤 말했다. "그럼 내년에 또 보자."

"그럼 너무 늦지. 그 전에 보자. 내 전화번호 가지고 있지? 나 케밥 사주기로 한 것 잊지 말고." 내 말에 타릭이 웃음을 터트렸다. 이번에는 내가 몸을 기울여 타릭의 뺨에 키스했다. 역시 1초도 되지 않는 시간 동안.

* * *

어느 곳이나 크리스마스 때가 되면 보기 흉할 정도의 각종 휘황찬란한 장식 전구들로 집 밖을 도배하는 사람들이 있다. 보니타의 집은 그런 집이 아니었다. 바로 그 옆집이 그랬다. 나는 잠시 그 자리에 서서 구경을 했다. 빛으로 된 눈송이가 내리고 썰매에선 빛이 나왔고 다양한 색의 광섬유로 장식한 크리스마스트리의 불빛이 화려했다. 그중에서도 내 마음을 사로잡은 것은 움직이는 산타였다. 이 커다란 자동인형은 몸을 굽혀서 루돌프에게 당근을 먹이는 의도였을 것이다. 하지만 어느 짓궂은 동네 사람이 루돌프 위치를 반대로 바꾸어 놓았고, 산타가 당근을 루돌프 엉덩이에 쑤셔 넣는 엽기적인 모습이 연출되었다.

보니타가 문을 열고 나와 나를 수상쩍은 듯이 쳐다보았다.

"네가 저렇게 한 거야?" 내가 루돌프를 가리키며 물었다. 그녀가 고개를 끄덕였다. 개가 그녀의 집안에서 사납게 짖어 댔다. 개가 어디에서 나오려고 부딪치는지 '쿵쿵' 하는 소리가 요란하게 들렸다.

"기발한데!" 내가 말했다.

"너 여기서 뭐 하냐?" 보니타가 물었다.

"오늘 복싱하러 안 왔잖아. 그냥 괜찮은가 싶어서 잠깐 들린 거지."

"네 펀치가 그 정도로 세지는 않았어."

"나도 알아. 그런 뜻으로 한 말도 아니고." 내가 말했다.

"들어올래?"

"좋아. 근데 혹시 개가 물어?"

"물어. 그래서 세탁실에 넣어놨어."

보니타가 차를 내왔다. 부엌이 어수선하긴 했지만 깨끗했다. 내가 뭘 상상하고 왔는지는 나도 모르겠지만 집은 잘 정돈되어 있었다. 유일한 걱정거리는 개였다. 집 뒤쪽 닫힌 문에서 사납게 짖어 대는 소리가 새어 나와 등골을 오싹하게 했다.

"왜 트레이닝에 안 나왔어?" 주전자에서 물이 끓는 소리가 들렸다.

그녀가 어깨를 으쓱했다. 개가 문을 긁어 대며 짖기 시작했다. 나는 신문을 꺼내서 그녀에게 보여줬다. "이거 봤어? 샤론 코치님이 그러는데 내년에 신규 회원들이 넘쳐난대. 여자들도 정말 많이 신청했어."

"잘됐네." 보니타가 말했다. 그녀는 내게 차를 건네고는 거실로 안내했다. 개가 세탁실 문에 몸을 세게 부딪쳤다. 나는 문이 잘 버텨주길 바랐다.

"2012년 런던 올림픽 이후로 복싱을 하는 여자들이 많이 늘고 있다. 그러나 대다수는 스파링을 하거나 실제 경기에 참여하지는 않는다." 나는 신문 기사를 읽어주며 자리에 앉았다. 미리 준비해 온 것이긴 하지만 혹시나 내가 그녀를 가르치려는 것처럼 보일까 봐 걱정되었다. 나는 신문 속 사진을 가리켰다. "우리는 복싱 경기에 대한 이런 긍정적인 메시지가 필요해. 여자들이 알 수 있도록. 복싱이 얼마나 안전하고 재밌고 피트니스에도 좋은 스포츠인지 말이야. 난 정말 네가 경기에서 좀 졌다고 복싱을 포기하지 않았으면 해."

보니타가 놀라서 눈을 깜박이며 말했다. "누가 그래? 내가 그만둔다고?"

"아! 그러니까... 나는 또... 너는 오늘 훈련에도 안 나왔고..."

"남동생을 돌봐야 하니까. 엄마가 일하시러 나갔거든. 그동안 누군가는 돌봐야 하잖아."

"미안해." 나는 다시 부끄러웠다. 개가 쿵 하고 문에 부딪쳤다. 개가 달려오는 소리가 들린 것도 같았다.

"내년에 보자. 그때는 내가 너를 때려 눕혀줄게." 보니타가 말했다.

"그거야 두고 봐야 알지." 대답은 했지만, 털이 쭈뼛 섰다. 그러나 그녀를 쳐다봤을 때, 그녀의 눈은 웃고 있었다.

"난 처음부터 네가 승부욕이 있는 녀석이라고 생각했어. 그걸 한번 보고 싶었어. 그래서 일부러 너를 더 못살게 군 거지. 결국 너도 보여줬잖아." 나는 환하게 웃고는 차를 홀짝 마셨다.

쿵! 또 소리가 났다. 이번에는 정말 달려 나올 것 같다. 이제 갈 시간이다. 내가 떠나려 할 때 보니타가 내게 고맙다고 했다.

"뭐가 고마워?"

"나를 보러 와줘서. 아빠가 돌아가시고 여기로 온 이후로 모든 게 쉽지 않았거든. 너도 알지? 내가 이스트 보스포드에 살았었던 거."

나는 고개를 저었다. "그건 몰랐어."

그녀가 어깨를 올리며 말했다. "어쨌든 친구를 사귀는 것이 창피하기도 하고 그랬어."

나는 깜짝 놀라서 물었다. "뭐? 우리가 친구였어?"

"그럼 우리가 뭐냐? 친구가 아니면." 보니타가 말했다.

"음... 스파링 파트너. 그건 어때?"

보니타가 씩 웃었다. "그래 좋다. 스파링 파트너, 그럼 내년에 보자."

우리가 그걸 할 수 있으니까

"준비됐지?" 핍에게 물었다. 핍이 나를 보더니 강하게 머리를 끄덕였다. 투구가 내려와 그의 눈을 가렸다.

"준비됐지?" 이번에는 블러썸에게 물었다. 그녀가 음산한 미소를 지으며 도끼창을 손에 꼭 쥐었다.

이어서 함성이 크게 일었다. 백여 명의 노르만 기사들이 살기등등하게 언덕을 향해 돌격하기 시작했다. "지금이야!" 내가 소리쳤다. 언덕 아래 수풀에 숨어 있던 우리 셋이 뛰쳐나와 진격하는 노르만군의 후미에 합류했다. 낯선 노르만 갑옷이 어색하고 무거웠다. 하지만 동시에 지금 이렇게 돌진하는 모습이 나와 더 어울리는 것 같기도 했다. 체력이 좋은 나에게 갑옷과 무기를 다루는 것은 문제가 되지 않았다.

기병들이 우리 뒤를 따라왔다. 우리는 달리고 넘어지고 숨을 몰아쉬며 거친 언덕 위로 올라갔다. 색슨족 전사들이 나란히 서서 우리를 기다리고 있는 것이 보였다. 방패들이 서로 견고하게 맞물려 있었다. 말발굽 소리가 뒤에서 들려왔다. 돌아보니 가넷 씨가 화가 잔뜩 나서 우리를 노려보았다. 나는 씩 웃어 보이곤 그대로 앞으로 달려 나갔다.

"핍, 어서 와!" 블러썸이 핍을 부르는 소리가 들렸다. 핍은 갑옷의 무게 때문에 고군분투 중이었다. 그러나 블러썸은 달랐다. 보니타만큼이나 강해 보이는 그녀는 플래카드를 드느라 단련된 근육으로 도끼창을 치켜들었다.

"오, 하느님." 색슨 진영에 다다랐을 때 핍은 숨이 넘어가기 직전이었다. "지금부터가 가장 끔찍한 건데." 핍이 말했다.

"전진!" 내가 핍의 어깨를 치며 소리쳤다. 나는 친구가 앞으로 나아갈 수 있게 격려했다. 금속이 부딪치는 소리가 요란하게 울리며 강력한 두 군대가 크게 충돌했다. 나는 피터 솔번과 마주했다. 색슨족 역할을 하는 그는 노르만 갑옷을 입은 나를 보고 크게 놀랐지만 진열을 벗어나지는 않았다.

"안녕, 피터!" 내가 유쾌하게 소리치며 그를 향해 도끼를 휘둘렀다. 도끼가 방패를 강타하며 쨍하는 소리가 났다. 옆에서 핍이 비명을 지르는 소리가 들렸다. 맞은편 색슨족 병사가 검을 휘젓고 있었다. 핍이 곧 몸을 돌려 달아나려는 찰나 나와 블러썸이 꽉 붙들었다.

"잠깐!" 블러썸이 소리쳤다. "우리가 말한 거 기억하지? 일단은 괜찮은 척 연기를 하는 거야. 달아나는 건 그 후에 해도 돼."

핍이 고개를 끄덕이고 침을 삼켰다. "좋아!" 핍이 자신의 검을 들었다.

"넌 해낼 수 있어." 나는 그를 보며 말했다. 우리 셋은 함께 색슨족 앞으로 다시 돌진해 방패 벽을 마구 찍어대기 시작했다. 나는 불쌍한 피트의 방패를 두어 번 제대로 가격했다. 가넷 씨가 후퇴를 외치자 핍이 안도하며 검을 내려놓고는 몸을 돌려 숲으로 내빼기 시작했다. 블러썸과 나도 기쁨의 함성을 지르며 녀석의 뒤를 따랐다.

"네가 해냈어. 핍! 네가 해냈다고!" 블러썸이 소리쳤다. 그러나 핍은 대답하지 않았다. 후퇴하라는 명령이 내려졌으니 핍은 자신의 장기를 유감없이 발휘하고 있었다.

전투가 끝나고 우리들은 엄마 아빠가 있는 카페로 다시 합류했다. 승리의 베이크웰 타르트를 먹을 시간이다. 오늘 종일 엄마 아빠는 나와 함께했다. 엄마 말에 따르면 '딸이 하는 일들에 관심'을 가져보려고 노력하는 중이다. 내 생각엔 나의 일거수일투족을 지켜보겠다는 의지로 보였다. 하지만 그것도 괜찮다. 핍이 화장실에 가 있는 동안, 엄마와 나는 메뉴판을 훑어보았다. 오타와 따옴표 표기를 함께 지적하면서.

"이거 봐요, 여기서는 카푸치노가 아니라 컵후치노를 파네요." 내가 말했다.

"따옴표의 위치를 보니, 이 블루베리 머핀이라는 사람에게 속하는 물건이 있는 것 같구나. 도대체 그게 뭘까?" 엄마가 덧붙였다.

블러썸이 못 말리겠다는 듯 눈을 굴렸다. "오늘 전투 재연은 어땠어요?" 그녀가 엄마 아빠에게 물었다.

"아주 멋졌다. 정말 실감 났어." 아빠가 열정적으로 말했다.

"너무 폭력적으로 보이더라." 엄마는 못마땅한 듯 머리를 흔들며 말했다. "그런 검을 휘두르다니, 너무 위험한 거 아니니?"

"전혀요!" 나와 블러썸이 동시에 대답했다.

"네, 위험해요." 핍이 화장실에서 돌아와 의자에 쪼그려 앉으며 대답했다.

엄마는 끙 하는 신음을 내며 말했다. "복싱에 전투 재연이라니... 너희는 여자애들이 왜 그렇게 위험한 것만 골라서 하니?"

"우리가 그걸 할 수 있으니까요, 엄마." 나는 엄마 찻잔에 새 차를 따르며 말했다. "우리가 할 수 있으니까."

권투 소녀 Girls can't hit

1판 1쇄 펴냄 2021년 1월 20일

지 은 이 톰 이스턴
옮 긴 이 임현석
펴 낸 이 정현순
디 자 인 이용희

펴 낸 곳 ㈜북핀
등   록 제2016-000041호(2016. 6. 3)
주   소 서울시 광진구 천호대로 109길 59
전   화 02-6401-5510 / 팩스 02-6969-9737

ISBN 979-11-87616-95-5 43840
값 12,000원